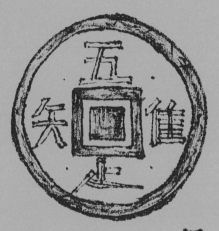

吾 唯 知 足

나는 오직 족함을 아노라

2023년 중추절 유홍준

용안사 쓰쿠바이

여행자를 위한 교토 답사기

여행자를 위한

교토 답사기

유홍준 지음

창비

교토 여행의 든든한 길잡이

1

교토(京都)는 일본 역사에서 1천년간 수도의 지위를 유지하면서 일본 미를 꽃피운 곳으로, 일본문화의 진수가 여기에 다 모여 있다. 유네스코 세계유산에 등재된 사찰과 신사만도 17곳이다. 이리하여 교토는 명실공히 세계적인 역사·관광 도시가 되어 해마다 약 9백만명이 모여든다. 한국인이 가장 많이 찾아가는 해외여행 도시도 교토이다.

교토에 이렇게 여행자들이 몰리는 것은 유서 깊은 명찰과 아름다운 정원이 있기 때문일 것이다. 그러나 역설적으로 교토는 문화유산이 너무 많기 때문에 여행자를 힘들게 한다. 『나의 문화유산답사기 일본편』(전 5권)에서 교토를 소개하는 데만 세권을 할애해야 했다. 내가 교토를 이처럼 자세히 펴낸 것은 우선 소개해야 할 명소들이 그만큼 많기도 했지만 낱낱 명소들이 가진 일본사적·문화사적 의의를 설명하는 데 많은 지면을 할애해야 했기 때문이다.

『나의 문화유산답사기 일본편』을 펴낸 뒤 독자 반응은 둘로 엇갈렸다. 칭찬으로는 교토를 자세히 설명한 것이 마치 문화유산을 통해 본 일본 문화사 같아서 그 어렵고 복잡한 일본의 역사도 곁들여 알게 되었다는 고마움의 표현이었다. 반면에 아쉬움과 요구사항으로는 너무 자세하여 오히려 교토를 이해하기 어렵게 하니 간략하게 핵심만 추려서 한권으로 펴내면 교토 여행에 실질적인 도움이 되겠다는 주문이 있었다. 이 책은 바로 이런 독자들의 요청을 받아들여 펴낸 '여행자를 위한 답사기'다.

2

교토 관광안내서를 보면 어느 책이나 다운타운은 낙중(洛中), 그 외곽은 동서남북으로 나누어 낙동(洛東)·낙서(洛西)·낙남(洛南)·낙북(洛北) 지역으로 소개하고 있다. 이 지명은 16세기 말, 도요토미 히데요시가 도시를 개조할 때 어소를 중심으로 토축을 쌓으면서 그 안쪽을 낙중, 바깥쪽을 낙외(洛外)라고 한 데서 유래한다. 그리고 지금 교토의 행정구역도 기본적으로는 이 틀을 유지하면서 세분한 것이다.

교토의 낙중과 낙외에는 실로 엄청나게 많은 역사유적이 생생히 남아 있다. 내가 교토 답사기에서 언급하는 사찰·신사·궁궐을 지역별로 정리해보면 다음과 같다.

　　낙중: 어소(御所, 고쇼), 상국사(相國寺, 쇼코쿠지), 동사(東寺, 도지), 이
　　　　조성(二條城, 니조조), 삼십삼간당(三十三間堂, 산주산겐도)
　　낙동: 청수사(淸水寺, 기요미즈데라), 야사카 신사(八坂神社), 지은원
　　　　(知恩院, 지온인), 남선사(南禪寺, 난젠지), 은각사(銀閣寺, 긴카쿠

지), 헤이안 신궁(平安神宮)

낙서: 광륭사(廣隆寺, 고류지), 천룡사(天龍寺, 덴류지), 금각사(金閣寺, 킨카쿠지), 용안사(龍安寺, 료안지), 인화사(仁和寺, 닌나지), 고산사(高山寺, 고잔지), 계리궁(桂離宮, 가쓰라리큐)

낙남: 동복사(東福寺, 도후쿠지), 후시미 이나리 신사(伏見稲荷大社), 우지(宇治) 평등원(平等院, 뵤도인)

낙북: 가모 신사(賀茂神社), 대덕사(大德寺, 다이토쿠지), 연력사(延曆寺, 엔랴쿠지), 수학원 이궁(修學院離宮, 슈가쿠인리큐)

그러나 책으로 볼 때는 시대 순서대로 맥락을 이해하기 쉽게 쓰여 있지만 각 명소들의 실제 위치가 창건된 순서로 되어 있지는 않아서 여행지에서는 답사 순서를 잘 고려해야 한다. 그래서 나는 교토 답사기를 쓰면서 교토 여행은 장소와 역사를 연관시켜 '미적분'으로 풀어야 제대로 이해하고 깊이 즐길 수 있다고 했다.

3

이 책은 교토를 여행하는 분들에게 가이드북으로서 실질적인 도움이 되도록 크게 3부로 구성했다.

제1부는 교토의 전사(前史)로 일본의 수도가 교토에 정착하기 이전 아스카시대(6세기 후반~8세기 초반)와 나라시대(710~794)의 대표적인 사찰인 법륭사와 동대사를 실었다. 법륭사(法隆寺, 호류지)는 7세기 일본이 율령체제를 갖춘 고대국가로 나아가는 길을 연 쇼토쿠(聖德) 태자가 발원한 아스카시대의 대표적인 사찰로, 백제·고구려와 깊은 연관을 갖고 있다. 백제관음이라는 우아한 불상이 여기에 있고, 고구려 담징이 그린 벽화가 여기에 있었다. 나라의 동대사(東大寺, 도다이지)는 8세기 쇼무 천황

때 불교를 크게 일으키면서 세운 나라시대의 대표적이면서 상징적인 사찰로, 세계에서 가장 큰 금동불상이 모셔져 있는 것으로 유명하다.

제2부는 교토가 역사도시로 발전해가는 각 단계에서 조성된 명소를 소개했다. 가장 먼저 소개한 광륭사는 교토에서 가장 오래된 절로 신라계 도래인 하타씨(秦氏)들이 세운 사찰이다. 일본 국보 제1호로 지칭되던 목조미륵반가사유상이 우리나라 삼국시대 금동반가사유상과 깊은 친연성을 갖고 있어 더욱 유명하다.

그리고 교토 동쪽 히가시야마(東山)에 있는 청수사는 교토에 가는 관광객이라면 거의 다 들르는 명소 중의 명소다. 이 청수사를 올라갈 때는 전통 상가를 느긋이 즐기면서 구경하게 되는데 기왕이면 고구려계 도래인들이 살면서 세운 야사카 신사와 법관사(法觀寺, 호칸지)의 오중탑을 보며 옛 교토의 정취를 느끼는 것이 유리하다.

청수사는 백제계 도래인 후손인 사카노우에노 다무라마로(坂上田村麻呂)가 일본 역사상 초대 쇼군(將軍)이 된 역사가 서려 있으며 여기서 내려다보는 교토의 경관은 우리나라 부석사 무량수전 배흘림기둥에 기대서서 내려다보는 듯한 장쾌한 전망이다.

그리고 교토의 동쪽에는 등신대 크기의 관세음보살상 1천분이 장대하게 도열해 있는 삼십삼간당이 있고 조금 남쪽으로 내려가는 후시미(伏見)에는 또 다른 도래계 하타씨 일족들이 세운 이나리 신사가 있는데 여기에는 도리이가 1천개 줄지어 있어 장관을 이룬다.

제3부 교토의 명소로 소개한 천룡사·용안사·금각사·은각사·계리궁·남선사 등 여섯곳은 무로마치시대(1336~1573)의 대표적인 선종 사찰과 유명한 정원으로 사실상 교토 여행의 꽃이다. 이 사찰들의 경내는 일본의 정원 중에서도 명원(名園)으로 꼽히는데, 흰 파쇄석으로만 이루어진 석정(石庭)과 무가(武家)의 새로운 주거 양식인 서원조(書院造) 건축이

결합해 건축과 정원이 만나면서 사찰 답사의 주제가 불상이 아니라 정원이 된다.

정원에 대한 일본인들의 생각은 일찍부터 각별했다. 일본의 정원은 빈 마당을 꾸미는 조경(造景)이 아니라 정원을 만드는 작정(作庭)이었고, 정원을 설계·시공하는 이를 작정가(作庭家)라 했다. 일본 정원의 역사에서는 새로운 사상이 일어나면 거기에 걸맞은 새로운 정원 양식이 계속 탄생해 몇차례 흐름이 바뀌었는데, 큰 맥락에서 보면 헤이안시대는 귀족들의 침전조(寢殿造) 양식, 가마쿠라시대(1185~1333)는 선종 사찰의 마른 산수(枯山水, 가레산스이) 정원, 무로마치시대는 무사들의 서원조 정원, 에도시대(1603~1867)는 왕가와 지방 다이묘의 지천회유식(池泉回遊式) 정원이 창출되었다. 특히 '마른 산수'라 하여 물을 사용하지 않고 돌과 백사로만 꾸민 석정은 일본미의 진수를 보여준다. 일본인의 정신을 가시적인 형태로 극명하게 보여주는 것이 바로 일본 석정의 미학이다.

이외에도 교토에는 최징(最澄) 스님의 연력사, 공해(空海) 스님의 동사, 극락세계를 건축으로 구현했다는 우지의 평등원, 우리나라 의상대사와 원효대사의 초상화가 있는 고산사 등 수많은 명찰이 있지만 생략했다.

다만 일본이 근대지성사에서 내세우는 이른바 '다이쇼(大正) 데모크라시' 대학자들의 발자취가 서려 있는 '철학의 길'과 교토 시내를 흐르는 가모강변의 정취를 소개하면서 그 옛날 교토에 유학 왔던 시인 윤동주와 정지용의 자취를 책 말미에 담았다.

이 책이 독자 여러분에게 즐겁고 보람 있는 교토 여행의 길라잡이가 되기를 바란다.

2023년 9월
유홍준

차례

책을 펴내며
교토 여행의 든든한 길잡이   5

제1부 교토 전사(前史): 아스카·나라

법륭사(法隆寺, 호류지)
아스카(飛鳥)시대 백제관음의 고향을 찾아서   15

동대사(東大寺, 도다이지)
나라(奈郞)시대 불교미술의 영광과 자랑   55

제2부 역사도시 교토

광륭사(廣隆寺, 고류지)
목조반가사유상과 도래인 진하승   75

야사카 신사(八坂神社)와 기온마쓰리(祇園祭, 기원제)
기온(祇園)이 있어서 교토는 시들지 않는다   105

청수사(淸水寺, 기요미즈데라)
'청수의 무대' 전설은 그냥 이루어진 게 아니었다   135

후시미 이나리 신사(伏見稻荷大社)와 삼십삼간당(三十三間堂, 산주산겐도)
일천 도리이(鳥居), 일천 보살상의 장대한 집체미   163

제3부 교토의 명소

천룡사(天龍寺, 덴류지)
일본 정원의 전설은 이렇게 시작되었다   189

용안사(龍安寺, 료안지)
선(禪)의 이름으로 이루어진 정원   217

금각사(金閣寺, 킨카쿠지)
금각에서 이루어진 꿈은 무엇이었던가   245

은각사(銀閣寺, 긴카쿠지)
서원조 건축과 사무라이의 삶   265

계리궁(桂離宮, 가쓰라 이궁)
'아름다운 사비' 또는 일본미의 해답   283

남선사(南禪寺, 난젠지)와 철학의 길
일본 정원의 진수와 일본 근대 지성의 고향   317

교토 지도   347
교토의 유네스코 세계유산   348
교토 답사 3박 4일 일정표   353

제1부

교토 전사(前史): 아스카·나라

아스카(飛鳥)시대 백제관음의 고향을 찾아서

도래인의 고향

아스카와 나라(奈良)는 일본 속의 한국문화를 찾아가는 답사의 핵심이며, 일본 고대문화의 하이라이트이다. 일본이 고대국가로 발전하는 전 과정이 아스카에 남아 있고, 마침내 그네들이 그토록 원하던 고대국가를 탄생시킨 곳이 나라이다.

아스카를 가면 우리나라의 부여가 떠오르고, 나라의 옛 절을 보면 경주를 연상하게 된다. 볼거리도 많고, 이야기도 많고, 문화유산 하나하나가 보석처럼 빛난다. 아스카에는 5세기 가야에서 건너간 도래인들이 일본에 철과 말(馬), 그리고 가야 도기문화를 전해준 흔적과 6세기 백제에서 건너간 도래인의 자취가 역력히 서려 있다. 그리고 710년 헤이조쿄(平

城京)로 천도하면서 시작된 나라시대는 일본 고대문화의 정점이었다. 무엇보다 아스카·나라의 봄 벚꽃과 가을 단풍은 참으로 아름답다. 일본다운 색감이 무엇인지를 여기처럼 잘 보여주는 곳이 없다. 아스카 문화의 결실을 법륭사, 고도 나라를 상징하는 문화유산을 동대사라고 한다면, 나는 지금 교토로 향할 답사기의 첫 장(章)을 법륭사에 할애하고 있다.

법륭사의 어제와 오늘

법륭사(法隆寺, 호류지) 이야기는 쇼토쿠 태자가 601년에 이곳 이카루가에 궁을 짓는 데서부터 시작한다. 당시 태자는 소가노 우마코와 불화가 생기면서 우마코의 전횡에서 피신할 생각에 사랑하는 아내 선비(膳妃, 본명은 膳部菩岐々美郎女)의 고향인 이 한적한 시골에 궁을 짓기 시작하여 605년 이곳으로 옮겨왔다. 그때 근처에 세운 절을 법륭사의 효시로 본다. 이때 태자가 사찰 건립 재원으로 희사한 영지는 16세기 말까지 법륭사 운영의 큰 재원이 되었다고 한다.

지금 법륭사 금당에 안치된 청동약사여래좌상의 광배에는 쇼토쿠 태자의 아버지 요메이(用明) 왕이 병의 치유를 빌며 스스로 가람 건립을 발원했으나 얼마 안 가 사망했기에 유지를 받들어 스이코(推古) 여왕과 쇼토쿠 태자가 607년 다시금 불상과 절을 완성했다는 명문이 쓰여 있다.

법륭사라는 이름은 창건 무렵이 소가씨의 씨사인 법흥사(法興寺, 오늘날의 아스카지)가 준공되어 불상이 안치되던 때(606)인 만큼 태자가 이에

| **법륭사의 가람배치** | 아스카에서 싹튼 일본 고대 불교문화가 법륭사에서 비로소 결실을 맺고 그 씨앗이 나라와 교토의 수많은 사찰의 건축과 조각을 낳았다.

필적할 만한 절을 세우고 일어날 흥(興)에서 한발 더 나아가 융성할 융 (隆)자를 넣어 지었다고 한다.

태자는 이카루가궁에서 국정을 살피고, 법륭사에서 불경을 탐구하며 경전의 주석서를 저술했다. 그러다 621년 12월 어머니가 세상을 떠나는 슬픔을 맞았다. 그리고 한달 뒤인 이듬해 622년 1월에는 태자 자신이 병 으로 누웠는데, 태자의 병을 간호하던 아내가 2월 21일 갑자기 먼저 세 상을 떠났다. 태자는 그다음 날인 22일에 향년 49세로 운명했다. 석달 사 이에 태자 집안은 3명의 초상을 치르게 된 것이다. 이때 백성들은 비탄 에 빠져 통곡했다고 『일본서기』가 전한다.

태자 서거 후, 쇼토쿠 태자의 아들은 부친의 극락왕생을 위해 도리 불 사에게 석가삼존상을 주문하여 623년 법륭사에 봉안했다. 그리고 『일본 서기』의 기사가 맞는다면 670년 법륭사는 전소되었고 710년 무렵 재건 된 것이 오늘날 법륭사의 핵심을 이루는 서원가람(西院伽藍)이다.

그리고 739년 무렵, 교신(行信) 스님은 쇼토쿠 태자가 살던 이카루가 궁 터에 몽전(夢殿)을 지어 확장했다. 그것이 법륭사 동원가람(東院伽藍)이 다. 이리하여 법륭사는 동서 양원 가람으로 5만 6,500평의 대찰이 되었다.

이후 법륭사에는 몇차례 화마가 덮쳤다. 925년에는 서원가람의 대강 당과 종루가 불탔고, 1435년에는 남대문이 소실되었다. 그러나 절 전체 를 태우는 대화재는 없었다. 그리하여 1,300여년의 연륜을 자랑하는 금 당과 오중탑을 비롯하여 아스카시대, 나라시대의 건물이 오늘날까지 그 대로 전한다. 국보와 우리나라 보물에 해당하는 중요문화재로 지정된 것 만도 190종 2,300점이나 된다. 이러니 어떻게 법륭사를 다른 절과 똑같 이 수평으로 비교할 수 있겠는가.

법륭사에도 몇번의 위기가 있었다. 근대에 들어와 메이지 연간에 있 었던 폐불훼석으로 절을 유지하기 힘들어졌다. 이에 1878년 법륭사는 백제의 아좌 태자가 그린 것으로 전하는 「쇼토쿠 태자 초상」을 비롯한 300여점의 보물을 황실에 헌납하고 1만 엔을 하사받았다. 이를 위해 황실은 국채를 발행했다고 한다.

1934년부터는 대보수가 시작되어 금당, 오중탑을 비롯한 여러 건물을 수리했다. 그러나 1949년 금당을 해체 수리하던 중 화재가 발생해 금당 1층 내부의 기둥과 벽화가 크게 손상되었다. 완전히 불탄 것은 아니고 색채가 다 날아가 흑백사진처럼 되어버렸다고 한다. 이 일을 계기로 일본에서는 문화재보호법이 제정되었다. 보수 작업은 반세기가량 계속되어 1985년에 이르러서야 완성 기념 법요가 열렸다. 오늘날 법륭사의 사격(寺格)은 쇼토쿠 태자를 모시는 성덕종(聖德宗) 총본산이다.

법륭사가 소장한 유물들은 동원과 서원 사이에 있는 대보장전(大寶藏殿)에 전시되어 있고, 황실에 헌납한 유물들은 전후 정부에 반환되어 '법륭사 헌납 보물'이라는 이름으로 도쿄국립박물관 별관에 제한적으로 전시되어왔다. 그러다 1999년부터는 일본의 유명 건축가 다니구치 요시오(谷口吉生)가 설계한 법륭사 보물관에 상설 전시되고 있다.

쇼토쿠 태자의 일생

쇼토쿠 태자는 574년 요메이 왕이 왕자 시절에 낳은 아들이다. 마구간에서 태어났다고 하여 이름을 '우마야도(廐戶, 마구간) 왕자'라 했다. 어려서부터 총명하여 '좋은 귀'(豊聰耳, 도요사토미미)라는 별명도 얻었다. 한번은 태자가 사람들의 청원을 들을 기회가 있었는데, 10명이 앞다투어 호소하며 달려들었는데도 하나도 빠뜨리지 않고 모두에게 적확한 답을 내려주었다고 한다. 이처럼 태자에게는 많은 전설이 있다.

태자는 만 19세 때인 593년부터 스이코 여왕의 위임을 받아 섭정에 들어갔다. 그는 숭불파 소가씨의 개명사상을 받아들여 야마토 정권이 고대국가로 나아가는 초석을 닦았다. 594년 태자는 '불교 융성의 조(佛敎興隆の詔)'를 발표했다. 595년 고구려의 승려 혜자(慧慈)와 백제의 승려 혜총(慧總)이 건너왔을 때 태자는 혜자를 스승으로 모셔 계를 받고 불교를 널리 보급했다. 아스카의 귤사(橘寺, 다치바나데라), 오사카의 사천왕사(四天王寺, 시텐노지), 법륭사 등 훗날 태자7사(太子七寺)라 불리는 7개의 절을 세웠다.

603년 태자는 종래의 씨성제(氏姓制) 대신에 '관위(冠位) 12계(階)'를 제정하여 신분이 아니라 재능을 기준으로 인재를 등용하는 길을 열었다. 이는 행정조직의 효율성으로 왕의 중앙집권을 강화하는 기반이 되었다.

쇼토쿠 태자상

쇼토구 태자를 신으로 모시는 태자 신앙의 성립은 외래문화를 받아들이는 일본인의 독특한 태도를 단적으로 보여준다. 일본의 신도(神道)는 실존 인물, 역사적 인물을 신으로 승격해 신사에서 숭배하곤 했다.

일본인들은 불교도 있는 그대로 받아들이지 않고 토착신앙 속에 녹여냈다. 그래서 쇼토쿠 태자는 신으로 격상됨과 동시에 부처님과 동격으로 숭배되었던 것이다. 일본인들은 이런 결합을 단순히 복합·화합·융합이 아니라 습합(習合)이라고 했다. 즉 신불(神佛) 습합이다. 삶 속에서 익히면서[習] 신도와 불교가 자연스럽게 저절로 합쳐진[合] 것이었다. 일본은 이런 습합의 귀재다.

태자 신앙은 특히 가마쿠라시대에 대단히 성행했는데 일본의 절과 박물관에 가면 태자상을 자주 만날 수 있다. 이 태자상은 다음의 네가지 유형으로 정형화되어 있다.

| 네가지 유형의 태자상 | 쇼토쿠 태자상은 네가지 표준 도상이 있다. 1. 2세 나무불 태자상 2. 16세 효양상 3. 35세 강찬상 4. 섭정상(이 그림은 야좌태자가 그린 것으로 전한다).

- 2세 나무불(南無佛) 태자상: 태자가 두살 때 합장하고 '나무불(南無佛)' 즉 '부처님께 귀의합니다'라고 했다는 전설에 따른 초상이다.
- 16세 효양상(孝養像): 태자가 열여섯살 때 부모님께 연꽃을 바치며 효도하는 모습이다.
- 35세 강찬상(講讚像): 태자가 『승만경』을 강론할 때의 모습으로, 영락(瓔珞) 장식을 늘어뜨린 면류관을 쓰고 가사를 걸친 채 왼손에는 단선(團扇)이라는 둥근 부채를 들고 있는 좌상이다.
- 섭정상(攝政像): 태자가 정무를 보던 모습으로, 모자는 쓰지 않고 상투에 쪽을 찐 채 허리에 칼을 차고 두 손에 홀(笏)을 잡고 있는 상이다. 대표적인 예가 백제 위덕왕의 아들인 아좌(阿佐) 태자가 그린 그림으로 이 그림은 당나라 염입본(閻立本)의 「역대제왕도(歷代帝王圖)」와 마찬가지로 양옆에 시녀를 거느린 삼존상 형식인데 단독으로 제작된 좌상도 아주 많다.

쇼토쿠 태자는 현대 일본인들에게도 매우 존경받는 이로서 태자의 초상은 고액권 화폐의 상징이었다. 1930년에 1백 엔부터 시작하여 1958년에는 1만 엔권에 이르기까지 일본 최고액권이 발행될 때마다 쇼토쿠 태자의 초상이 그려져 있었다.

그러다 1984년에 일본 화폐 디자인을 바꾸면서 1만 엔권은 후쿠자와 유키치(福澤諭吉)의 얼굴로 대체되었다. 이때 태자를 존경하는 사람들이 재무성을 찾아가 항의하자 당시 재무상은 다음에 5만 엔권을 발행하게 되면 다시 태자상을 모시겠다며 돌려보냈다고 한다.

| **중문과 오중탑** | 남대문 안으로 들어서면 저 멀리 키 큰 소나무들 사이로 서원가람의 장중한 중문과 경쾌한 상승 감을 보여주는 오중탑이 한눈에 들어온다.

법륭사 건축에서 보이는 일본미의 특질

　매표소에서 표를 끊고 가람으로 들어가면서 나는 곧바로 중문 앞으로 달려가 정중앙에 섰다. 중문으로 들어올 때의 이미지를 갖고 싶어서였다. 회랑으로 둘러싸인 가람 안에서는 금당, 오중탑, 강당이 저마다 다른 모습으로 조용한 긴장감을 불러일으킨다. 마당 전체가 낮은 침묵에 잠겨 있는 듯하다.

　건물들은 한결같이 낮게 내려앉은 느낌이다. 오중탑이고 금당이고 아래층을 이중으로 덧붙여 대지에 뿌리내린 힘을 강조하고 있다. 지붕선들도 일직선으로 반듯하고 추녀끝만 아주 조금 반전시켰을 뿐이다. 여기에서 일어나는 미감은 직선의 정갈함과 엄격함이다.

　어느 건물에도 우리 목조건축 같은 곡선미라는 것이 없다. 부석사 무

| **중문의 금강역사** | 중문의 양옆에는 우람하며 생동감있는 목조 금강역사상 두분이 천의 자락을 날리며 위압적으로 내려다보고 있다.

량수전 팔작지붕의 날갯짓 같은 것이 보이지 않는다. 부여 정림사탑은 위로 점점 좁아드는 체감률로 상승감을 유도하지만 법륭사 오중탑은 체감률이 거의 느껴지지 않을 정도로 반듯하여 상승감이 아니라 무게감을 강조하는 듯하다.

나는 이것이 일본미의 중요한 특징이라고 생각하고 있다. 일찍이 야나기 무네요시(柳宗悅)는 한국미의 특질을 곡선의 아름다움에서 찾았는데 나는 이곳 일본 땅 법륭사에서 직선의 미를 본다. 한국의 건축은 하늘을 향해 날갯짓하는 상승감의 표정이 많은 데 비하여 일본의 건축은 대지를 향해 낮게 내려앉은 안정감을 강조한다. 그것은 미감의 우열이 아니라 두 민족의 정서 차이일 뿐이다.

오중탑과 금당의 비대칭

이제까지 나는 법륭사 건축에서 이해되지 않는 것이 두가지 있었다. 하나는 왜 금당과 오중탑 모두 1층에 덧댄 것처럼 속지붕이 있는 이중 구조인가 하는 점이다. 나는 옛사람을 믿는 편인지라 무언가 이유가 있을 것이라고 생각해왔다. 일본 고건축에서는 이런 이중지붕을 상계(裳階)라 해서 지붕을 보완하는 의미이며, 이는 후대에 덧붙인 것이라고 한다. 그렇다면 이를 제외하고 보아야 아스카시대 건축의 온전한 모습을 볼 수 있겠다. 그래서 이번엔 손바닥으로 아래쪽 지붕을 가리고 보니 이해가 갔다. 오중탑의 비례감은 부여 정림사탑, 익산 왕궁리 오층석탑과 비슷했다. 그러면 그렇지.

또 하나는 법륭사 가람배치의 독특한 구성에 대한 미술사적인 의문이다. 우리나라의 삼국시대와 일본의 아스카시대 가람배치는 기본적으로 좌우대칭의 틀을 유지하고 있다. 그러나 법륭사 서원가람은 탑과 금당이 좌우로 늘어서면서 대칭적 구성을 벗어났다. 왜 그랬을까? 그렇게 해서 획득한 미감은 과연 무엇일까? 그것이 항시 궁금했다. 혹시 금당이 탑 뒤에 있으면 보이지 않기 때문에 이를 극복하기 위해 병립시킨 것이 아닐까. 또는 불에 탄 애초의 가람터를 피해서 짓다보면 그럴 수도 있었겠다는 정도로 생각하고 있었다.

그런데 2013년 봄 내 나이 환갑을 넘어 이제는 그런 거 따질 일 없이 관객의 입장에서 편안히 거닐어보다가 문득 깨달은 것이 있었다. 법륭사 서원가람은 분명 비대칭이지만 좌우 어느 한쪽으로 무게가 기울었다는 불균형의 거부감이 없었다. 아마도 탑과 금당의 용적을 따지면 거의 비슷하기 때문일 것이다. 그렇다면 이 가람배치는 비대칭의 대칭을 성공적으로 유지한 것이다.

법륭사가 왜 좌우대칭을 벗어났는지 나는 아직도 확신할 수 없지만

| 금당 |　오중탑과 함께 세계에서 가장 오래된 목조건축으로 아스카시대 건축을 대표하고 있다. 아래층 처마에 상계라는 속지붕이 달려 있는 것이 일본 건축의 독특한 양식이다.

정형에서 일탈했다는 사실 자체가 말해주는 중요한 의미는 알 만하다.
그것은 아스카시대 문화 능력의 성숙이다.

| 오중탑 |　아스카시대 건축미를 상징적으로 보여주는 목조 오중탑이다. 체감률이 거의 느껴지지 않을 정도로 반듯하여 상승감이 아니라 대지에 뿌리내린 무게감을 보여준다.

| 서원가람의 회랑 | 법륭사의 회랑은 그 자체가 국보로 지정된 아주 품위있으면서도 아름다운 건축물이다. 멀리서 볼 때 막혀 있는 벽면처럼 보이나 그 앞으로 다가가면 공간이 서서히 열리는 창살의 기능이 슬기롭게 느껴진다.

일정한 규범이나 전통에서 홀연히 벗어나는 것은 문화의 자기화가 이루어진 다음의 이야기다. 자신감이 부족할 때는 주어진 규범에 충실할 뿐이다. 오직 자신있는 자만이 전통에서 벗어나서 그 전통의 가치를 확대해간다. 그 이유가 어찌되었든 법륭사 가람배치가 정형에서 일탈했다는 것은 그만큼 아스카시대 문화 능력이 자신감에 차 있었다는 사실을 말해주는 것이다.

법륭사 회랑의 인간적 체취

나는 탑과 금당 사이를 지나 잘생긴 청동 등롱(燈籠)을 바라보며 대강당 쪽으로 걸어갔다. 9칸 넓이의 대강당 건물 좌우로는 종루(鐘樓, 헤이안시대, 국보)와 경장(經藏, 나라시대, 국보)의 단정한 2층 건물이 모서리를 마

| 회랑 창살 | 법륭사 회랑의 창살은 이 길고 지루한 공간에 빛과 활기를 넣어준다. 참으로 슬기롭고 아름다운 디테일이다.

감하고 있다. 두 누각 모두 회랑에서 약간 안쪽으로 들어와 있기 때문에 공간을 감싸안은 아늑함이 있다. 그리고 두 건물 모두 고풍 고색이 창연하다.

서원가람엔 꽃밭이 없다. 바닥은 백사(白砂)가 일색으로 깔려 있어 단색톤이 주는 긴장감이 있는데 종루와 경장 앞의 해묵은 홍매·백매가 그 긴장을 조용히 이완시켜준다. 그래서 서원가람은 안쪽이 훨씬 인간미가 있다.

종루 모서리부터 나는 아주 느긋이 회랑을 따라 걸었다. 30년 전이나 지금이나 법륭사에 와서 건축적으로 가장 감동받는 것은 이 회랑이다. 세계 모든 신전과 궁궐에는 회랑(corridor)이 있다. 이집트·그리스·로마의 신전, 유럽 중세의 수도원, 이슬람의 사원, 베이징의 자금성, 경주의 불국사, 서울의 경복궁…… 회랑은 공간을 권위있게 만들면서 거기가 성역이고 금역(禁域)임을 나타내주는 세계 공통의 건축적 형식이다.

그런 중 법륭사 서원가람의 회랑이 품위있으면서도 아름답고 편안한 느낌을 주는 것은 저 창살 때문이다. 창살은 멀리서는 막혀 있는 벽면처럼 보인다. 그러나 그 앞으로 다가가면 공간이 서서히 열리면서 마침내는 바깥을 훤히 내다볼 수 있게 한다. 창살 밖에는 가지런히 가꾼 꽃나무들이 아름다움을 뽐내고 있다.

그리고 다시 발걸음을 떼면 잠시 흰 벽체가 공간을 차단하고 이내 다시 창살이 공간을 열어간다. 법륭사 서원가람 회랑에는 이런 시각적 리듬과 인간적 체취가 살아 있다.

오중탑과 금당 내부의 불상들

이제 오중탑과 금당 안으로 들어가본다. 일본의 사찰과 신사는 그 내부를 아주 어둡게 하고 불상과 신상을 멀찌감치 떨어뜨려놓아 제대로 감상할 수 없다. 그래도 현장의 분위기와 스케일을 느끼기 위해서는 안으로 들어가보아야 한다.

오중탑 내부 4면에는 소조상이 모셔져 있다. 상의 크기가 매우 작아 잘 보이지 않지만 마치 작은 석굴 사원을 보는 느낌이다. 서면은 사리 배분 장면이고, 동쪽은 유마거사와 문수보살이 대화하는 장면이다. 남면은 미륵하생(彌勒下生) 장면이 연출되어 있다. 그리고 북면은 저 유명한 열반 장면이다. 오열하는 제자들의 모습 때문에 '우는 부처'라는 별명이 붙었다고 한다. 이는 711년, 즉 나라시대 초기의 것으로 법륭사 재건축의 하한연대를 말해주는 작품이기도 하다.

금당 내부는 가운데 석가삼존불을 본존으로 하고 좌우에는 길상천(吉祥天)과 비사문천(毘沙門天)이 시립해 있다. 우측에는 약사불, 좌측에는

| **오중탑의 '우는 부처'** | 오중탑 4면에는 소조상이 모셔져 있는데 그중 북면에는 유명한 열반 장면이 있다. 오열하는 제자들의 모습 때문에 '우는 부처'라는 별명이 붙었다.

아미타불이 따로 모셔져 있고 불단 네 귀퉁이는 또 사천왕이 지키고 있다. 모든 존상들이 하나같이 국보와 중요문화재로 지정되어 있는데 그중 미술사적으로 가장 주목받는 것은 본존인 청동석가삼존상이다.

도리 불사의 석가삼존상

금당의 청동석가삼존상의 광배 뒷면에는 14자 14행의 긴 명문이 있다. 그 내용을 요약하면 다음과 같다.

622년 정월 쇼토쿠 태자가 병으로 눕고, 이어서 태자의 비(妃)도 병석에 몸져눕게 되어 왕후, 왕자, 신하들이 깊이 탄식하면서 도리 불사에게 명하여 등신대의 석가상을 조성하여 병이 낫고 장수하기를 간절히 기원했지만 2월 21일에 태자비가 먼저 돌아가시고 그다음 날인 22일 태자도 세상을 떠났다. 이듬해(623) 3월 중순에 이르러 이 석가삼존상을 완성했다.

이 불상은 이처럼 제작 연도, 제작 동기, 제작자를 명확히 밝혀놓음으로써 아스카시대 불상 조각의 기준 작품이 되었다. 도리 불사의 이름은 한자로 '鞍作首止利(안작수지리)'라고 표기했다. '鞍作(안작)'은 도래인 기술 집단인 구라쓰쿠리베(鞍作陪)를 말하며 '首(수)'는 우두머리를 뜻한다.

이 불상의 1광배 3존불 형식과 옷자락이 좌대까지 덮어내리는 상현좌(裳懸座) 형식은 우리의 삼국시대에 유행한 것으로 부여 군수리 출토 납석제여래좌상, 청양에서 출토된 도기 좌대와 깊은 친연성이 있다. 도리 불사는 이런 양식을 바탕으로 하면서 불상의 얼굴은 아주 현세적으로 표현했다. 얼굴엔 미소가 약하고 어여쁘지도 않다. 그 대신 대단히 현실감이 있다. 이것을 미술사가들은 도리 양식이라고 부른다. 도리 불사는 일본미술사에 한획을 그은 명장이었으며, 이 석가삼존상은 일본미술사의 한 기준작으로 남게 되었다.

| 금당의 청동석가삼존상 | 금당 내부는 청동석가삼존불을 본존으로 하고 좌우에는 길상천과 비사문천이 시립해 있다. 도리 불사가 제작한 이 불상의 얼굴은 아주 현세적인 인물상으로 표현되었다. 이것을 미술사에서는 도리 양식이라고 부른다.

도리 양식과 도래 양식

아스카시대 불상은 우리나라 삼국시대 불상과 밀접히 연관되어 있어 몇몇 불교조각사 학자들은 한일 불교문화 교류의 시각에서 도리 불사의 석가삼존상을 비롯한 아스카시대 불상에 대해서도 자주 언급하고 있다.

대략을 소개하면 아스카시대의 불상 조각은 크게 도래(渡來) 양식과 도리(止利) 양식으로 나누어 본다. 도래 양식은 한반도에서 가져왔거나 이를 충실히 본받아 제작한 것이다. 이제 우리가 만나게 될 백제관음과 교토 광륭사의 목조반가사유상이 대표적인 예이다.

아스카시대에는 본격적으로 불상들이 제작되면서 일본인들이 말하는 아스카 양식이 나타난다. 아스카 양식이란 도래 불상을 서툴게 모방한 것으로 대체로 고졸(古拙)한 미소를 띠고 있다. 그래서 어떤 불상은 아케익한(archaic) 이미지도 준다. 이는 양식 발전의 초기 단계에 나타나는 보편적 현상이다. 모델을 갖고 만들면 그럴듯하지만 모델 없이 자기 식으로 만들다보면 서툴러 보이게 마련이다. 그러나 서툴지언정 자기 식으로 만들어보아야 독자적인 양식을 확보하게 된다.

이때 혜성같이 나타난 불상의 명장이 도리 불사다. 도리 불사는 아스카사 대불 같은 대작까지 만들어냈다. 도리 불사의 등장과 함께 아스카시대에는 도리 양식이 유행하는데 그 특징은 무엇보다도 얼굴이 직사각형으로 길어서 불상이라기보다 현세적 인물 같은 인상을 준다는 점이다. 이런 도리 양식은 시간이 흐를수록 세련미를 더해갔다.

그리고 7세기 중엽, 하쿠호(白鳳)시대가 되면 일본 불상은 새로운 양상을 띠게 된다. 당나라풍을 받아들이면서 대단히 사실적이고 육감적인 모습을 보여주는 것이다. 이것이 일본미술사에서 말하는 아스카 양식에서 하쿠호 양식으로의 변천 과정이다.

아! 아름다워라, 백제관음이여

서원가람을 떠나 동원가람으로 향하면 중간에 대보장전이 나온다. 대보장전은 현대식 박물관 건물로 그곳에는 정말 많은 유물들이 전시되어 있다. 그중 하이라이트는 1998년에 별도의 공간을 마련해 거룩하게 안치된 백제관음상(百濟觀音像)이다. 대보장전으로 들어가면서 나는 일행을 뒤로하고 잰걸음으로 앞서 나갔다. 백제관음당으로 들어서자마자 마주치는 그 측면관(側面觀)을 조용히 음미하는 기쁨을 만끽하기 위해서였다.

백제관음상의 측면관은 정말로 아름답고 신비롭다. 거룩하고 우아하고 어여쁜 몸매에 잔잔한 미소를 머금은 아리따운 얼굴, 거기에 왼손으로는 정병을 가볍게 들고 오른손은 앞으로 가만히 내밀고서 천의 자락을 살포시 발아래까지 내려뜨린 채 먼 데를 바라보고 있는 모습을 보면 "아! 아름다워라, 백제관음이여"라는 탄성 외엔 아무 말도 할 수 없다.

실제 높이가 209센티미터라지만 팔등신도 넘는 훤칠한 몸매 때문에 훨씬 더 커 보이는 대작이다. 법의 아랫자락은 출수(出水)의 모습으로 물결무늬를 그리며 퍼져 내려가고 천의 자락이 무릎 위에서 엑스자로 교차하는데 허리 위쪽은 '물에 젖은 옷주름'(wet drapery)을 그대로 나타내어 나신(裸身)처럼 근육의 굴곡이 살짝 나타난다. 그로 인해 백제관음은 이상적인 인간상이면서 생동하는 듯한 사실감도 느끼게 해준다. 불성과 인성의 절묘한 만남이다. 어떻게 보살이라는 이름으로 이처럼 완벽한 인체 조각을 만들 수 있었을까. 보면 볼수록 감탄밖에 나오지 않는다.

이는 나만의 느낌이 아니다. 일찍이 교토대학에서 일본미술사를 강의했던 하마다 고사쿠(濱田耕作)는 그의 명저로 꼽히는 『백제관음』(百濟觀音, 平凡社 1926)에서 이 불상의 측면관의 아름다움과 함께 정병을 가볍게

잡고 있는 손가락의 표현이 너무도 절묘하다고 찬사를 보내고 있다.

백제관음에 바친 글과 시는 무수히 많다. 법륭사에서 펴낸『백제관음』(1993)이라는 책자에는 야시로 유키오(矢代幸雄)의 「탄미초(嘆美抄)」를 비롯하여 연구논문이 10편, 아이즈 야이치(會津八一)의 「남경여창(南京餘唱)」을 비롯한 단가와 시 등이 18편, 간바야시 아카쓰키(上林曉)의 「법룡사의 경례(敬禮)」 등 기행문 에세이가 15편 실려 있다. 당대 문사치고 이 백제관음을 예찬하지 않은 이가 없다 할 정도다. 그중 일본의 평론가로 이름 높은 가메이 가쓰이치로(龜井勝一郎)의 「야마토 고사 풍물지」는 글 자체가 감동적이다.

백제관음 앞에 서는 찰나, 심연을 헤매는 것 같은 불가사의한 선율이 되살아나왔다. 희미한 어둠 속 법당 안에 흰 불꽃이 하늘하늘 피어올라 그것이 그대로 영원 속에 응결된 듯한 모습을 접할 때, 우리들은 침묵하는 것 외에 다른 길이 없다. 이 흰 불꽃의 흔들림은 아마도 아스카 사람들의 고뇌의 선율일 것이다. 미술 연구를 위하여 야마토를 찾는 것은 마지막에나 할 일이고, 불상에는 합장하여 배례하러 가는 것이라는 단순한 이치를 이때 처음으로 깨달았다. 나는 신앙은 있어도 불교도는 아니다. 그러나 망연히 서서 마음속에서 우러나오는 예배를 올렸다.

백제관음의 유래

이 보살상은 본래에는 법륭사에 봉안된 것이 아니라고 한다. 그래서

| 대보장전의 백제관음 | 실제 높이가 209센티미터라지만 팔등신도 넘는 훤칠한 몸매 때문에 훨씬 더 커 보이는 대작이다. 이처럼 아름다운 인체 조각상은 이상적인 인간상으로서 불상을 조각하려는 조형 의지의 반영이다.

747년의 「법륭사 자재장」에는 보이지 않는다. 어디에선가 옮겨온 것이 분명한데 하마다 고사쿠는 『백제관음』에서 「고금목록초(古今目錄抄)」라는 문헌에 아스카의 귤사가 황폐화되면서 불상이 법륭사로 옮겨졌다는 기록을 주목할 만하다고 했다.

그러면 백제관음이라는 이름은 어디서 유래했을까? 이에 대해서는 다카다 료신(高田良信)이 자세하게 살펴본 바 있는데 그는 1917년 발행된 『법륭사 대경(大鏡)』에 이 보살상을 소개한 다음의 글에서 유래한다고 했다.

이 보살상은 절에서 전해오기를 백제관음이라고 한다. 좌대에 허공장보살(虛空藏菩薩)이라는 명문이 있지만 (…) 수년 전 보관(寶冠)이 발견되었는데 화불(化佛)이 있어 명확히 관음임을 말해준다.

| 백제관음 측면 | 백제관음상의 측면관은 정말로 아름답고 신비로워 처음 마주 대하는 순간 "아! 아름다워라, 백제관음이여"라는 탄성 외엔 아무 말도 할 수 없다.

그리고 1698년 법륭사 불상들을 기록한 문서에 "금당──허공장보살, 백제국(百濟國)으로부터 내도(來渡)하다"라고 나온 것이 백제관음의 유래라고 한다.

이후 1886년 궁내성과 문부성에서 법륭사의 귀중한 문화재를 하나씩 조사하고 검인 표찰을 붙일 때 오카쿠라 덴신(岡倉天心)이 다른 수많은 불상과 구별하기 위하여 이 보살상을 '조선풍(朝鮮風) 관음'이라고 기록하도록 했다고 한다. 그런데 1911년 우연히 법당 토벽에서 이 보살상의 것으로 추정되는 보관이 발견되었는데 관음의 상징인 화불이 조각되어 있어 이때부터 허공장보살이 아니라 관음보살로 부르게 되었다는 것이다.

또한 백제관음이라는 호칭은 1919년 간행되어 큰 인기를 얻은 와쓰지 데쓰로의 『고사순례』에서 그렇게 부른 후 사람들이 따라 부르게 되었다는 것이다. 결국 당대 문화계의 지성이었던 오카쿠라 덴신과 와쓰지 데쓰로로 인하여 이처럼 백제관음이라는 미칭(美稱)을 얻어 그 양식적 유래와 의미를 명확히 한 셈이다.

옥충주자

대보장전에는 참으로 많은 아스카·하쿠호·나라시대의 유물이 전시되어 있다. 하나하나가 국보 또는 중요문화재이니 이를 다 감상하는 것은 한나절 일정으로는 불가능하다.

그중 우리가 특별히 주목한 것은 옥충주자(玉蟲廚子)다. 주자란 불상을 모셔놓은 미니어처 건축물이다. 상중하 3단으로 나뉘어 하단은 기단, 중단은 수미산, 상단은 전각으로 구성된 2층 건물 모양이다. 옥충이라는 이름이 붙은 것은 금속 장식에 2,563마리의 비단벌레(옥충) 날개를 넣어

| **옥충주자** | 주자란 불상을 모셔놓은 미니어처 건축물로 상중하 3단으로 나뉘어 하단은 기단, 중단은 수미산, 상단은 전각으로 구성된 2층 건물 모양이다.

비취색을 냈기 때문인데 스이코 여왕이 궁궐에 장식했던 것이라고 전한다. 전각의 문짝을 열면 그 안에 작은 불상이 안치된 것을 볼 수 있다.

벽면에는 나전 기법으로 그림을 넣었는데 그 내용은 석가모니의 전생담으로 배고픈 어미 호랑이에게 자신의 몸을 보시한 석가모니의 이야기다. 그런데 일본엔 호랑이가 없다. 또 옥충 기법은 황남재총 남분에서 출토된 말안장에 사용된 삼국시대 기법이기 때문에 한반도에서 보내줬다

| **옥충주자 벽면 디테일** | 석가모니가 배고픈 어미 호랑이에게 몸을 보시한 이야기를 그린 장면이다.

고 보는 견해도 있고 도래인 기술자들이 만들었다는 주장도 있다.

오카쿠라 덴신은 '백제식'이라고 했고 페놀로사(E. Fenollosa)는 단정적으로 "590년 무렵 백제에서 스이코 여왕에게 보내준 것"이라고 했다. 이에 대해 안휘준 교수는 그림의 형식으로 보면 오히려 고구려적인 요소가 더 많다고 보았다.

이 옥충주자는 건물 모양 자체에도 단아한 인상의 고풍스러움이 있고, 나전으로 그려진 그림들이 제법 솜씨가 좋으며 옥충으로 장식한 금속공예는 아스카시대 작품으로 보기에는 너무도 정교하고 세련되었기에 그런 주장이 나온 것이다.

대보장전의 보물들

대보장전에는 또 많은 불상들이 진열되어 있다. 그중에는 백제불과 비슷한 잔잔한 미소의 금동석가여래삼존상도 있고, 도리 양식의 작고 고졸한 보살입상도 있으며, 당나라에서 건너온 아주 화려한 목조구면관음입상, 목조여의륜관음좌상도 있다.

그중 일본 불교미술사에서 명작으로 꼽는 것은 몽위관음(夢違觀音)이다. 악몽을 길몽으로 바꾸어준다고 해서 꿈 몽(夢)자, 다를 위(違)자가 붙은 전설적인 관음으로 하쿠호시대를 대표하는 불상이다. 신체가 육감적으로 표현되어 가슴의 볼륨감과 허리 곡선이 완연하고 얼굴 또한 살이 올라 이제까지 보아온 도래 불상이나 도리 양식과는 전혀 다르다. 청동주조 기술도 뛰어나서 질감이 아주 매끄럽고 야무지다. 반세기 사이에 도래 양식을 넘어선 하쿠호시대 불상의 박력을 여기서 엿볼 수 있다.

대보장전 끝에는 1949년 1월 불에 탄 금당벽화 1호부터 6호까지의 모사도가 전시되어 있다. 그중 가장 유명한 것은 몸을 약간 옆으로 비틀고 연꽃을 들고 있는 연화보살상이다. 그 포즈가 인도 아잔타(Ajanta) 석굴의 벽화와 하도 흡사하여 당시 불교문화의 국제적 교류 범위가 생각 밖으로 넓었음을 말해준다.

이 금당벽화는 한때 고구려의 담징(曇徵, 579~631)이 그린 것으로 우리나라 중·고교 교과서에 실려 있어서 지금도 그렇게들 많이 알고 있다. 그러나 담징이 백제를 거쳐 일본에 건너가 채색(彩色)·지묵(紙墨)·

| **구면관음상과 몽위관음상** | 하쿠호시대를 대표하는 불상으로, 신체가 육감적으로 표현되어 가슴의 볼륨감과 허리 곡선이 완연하고 얼굴 또한 살이 올라 이제까지 보아온 도래 불상이나 도리 양식과는 전혀 다르다.

연자방아〔碾磑〕의 제작 방법을 전했다는 시기는 610년(영양왕 21)이다. 법륭사가 불탄 것은 670년이니 그렸다 해도 이 작품은 아니다. 담징이 그렸다는 전설은 우리나라에서 만들어진 것이고 일본에는 그렇게 전하지 않는다.

　금당벽화에서 내가 주목하는 것은 화마에도 용케 살아남은 금당 2층 기둥 사이에 있던 비천상 벽화다. 수리하느라 마침 벽화를 떼어놓아 화

| **비천상 벽화** | 금당벽화는 불에 타 큰 손상을 입었지만 미리 복제해둔 연화보살상은 아름다웠던 벽화의 옛 모습을 보여준다.

마를 피한 것이다. 천의 자락을 휘날리며 지상으로 내려오는 역동적인 구도의 우아한 포즈는 고구려 안악 2호분의 비천상이나 감실총의 비천 상을 연상시킨다. 참으로 명화라 할 만하다.

몽전의 구세관음상

대보장전을 나오면 바로 법륭사 동대문(나라시대, 국보)이 나온다. 이 동대문은 법륭사에 있는 많은 옛 건물 중 우리나라 건축과 가장 비슷한 분위기이다. 위압적이지 않고 단정한 느낌의 아주 참한 건물이다.

동대문을 들어서면 양쪽으로 긴 담장이 나란히 뻗어 있고 그 끝에 동 원가람(東院伽藍)의 대문이 보인다.

동원가람은 쇼토쿠 태자의 초상과 사리를 모신 별원(別院)으로, 정중

| **몽전** | 몽전은 태자가 살았던 이카루가 궁터에 교신 스님이 태자를 그리워하며 건립한 것으로 일본의 많은 팔각 원당 건물 중에서도 단정하고 품위있는 건물로 꼽히고 있다.

앙을 차지하는 몽전(夢殿, 나라시대, 국보)이라는 팔각당 건물이 핵심이다. 가마쿠라시대까지 일본 사찰에서 거의 필수적으로 세워진 이 팔각당 건물은 원당(圓堂)이라고도 불리며 사자(死者)의 진혼을 위한 묘당(廟堂)의 성격이 강하다.

몽전은 태자가 살았던 이카루가 궁터에 교신 스님이 태자를 그리워하며 739년에 건립한 것으로 매우 단정하고 품위있는 건물이다. 큰 멋을 부리지 않았고 기둥과 창방, 주심포의 공포가 흰 벽체에 확연히 드러나 있어 아주 밝은 인상을 준다.

몽전 감실에는 쇼토쿠 태자를 모델로 만들었다는 등신대의 구세관음상(救世觀音像)이 봉안되어 있다. '구세'라는 이름은 쇼토쿠 태자가 세상을 구하겠다는 원(願)을 낸 관음의 화신이라는 데에서 유래한다.

머리에서 발끝까지 녹나무 한 그루를 깎아 만든 아스카시대의 대표적

인 불상으로, 비불(秘佛)로 전해져 유릿빛 옥으로 장식한 보관을 비롯하여 마치 어제 제작한 것처럼 상태가 완연(完然)하다. 1884년 페놀로사가 문화재 조사를 나왔다가 이제까지 공개된 적이 없었다고 완강히 거부하는 스님을 겨우 설득해내서, 마침내 감실의 자물쇠가 열리고 광목으로 완전히 덮여 있던 구세관음상이 몇백년 만에 그 모습을 드러냈다. 페놀로사는 그때의 감동을 다음과 같이 말했다고 와쓰지의 『고사순례』에 전한다.

이리하여 이 경탄할 만한 세계 유일의 조각상이 수세기 만에 처음으로 인간의 눈과 마주하게 되었다. 그것은 등신보다 약간 큰 키로 (…) 전신에 도금을 한 것이 지금은 구리처럼 황갈색이다. 머리는 조선풍의 금동장식이 있는 기묘한 관으로 장식되어 있고 (…) 긴 띠가 드리워져 있었다.
그러나 우리를 가장 끌어당긴 것은 이 제작의 미적 불가사의였다. 정면에서 보면 이 상은 그리 기고만장하지 않지만, 옆에서 보면 그리스 초기 미술과 똑같은 높은 기상이 있다. 어깨에서 발아래로 양측면으로 흘러내리는 긴 옷자락의 선은 직선에 가까운 조용한 한 줄기의 곡선이 되어 이 상에 위대한 높이와 위엄을 부여해준다. (…) 그리고 조용하고 신비로운 미소를 띠고 있다. (…) 우리들은 일견하여 이 상은 조선에서 만들어진 최상의 걸작이고, 스이코 여왕 시대의 예술가가 쇼토쿠 태자를 강력한 모델로 했음에 틀림없다고 판단했다.

| 몽전의 구세관음 | 머리에서 발끝까지 녹나무 하나를 깎아 만든 아스카시대의 대표적인 불상이다. 천년을 두고 비불(秘佛)로 전해져오다가 19세기 말, 페놀로사의 문화재 조사 때 처음으로 세상에 그 모습을 드러냈다.

| **중궁사** | 중궁사에는 우리나라 국보 83호 금동반가사유상과 많이 닮은 목조반가사유상이라는 명작이 있다.

　페놀로사의 이 견해에 대해서는 훗날 많은 이견이 있고 오늘날 불교 미술사가들은 도리 양식의 대표작 중 하나로 꼽고 있다. 김리나 교수는 이 불상이 보주(寶珠)를 손에 들고 있는 모습이 삼국시대의 여러 봉주보살상(捧珠菩薩像)과 친밀한 관계에 있음을 논한 바 있다.

중궁사의 천수국 수장

　법륭사 답사는 몽전의 관음으로 끝이다. 그러나 법륭사 밖을 나가면 곧바로 중궁사(中宮寺, 주구지)라는 아담한 절을 만나게 된다. 이 절은 쇼토쿠 태자가 세운 7대 사찰 중 유일한 비구니 사찰이다.

　이 절에는 우리나라와 연관되는 작품이 둘 있다. 하나는 태자의 아내인 귤 부인(橘大郎女)이 태자가 죽어서 올라간 곳을 극락세계인 천수국

| 중궁사의 천수국 만다라 수장(부분) | 폭 89, 높이 83센티미터의 면포 위에 연꽃으로 환생하는 천수국 모습을 오색으로 수놓은 것이다. 이 자수의 밑그림은 고구려의 화가 가서일이 그린 것으로 알려져 있다.

(天壽國)이라 상상하고 자수로 제작한 '천수국 만다라 수장(天壽國曼荼羅繡帳)'이다. 폭 89, 높이 83센티미터의 면포 위에 태자가 연꽃으로 환생하는 천수국의 모습을 오색으로 수놓은 것이다.

622년에 제작된 이 자수 휘장의 뒷면에는 화사(畵師) 고려 가서일(高麗 加西溢), 동한 말현(東漢 末賢), 한노 가기리(漢奴 加己利)가 밑그림을 그렸다는 명문이 들어 있다고 한다. 고려는 고구려이고, 동한은 야마토노 아야씨를 말하며, 한노는 또 다른 도래인 성씨로 생각된다. 도래인의 활동은 아스카시대 내내 이렇게 끊이지 않고 나타난다. 이 자수 휘장은 보존을 위해 공개하지 않는다. 다만 나라국립박물관 특별전에서 공개된 바 있다.

중궁사의 목조반가사유상

중궁사에 있는 또 하나의 유물은 우리나라 국보 83호 금동미륵보살반가사유상과 많이 닮은 목조반가사유상이라는 명작이다. 이 불상에 대해서는 와쓰지 데쓰로의 『고사순례』에 나오는 글보다 더 뛰어난 예찬이 없을 것 같다.

저 피부의 검은 광택은 실로 불가사의한 것이다. 이 상이 나무이면서 동으로 제작한 것처럼 강한 느낌을 주는 것은 저 맑은 광택 때문이라고 생각한다. 또 이 광택이 미묘한 살집, 미세한 면의 요철을 실로 예민하게 살려주고 있다. 이로 인해 얼굴의 표정 등이 섬세하고 부드럽게 나타난다. 지그시 감은 저 눈에 사무치도록 아름다운 사랑의 눈물이 실제로 빛나는 듯 보인다. (…) 우리들은 넋을 잃고 바라볼 뿐이다. 마음속 깊이 차분하고 고요히 묻어두었던 눈물이 흘러내리는 듯한 기분이다. 여기에는 자애와 비애의 잔이 철철 넘쳐흐르고 있다. 진실로 지순한 아름다움으로, 또 아름답다는 말만으로는 이루 다 말할 수 없는 신성한 아름다움이다.

유물을 보는 눈, 문화유산의 깊이를 읽어내는 통찰력, 아름다움에 대한 사색이 어우러진 명문이다. 100년 전 일본에는 이런 지성이 있었다. 그는 철학자로서 많은 저술을 남겼다. 하이데거(M. Heidegger)가 '존재와 시간'을 논할 때 그는 '존재와 공간'을 논한 『풍토(風土)』(岩波文庫 1935)라는 명저를 남겼다. 그는 미술사와 미학에서도 높은 식견을 보여주었다. 그의 저서 중 대중에게 가장 널리 읽힌 것이 이 『고사순례』인데 일본

| 중궁사 반가사유상 | 하쿠호시대의 대표적인 불상으로 꼽히는 이 반가사유상은 그 양식적 연원이 어찌 되었건 불상의 매력은 거룩한 절대자의 상을 보여주는 보편적 이미지에 있음을 말해준다.

| 법륭사에서 중궁사로 가는 길 | 법륭사 밖을 나가면 곧바로 중궁사라는 아담한 절과 만나게 된다. 이 절은 쇼토쿠 태자가 세운 7대 사찰 중 유일한 비구니 사찰이다.

인들은 이를 교과서 삼아 나라와 교토의 고사를 순례하면서 역사의 숨결을 느끼고 민족혼을 일깨웠다. 참으로 부러운 모습이다.

와쓰지는 이 책에서 시종일관 일본인이 불교문화를 독창적으로 만들어가는 과정을 강조하고 또 강조했다. 그래서 도래 양식의 백제관음에서도, 도리 양식에서도 불상 조각이 일본화되어가는 징후를 놓치지 않고 잡아내려고 노력하는 모습이 역력하다.

페놀로사가 몽전관음을 조선풍이라고 한 것에 대해 그는 "틀렸다"고 했다. 일본 혼을 찾아가는 그의 시각에선 그렇게 말할 수도 있다. 그리고 그는 또 이 중궁사의 목조반가사유상에 대해서 바야흐로 도래 양식을 벗어나 하쿠호 미술의 '정묘(精妙)한 사실성'으로 나아가고 있다고 말했다. 그러나 내 입장에서 보면 와쓰지가 "틀렸다".

중궁사 반가사유상 이후 일본 불상이 변해가는 모습을 떠올린다면 와쓰지의 견해는 "맞다". 그러나 중궁사 반가사유상이 어떤 조형적 기반에서 이와 같은 모습이 되었는가를 생각하면 내 견해가 맞을 것이다. 일본인의 눈에는 그 후가 훤히 내다보였고, 한국인인 내 눈에는 그 뿌리가 먼저 다가왔다고나 할까.

그러나 중요한 것은 그 양식적 연원이 어찌 되었건 중궁사 반가사유상은 진실로 아름답고 거룩한 보편적 이미지의 불상이라는 점이다. 그래서 나는 언제 어느 때 찾아와도 법륭사 답사의 마무리를 중궁사 목조반가사유상 앞에서 했다.

나라(奈郎)시대 불교미술의 영광과 자랑

동대사

고도 나라를 상징하는 문화유산은 동대사(東大寺, 도다이지)이다. 만약에 나라에 가서 동대사를 보지 않았다면 나라에 갔다 왔다고 할 수 없다. 마치 불국사를 보지 않고는 경주에 다녀왔다고 할 수 없는 것과 같다.

일본 역사상 나라시대는 헤이조쿄에 도읍을 둔 8세기로 이 시기 동아시아는 한국·중국·일본 모두 이렇다 할 전쟁이 없이 모처럼 찾아온 평화의 시대였다. 이때 세 나라 모두 문화의 꽃을 피웠다.

당나라는 이태백과 두보가 활약하던 성당(盛唐)시대였고, 통일신라는 에밀레종·불국사·석굴암을 탄생시킨 경덕왕(景德王, 재위 742~765) 시절이 있었으며, 발해는 해동성국(海東盛國)이라는 칭송을 받던 문왕(文王, 재위 737~793) 때였다. 일본에서는 이 고대문화의 전성기를 덴표시대

(729~749)라 부르며, 당시 문화의 성대함을 상징적으로 보여주는 것이 동대사이다.

동대사의 역사는 쇼무 천황이 741년에 국분사(國分寺, 고쿠분지)와 국분니사(國分尼寺, 고쿠분니지)를 건립하라는 조칙을 내린 때부터 시작된다. 당시 행정구역은 수도권을 기내(畿內, 기나이)라 하고 지방은 섭진국(攝津國, 셋쓰노쿠니), 육오국(陸奧國, 무쓰노쿠니) 등 70여개국(國, 구니)으로 되어 있었는데, 각 국마다 국가 발원의 국분사를 세우게 한 것이다. 이것만으로도 당시 불교문화의 성대함을 알 수 있다.

기내 지방(야마토)의 국분사로는 지금의 동대사 자리인 와카쿠사산(若草山) 기슭에 있던 여러 절 중 금종사(金鐘寺, 곤슈지)를 금광명사(金光明寺, 곤고묘지)라 이름을 고쳐 지정했다. 금광명이란 국가의 재해와 국난을 없애준다는 『금광명최승왕경(金光明最勝王經)』의 세계를 구현한다는 뜻이다. 그리고 국분니사는 법륭사 옆에 새 절을 짓고 법화사(法華寺, 홋케지)라 했다.

불교국가를 완성하려는 쇼무 천황은 『화엄경』에 열중했다. 일본에 『화엄경』을 전한 것은 신라인 학승 심상(審祥) 스님이었다. 그는 나라 대안사(大安寺, 다이안지)에 있었는데 740년 훗날 동대사의 초대 주지로 추대된 료벤 스님의 초청을 받아 금종사에서 『화엄경』을 강설했다. (이 신라의 심상 스님을 신라에 유학한 일본 승려라고 주장하는 학설도 있다.)

쇼무 천황은 화엄 강론에도 참석하면서 『화엄경』에 심취하여 『화엄경』의 주존불인 비로자나불을 모실 대규모 사찰을 구상했다. 그는 『화엄경』에서 말한 바와 같은 오묘하고도 빈틈없는 그물망을 국가에도 구현하기를 원했던 것이다.

| 동대사의 금당 | 고도 나라를 상징하는 문화유산은 동대사이다. 나라에 가서 동대사 금당에 안치된 대불을 보지 않았다면 나라에 갔다 왔다고 할 수 없다.

동대사 대불 주조의 칙령

쇼무 천황은 화엄 세계의 장엄함을 지상에 구현한다는 거대한 이상을 갖고 743년 11월 5일, 대불(大佛)을 조성하라는 자못 엄격한 조칙을 발표했다. 『속일본기(續日本紀)』에 그 조칙문이 다음과 같이 전한다.

불법흥륭의 대원을 발하여 비로자나불 금동상 1구를 만들어 바치겠노라. 나라의 구리를 다하여 상(像)을 만들고, 높은 산의 나무를 베어 불전을 세워 (…) 똑같이 이익을 얻고, 똑같이 보리를 얻게 함이다. 무릇 천하의 부(富)를 가진 자는 짐이요, 천하의 권위를 가진 자도 짐이다. 이 부와 권위로써 이 존상을 만드는 것이나 일의 성사를 위한 마음이 지난(至難)할 뿐이다. (…) 만약 사람마다 나뭇가지 하나, 한 줌의 흙을 갖고 상을 만든다는 마음으로 소원한다면 부처님도 이를 들어주실 것이다.

천황이 나서고 국가가 주도하겠으니 백성들도 동참해달라는 취지였다. 군주와 백성이 한마음으로 대불을 주조함으로써 강력한 중앙집권체제를 구축하겠다는 뜻이 들어 있다.

이때 쇼무 천황은 교토에 자향락궁(紫香樂宮, 시가라키큐)이라는 이궁(離宮) 건설을 추진하고 있었기에 그곳 갑하사(甲賀寺, 고가지)에서 대불을 제작하도록 했다. 그는 장차 나니와로 천도할 생각도 있었다고 한다.

그런데 비로자나불상 몸체의 중심축을 이룰 기둥을 세우는 의식을 준비하는데 갑자기 큰 산불이 일어나고 이어서 지진이 발생하자 천도 계획을 포기하고 대불도 나라의 국분사인 금광명사에 봉안하기로 했다.

대불 제작의 실패

그리하여 2년 뒤인 745년, 금광명사에서 대불 조성 사업이 재개되었다. 여기는 헤이조쿄의 동쪽으로 외경이기 때문에 터를 넓게 잡을 수 있었다. 그리고 대불 조성 뒤에는 동쪽의 큰 절이라는 뜻으로 '동대사'라는 이름을 얻었다.

대불 조성은 엄청난 하중을 지탱할 기단부를 튼튼히 다지는 지하 작업부터 시작했다. 지상에 대불이 올라앉을 돌받침대는 직경 37미터, 높이 2.4미터나 되었다. 그리고 연꽃 모양으로 주조된 청동좌대는 직경 23미터, 높이 3미터였다. 여기까지는 일이 순조롭게 진행되어 745년 5월, 좌대 안치식이라는 성대한 기념행사가 열렸다.

이 연화좌대는 모두 28개의 연잎으로 구성되어 12년 뒤인 757년에야

완성되었다. 각 연잎마다 섬세하고도 아름다운 문양을 새겼는데 지금도 반 이상이 옛 모습을 지니고 있다.

청동대불을 조성하자면 먼저 진흙으로 상을 만들어야 한다. 이 작업은 1년 반의 노력 끝에 746년 11월 완성되었다. 이때도 기념행사를 열고 천황과 황후가 촛불을 밝혔다. 그 촛불의 숫자가 1만 5700개였고, 수천 명의 승려가 한밤중에 촛불을 들고 동대사에서 헤이조궁까지 다녀오는 장대한 행진을 했다고 한다.

이제는 청동 주조를 위해 용광로를 설치해야 한다. 여기에도 또 1년이 걸렸다. 그리고 마침내 747년 9월 청동대불 주조를 시작했다. 그러나 실패하고 말았다. 두번째도 실패였고 세번째도 실패였다. 749년까지 3년간 여덟번이나 실패했다. 엄청난 크기의 대불 조성이 얼마나 지난한 일인가를 확인할 수 있을 따름이었다.

동대사 대불의 무게는 약 450톤이다. 아스카사 대불, 법륭사 석가삼존상을 주조해낸 경험이 있었지만 그것의 20배, 30배가 넘는 차원이 다른 작업이었다. 그런데다 동대사 건립의 일등 공로자인 행기 스님이 세상을 떠나 모두들 실의에 빠졌다. 이에 일단 작업을 중단했다.

도래인 후손, 행기 스님

행기(行基, 668~749) 스님은 동대사 건립의 4대 주역 중 한분이다. 훗날 동대사는 대불 건립에 주요한 역할을 한 네분을 '동대사 4성(四聖)'으로 모셨다. 네분이란 발원을 한 쇼무 천황, 개산(開山) 주지인 료벤 승정(僧正), 개안(開眼)을 맡았던 보리(菩提) 승정, 그리고 권진(勸進)을 맡았던 행기 대승정이다. 권진이란 절의 건립을 위한 홍보와 희사, 즉 기부를 받아오는 일을 말한다.

| 행기 스님상 | 행기 스님은 동대사 건립의 4대 주역 중 한분으로, 도래인 출신의 승려이다. 일본 불교사상 처음으로 최고의 승직인 대승정에 올랐다. 훗날엔 행기 보살로까지 높여 불리고 있다. 이 상은 당초제사에 소장 중이다.

행기 스님은 도래인 출신이다. 그는 가와치(河內), 지금의 오사카 사카이(堺) 태생으로 성은 고시씨(高志氏)였다. 고시씨는 왕인을 조상으로 한 후미씨(西文氏)의 일족이다. 행기는 열다섯에 아스카사로 출가해 중이 되었다.

그는 20년간 산림 수행을 한 뒤 민중 속으로 파고들어 포교 활동을 했다. 제자들을 이끌고 전국 각지를 돌아다니며 교각·제방·도량 등을 세워주면서 민중의 큰 존경을 받았다. 야마토 정권은 행기 스님의 이러한 재야 종교활동을 금지하고 탄압했다.

그러나 행기 스님은 이에 굴하지 않고 더 민중 속으로 들어갔다. 내가 앞서 환상적인 산사라고 칭송한 정유리사도 행기 스님이 창건한 절이다. 그러한 행기 스님의 대중성을 정부도 마침내는 인정하여 동대사 대불 조성에서는 권진이라는 막중한 임무를 맡겼다.

엄청난 기부를 요구하는 권진 행각은 그동안 행기 스님이 퍼뜨린 민중불교에 힘입어 원만히 수행되었다. 그 공으로 일본 불교사상 처음으로 최고의 승직인 대승정(大僧正)에 올랐고 훗날엔 행기 보살로까지 높여 불리고 있다. 그런 행기 스님이 대불 조성을 보지 못하고 82세로 입적하셨다.

지금 동대사 안쪽에는 행기당(行基堂)이라는 법당이 있고, 그가 태어
난 사카이에는 닌도쿠릉 옆에 건립된 사카이 시립박물관에 그의 초상조
각이 전시되어 있다. 또 당초제사 등 그와 인연이 있는 절마다 그의 초상
이 모셔져 있다. 이처럼 행기는 아스카·나라·교토·오사카 등 기나이 지
역 곳곳에 그 자취가 남아 있는 큰스님이었다.

사금 광산의 발견과 대불 주조 성공

대불 주조의 연이은 실패와 행기 스님의 입적으로 모두들 실의에 빠
져 있을 때 뜻밖의 기쁜 소식이 날아왔다. 육오국의 수령인 백제왕경복
(百濟王敬福)이 오다군(小田郡)에서 사금(砂金)을 발견하여 헤이조궁에
가져온 것이다. 육오국은 지금의 미야기현(宮城縣)으로 백제 멸망 후 그
왕손들에게 땅을 내주어 백제인들끼리 살게 하고 백제인으로 하여금 그
곳 지방수령을 지내게 해준 일종의 도래인 자치구였다.

쇼무 천황은 이 상서로운 일은 부처님의 은총이라며 기뻐했다. 그때
까지 일본에서는 금이 산출되지 않아 주로 신라에서 수입해왔다. 신라와
의 교역에서 막대한 무역적자를 가져온 것은 금 때문이었다. 이 사금 광
산의 발견으로 일본은 경제적 부담도 줄었고 훗날 '황금 공예의 나라'라
고 칭송받을 만큼 화려한 금속공예를 펼쳤다.

이에 용기를 얻어 천황은 연호를 덴표칸포(天平感寶)라고 고치고 대
불 조성에 재도전했다. 749년 12월에 대불의 나발(螺髮)부터 주조하기
시작해 약 2년 반에 걸쳐 나발 966개를 만드는 데 성공했다. 그리고 2년
뒤인 751년에 마침내 청동대불을 완성했다. 대불 조성 조칙이 내려진 지
8년 만의 일이었다.

높이는 5장 3척 5촌(약 16미터), 무게는 452톤이었다. 이 대역사에 동원된 물량은 실로 엄청났다. 「대불전비문(大佛殿碑文)」에 의하면 대략 권진에 참여한 이는 5만명, 인부는 166만명, 도금 종사 인부는 50만명이었으며, 구리가 73만근, 밀랍이 1만 7천근, 연금(鍊金)이 5천냥, 수은이 6만냥, 숯이 1만 7천석 들었다고 한다.

이 대목에서 내가 아직도 궁금한 점은 대불의 높이가 왜 5장 3척 5촌인가이다. 이 크기가 갖는 의미와 상징성은 무엇이었을까. 석굴암의 본존불 크기가 11.5척, 무릎과 무릎 사이가 8.8척인 것은 현장법사의 『대당서역기(大唐西域記)』에 기록된 인도 부다가야 마하보리사의 석가모니 성도상 크기와 일치한다. 대불의 높이가 5장도 아니고 5장 3척 5촌일 경우 분명히 이 수치가 갖는 의미가 있을 것이다. 그러나 이 점에 대해 답을 주는 문헌자료나 학설을 나는 아직 접하지 못했다.

동대사 대불 주조와 도래인 기술자

대불 조성은 조불사(造佛司)라는 기관이 맡았다. 이 조불사는 건물을 맡은 '조동대사사(造東大寺司)'로 통합되었는데 이 기관은 당시 중앙관청의 성(省)에 맞먹었다. 엄청난 물량과 인원 동원은 그래서 가능했다.

그러면 여기에 필요한 기술자들은 다 어디서 데려왔을까? 당시 일본에는 이를 감당할 기술 집단이 따로 없었다. 주조, 도금, 금속세공, 토목의 고등기술에서는 백제가 멸망하면서 이주해간 도래인과 그 자손들이 차지하는 비중이 아주 컸을 것이라고 말하는 일본인 학자들이 있다.

| 동대사 대불 | 동대사 대불은 세계에서 가장 큰 청동불상으로 몇차례의 실패 끝에 완성했다. 그 주조 과정 자체가 일본 고대국가의 문화 능력을 반영하고 있는데 여기에는 백제가 멸망하면서 이주해온 도래인과 그 자손들의 역할이 아주 컸을 것으로 생각된다.

| 동대사 대불 세수 | 동대사 대불은 얼굴 길이만도 약 5미터, 손바닥 길이는 3미터이다. 해마다 8월 7일에는 약 250명의 승려가 이른 아침부터 '어신(御身) 닦기'라는 대청소를 행한다.

  『속일본기』에는 대불 주조를 성공시킨 공로자로 '구니나카노 무라지 기미마로(國中連公麻呂)'라는 불사가 나오는데 이는 백제 멸망 후 일본으로 망명온 귀족이 분명하다고 하며, 대주사(大鑄師) 또는 대공(大工)으로 전해지는 다케치노 오쿠니(高市大國), 이나베노 모모요(猪名部百世) 등도 도래인으로 추정한다.

  그들이 누구이든 동대사와 동대사 대불을 이야기할 때는 모름지기 그 이름을 밝히고 그 공로에 경의를 표할 만하다. 그런데 일본의 유명한 문필가들은 나라의 사찰과 불상을 이야기한 명문의 기행록을 남기면서도 동대사의 대역사를 완성시킨 명장들의 이름을 거론하는 데는 인색했다.

  도래인이었다고 대서특필해달라는 이야기가 아니다. 그들의 수고로움에 값하는 것이 도리에 맞고 불법에 맞는다는 이야기다. 통일신라 성덕대왕신종에는 종을 제작한 주종대박사(鑄鐘大博士)와 차박사(次博士)

4명의 이름이 요즘으로 치면 국무총리 이름과 함께 종 겉면 명문에 새겨져 있다.

성대한 대불 개안식

대불 주조가 완성되었다고 불상이 다 조성된 것은 아니다. 이제부터는 도금이라는 고난도 기술이 필요하다. 도금까지 완성하는 데 또 7년이 걸렸다. 일단 1년간의 작업으로 얼굴 부분만 도금된 상태에서 752년 5월 26일에 더없이 화려한 대불 개안 공양회(大佛開眼供養會)가 열렸다.

왜 미완성 상태에서 서둘러 개안 법회를 열었을까. 그리고 왜 5월 26일이었을까. 불교가 백제에서 일본에 전래된 지 200주년이 되는 해였고, 행사는 본래 사월 초파일에 맞추었는데 아마도 폭우 때문에 하루 연기했을 것으로 생각된다.

세계적으로 고대의 제왕들은 어느 순간에는 상상을 초월하는 거대한 종교 건축을 지었다. 이집트 룩소르의 카르나크 신전, 아테네 파르테논 신전, 인도 카니슈카왕이 세웠다는 높이 200여 미터의 13층탑, 중국 북위시대의 운강석굴(雲崗石窟), 백제의 익산 미륵사, 신라의 경주 황룡사 그리고 나라의 동대사 등은 제왕의 권위를 상징하는 것이며 그 조성 과정은 국민통합의 동기 부여라는 성격을 지녔다.

동대사 대불 조성은 결국 황실과 정부의 사업이면서 국민의 결속을 도모하고 학문과 사상을 통합하는 효과를 동반했다. 나아가서 국제적으로는 자국의 문화 능력을 이웃나라에 알릴 수 있는 좋은 기회였다.

동대사 대불 개안식은 전무후무한 동아시아의 국제 행사였다. 요즘으로 치면 아시안게임 개막식 또는 대통령 취임식에 외교사절을 초대하듯 개안식에는 신라, 발해, 당나라, 인도, 캄보디아에서 승려들을 초청해 외

빈석에 모셨다.

점안(點眼)은 인도의 승려 보리선나(菩提僊那)가 맡았다. 그는 남인도 바라문 계급으로 당나라에 와서 금강지삼장(金剛智三藏)으로부터 밀교의 가르침을 받아 의발(衣鉢)을 전수받았다. 보리선나는 당나라에 있던 일본 승려의 청에 따라 전수받은 가사를 걸치고 일본으로 건너왔다. 736년 그가 오사카에 도착했을 때는 행기 스님이 영접을 나갔다고 한다. 보리선나의 도래로 이후 일본에는 밀교가 크게 성했고 그는 '동대사 4성'의 한분으로 추앙받는다.

대불 개안식의 하이라이트는 불상을 덮고 있는 천을 서서히 벗겨가며 불상의 모습을 드러내는 것이었다. 요즘도 많은 개막식 때 그러듯이 양쪽에서 줄을 당기는데 그때 사용된 남색 줄(縷)은 지금도 정창원의 보물로 전해진다.

이윽고 승려 보리선나가 거울로 빛을 반사하여 정확히 눈동자에 맞추는 점안식으로 대불이 마침내 부처로 탄생했다. 대불 앞에서는 범패(梵唄), 산화(散華) 등 불교의식이 있었고 당고악(唐古樂), 고려악(高麗樂) 등 각국의 공연도 있었다고 한다. 덴표 문화가 국제적 성격을 지니려고 노력했다는 것을 여기에서 확연히 볼 수 있다. 대불전의 완성 이후 동대사는 일본 화엄종의 대본산이 되어 동대사 남대문에는 '대화엄사(大華嚴寺)'라는 현판이 걸려 있다.

오늘날의 동대사에서

동대사는 나라 시내 한복판에 있는 나라 공원과 붙어 있다. 긴테쓰 나라역에서 걸어서 불과 10분 거리다. 나라 공원에는 약 1천마리의 사슴이 방목되어 동대사 입구로 들어서면 사슴들이 먹이를 달라고 따라붙는다.

| **남대문** | 대불전의 완성 이후 동대사는 일본 화엄종의 대본산이 되어 동대사 남대문에는 '대화엄사'라는 현판이 걸려 있다. 중국식 목조건축을 본받아 장중미가 남다르다.

석가모니가 최초로 설법한 녹야원(鹿野園)을 흉내낸 것 같은데 처음 온 사람들은 신기한 마음에 거기에 신경을 빼앗겨 눈앞의 남대문을 그냥 흔한 대문인 줄로만 알고 그대로 들어가기 일쑤다. 그러나 이 남대문은 12세기 말 조겐 상인 중수 때의 명작으로 국보로 지정된 명품이다. 또 경파 불사들의 대표작인 8.4미터 높이의 두 금강역사상도 눈여겨볼 만하다.

남대문에서 중문까지는 한참을 걸어야 한다. 중문 앞에 서면 대불전이 보이지만 관람 동선을 따라 왼쪽 회랑 끝으로 입장하게 되어 있다. 이미 상상은 했지만 표를 끊고 안으로 들어서면 대불전의 크기에 놀라지 않을 수 없다. 큰 것을 좋아하는 중국에서도 볼 수 없는 어마어마한 규모다.

그러나 밖에서 보는 대불전이나 안에서 보는 대불이나 크다는 것 이외의 감동은 없다. 대불은 수리하면서 이미 본래의 면모를 잃어버렸고 대불전 건물은 에도시대에 복원하면서 정면 아래층 가운데에 당파풍(唐

| 청동 등롱 | 대불전을 가다보면 만나는 이 청동 등롱은 대단한 명작임에도 관람객의 눈길을 모으지 못한다. 그러나 형태미도 당당하고 디테일을 보면 조각이 얼마나 아름다운지 모른다.

破風, 가라하후)이라고 해서 활 모양으로 휘어올리고 창을 뚫어놓았는데 이것이 이 집의 품격을 많이 깎아내렸다. 이는 당연히 당초제사의 금당 같은 엄정한 직선미를 이루어야 덴표시대 건축의 분위기를 보여줄 수 있었을 것이다.

내가 대불전에서 그나마 감동스럽게 보는 것은 저 크고 아름다운 청동 등롱(燈籠)이다. 형태미도 당당하고 조각이 얼마나 아름다운지 모른다. 그리고 또 하나는 중문에서 대불전에 이르는 길이다. 그 넓고 긴 길을 넓적한 판석으로 깔면서 가운데를 약간 볼록하게 올려 물이 잘 흐르도록 해놓았는데 그 가벼운 곡선미가 은근히 마음에 와닿는다.

2013년 봄 동대사에 다시 갔을 때 옆에서 깃발을 들고 유난히 큰 목소리로 안내하는 소리가 들려 귀동냥을 해보니 참으로 들을 만한 이야기였다. 매년 그믐날 자정에서 정월 초하룻날 오전 8시까지는 누구든 들어올 수 있는 초예(初詣, 하쓰모데)라는 행사가 있단다. 이때 새벽에 오면 밖은 어둡고 대불전 안만 불이 환히 밝아 당파풍 아래에 있는 관상창(觀相窓)으로 대불의 얼굴이 노란 빛을 받으며 드러나는 것이 얼마나 환상적인지 모른다고 한다.

| 금당과 관상창 | 정월 초하룻날 새벽에 밖은 아직 어두운데 대불전 안은 불이 환히 밝아 당파풍 아래에 있는 관상창으로 대불의 얼굴이 노란 빛을 받으며 드러나는 것이 얼마나 환상적인지 모른다고 한다.

그리고 대불전으로 가는 이 긴 돌길을 보면 네가지 다른 돌이 있는데 가운데 까만 돌은 인도산, 그 옆 분홍빛 돌은 중국산, 그 옆 하얀 돌은 한국산, 나머지 회색 돌은 일본산이라고 전한단다. 사실인지 아닌지는 제쳐두고 얼마나 멋있는 얘기인가! 이 안내원의 말은 창건 당시 국제적인 문화의 수용을 지향했던 덴표 문화의 성격을 가장 잘 말해주는 해설이었다.

동대사 종합문화센터의 일광·월광보살

2013년 봄의 동대사 답사 때는 삼월당이 대대적인 보수 중인 바람에 갈 수 없었다. 불상들의 보존과 수미단의 보완을 위해 어쩔 수 없는 조치였다고 한다. 서운하기 그지없었지만 나도 어쩔 수 없다. 하기야 그날은 짓궂은 봄비에 바람이 심해서 가라고 해도 가기 힘들 정도였다. 이런 날은 박물관 답사가 제격이다.

| **대불전 가는 길** | 대불전으로 가는 긴 돌길에는 네가지 다른 돌이 있는데 가운데 까만 돌은 인도산, 그 옆 분홍빛 돌은 중국산, 그 옆 하얀 돌은 한국산, 나머지 회색 돌은 일본산이라고 전한단다.

그래서 우리는 2010년 10월에 새로 건립된 동대사 종합문화센터를 들르기로 했다. 나도 그곳은 처음이었다. 동대사 남대문을 들어서자마자 왼쪽에 세워진 이 문화센터의 박물관은 지진을 견뎌내는 내진(耐震)이 아니라 지진의 충격을 아예 없애는 면진(免震) 시설을 갖춘 최신식이라 고 했다. 외형은 전통건축이지만 내부시설은 현대식이고 대형 불상도 전 시할 수 있도록 천장이 아주 높았다.

그런데 이게 웬 행운인가. 내가 탄미해 마지않던 삼월당의 일광보살 상과 월광보살상이 전시되어 있었다. 더욱이 불단의 불상이 아니라 박물 관의 유물로 밝은 조명 아래 전시되어 있어 얼마든지 가까이에서 친견

| **월광보살(왼쪽)과 일광보살(오른쪽)** | 삼월당의 내부를 수리하면서 잠시 동대사 종합문화센터에 전시되었던 일광 보살상과 월광보살상은 법당 안에서 볼 때와는 달리 대단히 성스럽고 우아했다. 화려한 무대에서 스포트라이트를 받 으면서 더욱 아리따운 자태를 뽐내고 있는 듯했다.

할 수 있었다. 일본의 법당들이 다 그렇듯이 삼월당에서는 불상이 어둡고 멀리 떨어져 있어 자세히 배관하는 것이 허용되지 않아 유감이었다.

그런데 지금 여기서는 일광보살과 월광보살이 화려한 무대에서 스포트라이트를 받으면서 더욱 아리따운 자태를 뽐내고 있었다. 그러고 보면 그동안 내가 본 일광·월광보살은 세수도 하지 않은 얼굴이었던 셈이다. 그래서 그날따라 일광·월광보살이 더욱 거룩하고 우아해 보이기만 했다. 그것은 일본이니 당나라니 통일신라니 하는 국적을 떠나 이상적 인간상으로서 불상이 주는 보편적 이미지로 다가왔다.

나는 순간 이것이 일본 나라시대의 불상이라는 사실을 잊었다. 가슴속으로 한껏 이 두 보살상을 예찬했다. 우리와 일본의 미묘하고도 불편한 관계를 생각하면 나는 감정을 자제해야 했는지도 모른다.

그러나 내 감성적 정직성에 의하건대 그렇게 되지 않았다. 독일 사람들이 미켈란젤로에 감동하고, 이탈리아 사람들이 독일의 뒤러에 감동하는 것과 마찬가지로, 또 일본 미술사가들이 우리의 석굴암에 끝없는 찬사를 보내듯이 내가 이 두 불상 조각을 예찬하는 것이 하등 이상할 것이 없지 않은가.

위대한 예술은 이렇게 시공을 넘고 국적을 뛰어넘어 인류의 보편적 가치로 다가오며 우리를 하나로 묶어낸다. 그렇다면 예술이야말로 과거사를 치유하는 가장 좋은 약재(藥材)일 수 있겠다는 생각이 들었다.

동대사 종합문화센터를 나오니 언제 그랬느냐는 듯이 바람도 비도 멎어 있었다. 비바람이 스치고 지나간 매화나무 가지엔 미처 떨구지 못한 영롱한 물방울이 엊그제 만개한 매화꽃 사이에서 빛나고 있었다.

제2부

역사도시 교토

목조반가사유상과 도래인 진하승

낙서의 고찰, 광륭사

나의 교토 답사기가 맨 먼저 찾아갈 곳은 광륭사(廣隆寺, 고류지)다. 광륭사는 교토에서 가장 오래된 사찰일 뿐만 아니라 이곳에는 신라에서 보내준 것으로 전하는 일본 국보 제1호 '목조미륵반가사유상(木造彌勒半跏思惟像)'이 있기 때문이다.

이 불상은 우리나라 국보 제83호 '금동미륵반가사유상'과 너무도 비슷하여 일본미술사에서는 도래 불상의 상징으로, 한국미술사에서는 사실상 삼국시대 불상의 하나로 인식하고 있다. 그것이 일본 국보 제1호의 영예를 안고 있으니 한국인으로 교토에 간다면 당연히 한번은 이 불상을 보러 광륭사에 다녀올 만하다. 30년 전, 내가 처음 교토를 찾은 것은 오직 이 불상 하나를 보기 위해서였으니 이럴 때 바둑에서 쓰는 말이 만

패불청(萬覇不聽, 상대가 어떤 수를 두어도 듣지 않는 상황)이다.

광륭사는 낙서(洛西)의 한 고찰이다. 외국을 답사할 때 사람들이 가장 답답하게 느끼는 것은 지금 내가 가고 있는 곳이 동서남북 어디인지 머릿속에 잘 그려지지 않는 점이다. 안내서의 설명만으로는 이 절의 로케이션(위치)이 가늠될 리 없다. 그래서 회원들을 이끌고 답사할 때면 내가 쓰는 수법이 있다.

"광륭사는 교토 시내 서북쪽 외곽에 있습니다. 서울로 치면 신촌쯤에 있는 셈입니다. 여기서 서쪽으로 조금만 더 가면 교토 시민들이 가장 많이 찾는 아라시야마(嵐山)의 가쓰라강(桂川)이 나옵니다. 서울로 치면 마포 서강쯤 됩니다.

이 교토의 낙서 지역에는 명찰들이 즐비하여 광륭사 북쪽 산자락에는 금각사, 용안사, 인화사가 있고 서쪽으로 조금만 더 가면 가쓰라강변에 천룡사가 있습니다. 이 절들은 한결같이 저마다 연륜있고 특색있는 아름다운 정원을 갖고 있어 서로가 교토에서 제일간다고 주장하는데 광륭사만은 그렇지 못합니다.

물론 광륭사도 옛날에는 장대한 사찰로, 아름다운 정원도 있었답니다. 그러나 메이지유신 때 폐불훼석(廢佛毁釋)의 피해를 크게 입어 사찰 땅이 이리저리 다 수용되어, 서울로 치면 서대문구에 해당하는 우쿄구(右京區)의 구청 청사와 경찰서가 들어섰습니다. 뒤쪽은 일본의 대표적 영화사인 도에이(東映) 영화사의 오픈 세트로 꾸민 영화촌이 차지하고 있습니다. 전철을 타고 우즈마사 고류지역에서 내리면 바로 코앞이 광륭사 정문인 남대문입니다. 관공서와 주택과 영화촌에 포위되어 있는 셈입니다."

광륭사는 폐불훼석 이전에도 몇차례의 화재로 소실되는 재앙을 맞았

| 광륭사 진입로 | 광륭사는 낙서의 한 고찰로 옛날에는 장대한 사찰이었고, 아름다운 정원도 있었다. 그러나 메이지 유신 때 폐불훼석의 피해를 크게 입어 사찰 땅이 이리저리 다 수용되고, 관공서와 주택과 영화촌에 포위되어 도심 속의 섬처럼 되었다.

다. 그러나 천만다행으로 그 와중에도 대대로 내려오는 불상, 고문서, 회화만은 온전히 살아남아 오늘날 광륭사의 사세를 지키는 힘이 되고 있다. 광륭사가 소장하고 있는 문화재를 보면 일본 국보가 12점, 우리나라 보물에 해당하는 중요문화재(약칭 중문重文)가 48점이나 된다. 그중 불상만 50여점이다.

광륭사는 1923년에 영보전(靈寶殿)이라는 현대식 건물을 지어 이 불상들을 따로 보관했다가, 1982년 절 뒤편에 전통 건축양식을 반영해 반듯한 콘크리트 건물로 신(新)영보전을 짓고 창건 이래 조성된 불상들을 상설전시하면서 관람객을 맞이하고 있다. 교토에서 이처럼 아스카·나라·헤이안·가마쿠라시대의 불상조각을 한자리에서 볼 수 있는 곳은 광륭사밖에 없다. 그러니까 광륭사 답사는 건축이나 정원이 아니라 불상 답사이며, 그중 하이라이트가 일본 국보 제1호인 '목조미륵반가상'이다.

일본 국보 제1호, 광륭사 '목조미륵반가상'

우리 국보 제83호 금동미륵반가상에 아주 친숙한 우리들은 광륭사 목조미륵반가상을 보면 저절로 비교하게 된다. 그러나 이 목조미륵반가상은 그 자체가 뛰어난 불상조각으로 예술품으로서의 당당한 존재감이 있다. 국적을 떠나 한 사람의 관람객으로 이 목조미륵반가상을 친견하는 것만으로도 그날의 답사는 대만족일 수 있다. 나의 개인적인 소감을 말하면, 그 벅찬 예술적 감동이란 법륭사의 백제관음상을 보았을 때에 받았던 충격에 비견할 만한 것이다.

광륭사 가장 안쪽에 자리하고 있는 신영보전에 들어서면 십이지신상을 필두로 하여 불, 보살, 천왕, 그리고 초상조각들이 장대하게 진열되어 있는데, 어둑한 실내에 오직 목조미륵반가상에만 옅은 조명을 가해 그것이 마치 이 공간의 주인공인 양 거룩하게 모셔놓아 관람객들의 발길이 자연스럽게 곧장 여기로 오게끔 되어 있다.

이 목조미륵반가상은 등신대 크기로 의자에 편안히 앉아 있는 반가부좌 자세를 하고 있다. 몸을 살짝 앞으로 기울인 채 오른발을 왼쪽 허벅지 위에 올려놓고는 오른쪽 팔꿈치를 무릎에 얹고 손가락으로 가볍게 원을 그리고 있다. 법을 구하기 위해 명상하는 자세인데 섬섬옥수 같은 손가락의 표현이 아주 유려하다.

지그시 감은 눈과 입가에 감도는 미소를 보면 그것은 바야흐로 법열(法悅)을 느끼는 듯 성스럽고 신비스러워 보인다. 아! 어쩌면 저렇게도 평온한 모습일 수 있을까.

몸에 어떤 장식도 가하지 않은 나신(裸身)이다. 우리의 국보 83호 금

| **광륭사 목조미륵반가상** | 목조미륵반가상은 등신대 크기로 의자에 편히 앉아 있는 반가부좌 자세이다. 법을 구하기 위해 명상하는 자세인데 섬섬옥수 같은 손가락의 표현이 아주 유려하다.

| 우리 국보 83호 금동미륵반가상 | 광륭사 목조미륵반가상을 보면 우리에게 너무도 친숙한 국보 83호 금동미륵반가상이 저절로 생각난다. 전체적 인상은 비슷하지만 목덜미의 표현, 옷주름의 굴곡, 손가락 수인의 자세, 그리고 얼굴의 미소 등에서 미세한 차이가 있다.

동미륵반가상만 해도 목덜미에 둥근 옷주름을 표현해서 법의(法衣)가 몸에 밀착되어 있음을 암시하지만 이 불상에선 가슴 부분이 가벼운 볼 륨감으로 드러나 있고 목에 세 가닥 목주름을 나타냈을 뿐이다. 이를 삼

도(三道)라 한다. 본래는 금분을 발랐던 것으로 확인되었지만 현재의 매끈한 나무 질감이 더욱 조형성을 느끼게 한다.

모자도 우리 국보 83호와 똑같은 단아한 삼산관(三山冠)을 쓰고 있어 '보관(寶冠) 미륵'이라는 애칭으로 불리고 있다. 하반신은 법의 자락이 굵은 주름을 지으면서 리드미컬하게 흘러내리고 있어 상반신과 강한 대비를 이룬다. 그러나 곧게 뻗은 왼쪽 다리만은 맨살로 나타내어 상반신의 매끄러운 질감이 연장된다. 참으로 슬기로운 재질감의 표현이다.

광륭사 목조미륵반가상은 이처럼 사실적이면서 동시에 완벽한 형식미를 갖추고 있어 불상이면서도 인간의 모습이 느껴져 여기서 우리는 신과 인간의 절묘한 만남을 경험하게 된다.

카를 야스퍼스의 반가상 예찬

광륭사 목조미륵반가상에 대해서는 무수히 많은 예찬이 있다. 그중 가장 감동적인 글은 독일의 실존주의 철학자 카를 야스퍼스(Karl Jaspers)가 1945년 가을, 2차대전이 끝난 직후 일본에 왔을 때 이 불상을 보고 남긴 찬사이다. 시노하라 세이에이(篠原正瑛)의 『패전의 저편에 있는 것(敗戰の彼岸にあるもの)』(弘文堂 1949)에 실려 있다고 하는데 광륭사 안내서에 재수록된 그 내용을 요약하면 다음과 같다.

"나는 지금까지 철학자로서 인간 존재의 최고로 완성된 모습을 표현한 여러 모델의 조각들을 접해왔습니다. 고대 그리스의 신상, 로마시대의 뛰어난 조각, 기독교적 사랑을 표현한 조각들도 보았습니다. 그러나 이러한 조각들에는 아직 완전히 초극되지 않은 어딘지 지상적인 감정과 인간적인 자취가 남아 있었습니다.

이성과 미의 이데아를 표현한 고대 그리스의 신상도 로마시대 종교적인 조각도 인간 실존의 저 깊은 곳까지 도달한 절대자의 모습을 나타낸 것은 아니었습니다. 그런데 지금 이 미륵반가상에는 그야말로 극도로 완성된 인간 실존의 최고 이념이 남김없이 표현되어 있음을 봅니다.

그것은 지상의 시간과 속박을 넘어서 달관한 인간 실존의 가장 깨끗하고, 가장 원만하고, 가장 영원한 모습의 상징이라고 생각합니다.

나는 오늘날까지 몇십년간 철학자로 살아오면서 이 불상만큼 인간 실존의 진실로 평화로운 모습을 구현한 예술품을 본 적이 없었습니다. 이 불상은 우리들 인간이 가질 수 있는 영원한 평화의 이상을 실로 남김없이 최고도로 표현하고 있습니다."

한동안 광륭사 신영보전에 들어가면 관람객들을 이 불상 앞에 모이게 하고 장내방송으로 이 글을 낭송한 오디오를 틀어주곤 했었다.

목조미륵반가상을 담은 사진과 그림

아름다움은 글로만 표현되는 것이 아니다. 사진으로도 그림으로도 추구된다. 이 목조미륵반가상은 사진발도 잘 받아 광륭사에서 판매하는 안내책자에 아주 좋은 사진으로 실려 있다. 또 크게 인화해서 따로 파는 것이 있어 나는 액자로 꾸며 지금도 내 연구실에 걸어놓고 있다.

그러나 내가 이 불상 사진의 최고 명작이라고 생각하는 것은 오가와

| **오가와 세이요의 목조미륵반가상** | 광륭사 목조미륵반가상을 담은 사진 중 최고 명작이라고 생각하는 사진이다. 불상 사진 전문가가 고도의 테크닉을 구사하면서 칠흑 같은 배경에서 불상의 아름다움과 내면세계를 표현하는 데 성공했다는 평을 받았다.

세이요(小川晴暘)가 1925년에 찍은 사진이다. 그는 불상 사진 전문가로 고도의 테크닉을 구사하면서 칠흑 같은 배경에서 불상의 아름다움과 내면세계를 표현하는 데 성공했다는 평을 받아왔다.

그가 찍은 목조미륵반가상은 대단히 고아하고 얼굴이 약간 앳되어 보여 우리 국보 83호와 더욱 비슷한 인상을 풍긴다. 그가 이처럼 절묘한 시각을 포착한 것은 기술도 기술이지만 『불교미술(佛敎美術)』이라는 학술지를 발간할 정도로 그 자신이 미술사에 대한 애정과 조예가 깊었기 때문이라고 생각한다.

목조미륵반가상을 많이 그린 사람으로는 재일동포 화가 전화황(全和凰)이 있다. 그는 이 불상을 아담한 크기로 여러 점 그렸는데 불상의 미소와 질감을 갈색 모노톤으로 잘 나타냈다. 작품의 수준을 떠나 1938년 일본으로 건너가 화가로 활동하는 동안 태평양전쟁, 한국전쟁과 조국의 분단이라는 전란의 세월을 겪으면서 희망과 평화의 메시지로 이 불상을 많이 그렸다는 사실 자체가 우리에게 주는 잔잔한 감동이 있다.

목조미륵반가상에 홀린 얘기

그러나 아름다움이 주는 감동이 지나치면 병적인 증상으로 돌변한다. 1960년 어느 날 한 대학생이 이 불상의 아름다움에 홀려 자신도 모르게 달려가 오른손 약지 끝을 약 3센티미터 잘라 호주머니에 넣고 달아났다.

그는 버스정거장에 도착해 제정신이 들자 겁이 나서 거기다 버리고 하숙집에 돌아왔다. 그러고는 죄책감을 이기지 못해 결국 광륭사로 사죄하러 갔다고 한다. 이 사건은 당시 해외토픽으로도 널리 알려졌다고 한다.

이와 비슷한 사건은 1972년 5월, 바티칸에서도 일어났다. 한 헝가리 태생의 정신이상자가 바티칸의 성 베드로 대성당 제단에 모셔진 미켈란젤로의 걸작 피에타상에 올라가 "내가 예수다" "내가 미켈란젤로다"라고 소리치며 망치로 여러 차례 가격해 성모 마리아의 왼팔이 파손되고 코가 세 동강나는 큰 피해를 입었다.

파손된 피에타상은 10개월 만에 복원되어 다시 대성당 예배당에 진열되었지만 그후로는 방탄 강화유리장 안에 있다. 모두 명작에 홀린 사건들이다.

목조미륵반가상의 국적

미술사가들은 이 목조미륵반가상을 우리나라에서 제작한 것인가 일본에서 제작한 것인가를 놓고 지금도 이런저런 고찰을 하고 있다. 그런데 1951년, 교토대학 식물학과의 한 학생이 목조미륵반가상의 재료를 알아보기 위해 관리인에게 부탁하여 이쑤시개의 5분의 1 정도 되는, 나무 부스러기를 얻어 현미경으로 관찰했다. 그 결과 불상의 재질은 일본인들이 아카마쓰(赤松)라고 부르는 소나무임을 알아냈다(小原二郞「상대(上代) 조각의 재료사적 고찰」,『불교예술』 13호, 1951).

그것이 일본 소나무인지 우리나라 소나무인지는 알 수 없지만, 당시 아스카(飛鳥)시대 일본의 목조 불상들은 대개 녹나무(樟木, 구스노키)로 만들어졌는데 이 불상만 유일하게 소나무여서 우리나라에서 제작한 불상으로 추정하는 유력한 근거가 되었다.

그런데 이 불상의 허리띠 부분에는 녹나무가 사용되었음이 확인되어 일본에서 제작했다는 주장도 가라앉지 않고, 한편으로는 우리나라에서 제작한 것을 일본에서 보완 또는 수리한 것으로 보는 견해도 있다.

아무튼 이 불상은 양식상 명확히 우리나라 삼국시대 형식이고, 일본 아스카시대 불상으로는 아주 예외적이어서 한반도에서 건너온 도래 양식이라는 주장에는 이론(異論)이 없다. 이는 불상 제작지가 실제 어디이든 당시 양국의 친선적이고 긴밀했던 문화 교류 양상을 말해주는 대표적인 물증인 셈이다.

왜 일본 국보 제1호가 되었나

광륭사 목조미륵반가상은 일본 국보 제1호로 알려져 있다. 그런데 일본 문화재에는 지정번호가 따로 매겨지지 않고 국보, 중요문화재 같은 등급만 부여한다며 이것이 잘못된 얘기라는 주장도 있다. 결론부터 말하자면 둘 다 틀린 얘기가 아니다.

일본의 국보 제도는 폐불훼석을 거치면서 시작되었다. 사찰과 불상이 파괴되는 광란을 보면서 페놀로사(E. Fenollosa)와 오카쿠라 덴신(岡倉天心) 등이 앞장서서 '고사사(古社寺) 보존법', 즉 오래된 신사와 사찰을 문화재로 등록하는 법을 1897년에 제정한 데에서 유래한다. 그리고 1929년에는 '국보보존법(國寶保存法)', 1933년에는 '중요미술품 등의 보존에 관한 법률'을 제정하여 등록에서 지정으로 바꾸었다. 그러다 1950년에는 이 두 법을 통합하여 '문화재보호법'을 다시 제정하여 문화재 등급을 하나의 법으로 통일하게 되었다.

이에 따라 1951년에 문화재 지정을 위한 첫 회의 때 일괄로 많은 국보를 지정하게 되자 행정편의상 건축·조각·회화·공예 등의 장르마다 일련번호를 붙였는데, 이때 각 유물의 국보지정서(國寶指定書)에서 회화 제1호는 견본착색 보현보살상, 조각 제1호는 광륭사 목조미륵반가상, 건축 제1호는 무엇, 공예 제1호는 또 무엇 등으로 번호를 매겼다. 이것은 행정편의상 붙인 단순 관리번호였다. 1951년 일괄 지정 후 일본 국보에는 지정번호가 부여된 것이 없다.

이 점은 우리나라의 숭례문이 국보 제1호라고 불리는 것과 사정이 비슷하다. 일제는 식민지배와 동시에 일본의 문화재 제도를 우리나라에 그대로 이입하여 관리하기 시작했다. 1916년 '고적 및 유물 보존 규칙(古跡及遺物保存規則)'(조선총독부령 제52호)을 제정하여 문화재 등록을 제도화했고, 1933년에는 일본의 '국보보존법'을 본떠서 '조선 보물 고적 명승 천연기념물 보존령(朝鮮寶物古蹟名勝天然記念物保存令)'을 제정하고 기존의 '등록' 제도를 '지정' 제도로 전환했다. 그리고 회화·조각·공예·건축 등을 '보물'로만 지정하고 국보라는 등급은 부여하지 않았다. 나라 잃은 설움이 여기에도 나타나 있었다.

해방 후 한국전쟁이 끝나고 나서 정부는 1955년, 일제하에서 보물로 지정되었던 문화재 419건을 일괄로 국보로 승격시켜 재지정하는 단순 변경이 이루어졌다. 그리고 1962년 1월에 비로소 '문화재보호법(법률 제961호)'이 제정되었다.

이때 한꺼번에 많은 수를 지정하면서 혼동을 피하기 위해 일련번호를 매겼다. 그 순서는 건축·조각·회화·공예 순이었고 같은 장르 안에서는 서울·경기도·강원도 등의 순으로 매겼다. 그래서 서울의 건축물인 숭례문이 국보 제1호, 석굴암이 국보 제24호가 된 것이다. 그 역시 행정편의였지 어떤 상징성이나 등급을 의미하는 것이 아니었다.

따라서 일본 국보 1호 광륭사 목조미륵반가상이나 대한민국 국보 1호 서울 숭례문의 1번은 어떤 상징성이 있는 영광의 번호가 아니라 행운의 1번인 것이다.

'신영보전'의 불상조각들

신영보전 입구에 들어서면 바로 십이지신상이 일렬로 장대하게 늘어

| 십이지신상 | 광륭사 신영보전에 들어서면 바로 십이지신상이 일렬로 장대하게 늘어서 있다. 헤이안시대 작품으로 정확하고 사실적인 인체 비례로 힘찬 몸동작을 보여준다. 모두가 국보로 지정된 뛰어난 불상조각들이다.

서 있어 관람객을 압도한다. 이 조각상들은 헤이안(平安)시대 작품인데 정확하고 사실적인 인체 비례로 힘찬 몸동작을 보여준다. 모두가 국보로 지정된 뛰어난 불상임에 틀림없다.

그러나 조각적으로 감상해볼 때 한결같이 무서운 얼굴로 위엄을 나타내고 있을 뿐이어서 한분 한분 오래도록 음미할 생각은 일어나지 않는다. 작품 속에서 인간성을 발견할 수 없기 때문이다. 돌이켜보건대 나라(奈良) 흥복사(興福寺, 고후쿠지)의 십대제자상이 우리의 심금을 울리는 것은 인간적 표정이 살아 있기 때문이었다.

이 점은 전시장 안쪽에 있는 십일면관음보살상(국보), 불공견삭관음상(국보), 천수천안관음상(중문) 등도 마찬가지다. 이들이 아무리 1천년 전 헤이안시대 조각으로 미술사적 가치가 뛰어나다고 해도 현재적 관점에선 기괴한 조각상으로 다가올 뿐 나에겐 종교적 또는 예술적 감동이 좀

처럼 일어나지 않는다.

　그러나 일본인들 입장은 다른 것 같다. 밀교의 전통이 강하고 신도(神道)라는 관념적 신상에 익숙한 그들은 우리와 달리 이런 불상들을 한참 바라보며 그 앞에서 오랜 시간을 보낸다. 어떤 차이가 있는 걸까?

　나중에 신사를 답사할 때 길게 말할 기회가 있겠지만, 일본 신앙에서는 '원령(怨靈)의 저주'라는 개념이 아주 강하게 작용한다. 일본의 마쓰리(祭)라고 하는 것은 신에게 축복을 비는 것이 아니라 원령에게 저주를 멈추어달라고 비는 개념인 경우가 많다. 이는 한일 두 나라 사람들의 신에 대한 감정 내지 정서가 그렇게 다르다는 것을 말해준다.

　그래서 여러 차례 찾아간 광륭사 신영보전이지만 내가 이 전시장을 둘러보는 순서는 항시 똑같았다. 먼저 국보 제1호 목조미륵반가상 앞에서 내가 아는 모든 미술사적 낱낱 사실들을 확인하고 야스퍼스가 말한

| **우는 반가사유상** | 국보 1호에 비해 현세적 이미지가 아주 강하고 법의 장식도 화려하면서 사실적인 당대의 명작이다. 미소를 잃은 표정 때문에 '우는 미륵'이라는 별명으로 불린다.

그런 종교적 관점에서도 불상을 바라보며 긴 시간을 보낸다.

　그다음으로는 바로 곁에 있는 또 하나의 목조반가상에 주목하게 된다. 이 목조미륵반가상 역시 국보로 지정되어 있다. 국보 1호보다는 작지만 현세적 이미지가 아주 강하고 법의 장식도 화려하면서 사실적이다. 특히 이 불상은 상투 모양의 보계(寶髻)가 우뚝하여 '보계 미륵'이라는 애칭도 있고, 입술이 두툼하고 눈두덩도 불거져 있는 것이 마치 우수에 찬 듯하다고 해서 '우는 미륵'이라는 별명도 있다. 국보 1호 '보관 미륵' 이 아이디얼리즘이라면 '우는 미륵'은 리얼리즘 조각에 가깝다.

이 '우는 미륵'은 재질이 녹나무이고 어깨에 걸친 천의 자락에는 쇠가 죽으로 장식한 독특한 기법이 구사되어 일본 불상이 토착화되어가는 7세기, 하쿠호(白鳳)시대에 제작된 것으로 보고 있다. 우리나라엔 녹나무 로 제작한 불상이 없다.

'우는 미륵'까지 보고 나면 나는 다시 입구로 돌아가서 불상 하나하나 를 차근차근 둘러본다. 사실 여기 진열된 50여 불상들은 미술사적 가치 가 높은 명작들이 많다.

쇼토쿠 태자상과 진하승 부부 초상

우리들 입장에선 귀신같이 무서운 신상보다는 인자한 신상, 신보다는 인간의 모습에 더 관심이 많고, 거기서 더 큰 감동을 받는다. 그래서 나 의 발길은 초상조각에 오래 머물게 된다.

신영보전 안에는 멋진 쇼토쿠(聖德) 태자상이 둘 있다. 나라에서 익히 보아온 바와 같이 태자상에는 네가지 정형이 있는데 여기에는 2세 나무 불 태자상과 16세 효양상이 전시되어 있다.

16세 효양상은 태자의 영혼을 모신 팔각당 건물인 계궁원(桂宮院)의 본존으로 모셔졌던 것으로 조각적으로 볼 때 기품이 넘치는 명작이다. 족좌에 신을 벗어놓고 의자에 높직이 올라앉아 있는 태자의 자세가 늠름하고 기품있는데 옷자락의 당초무늬와 의자의 꽃무늬가 대단히 화려

| 쇼토쿠 태자 효양상 | 태자 16세 때의 조각상으로 기품이 넘치는 명작이다.
옷자락의 당초무늬와 의자의 꽃무늬가 대단히 화려하면서도 차분한 색채 감각
을 보여준다.

하면서도 차분한 색채 감각을 보여준다. 나무의 질감이 아주 매끄러워
더욱 야무진 인상을 준다. 2세상 역시 기품과 권위를 강조한 당당한 조
각이지만 두살배기치고는 너무도 성숙하고 당당하여 절로 미소를 짓게
한다.

그리고 또 하나의 초상조각으로 이 절을 창건한 진하승(秦河勝, 하타노
가와카쓰) 부부의 조각상(중문)이 있다. 헤이안시대에 녹나무로 제작한 좌
상으로 자못 사실적인 분위기가 있어 진하승의 얼굴엔 위엄이 가득하고,
지그시 눈을 감은 부인의 얼굴에서는 후덕함이 읽힌다.

일본 고대와 중세의 뛰어난 초상조각들에 비할 때 이 작품들이 조형

적으로 명작이라 할 수는 없지만 내가 여기서 감동받는 바는 저 위대한 도래인 후손 진하승을 이렇게 만나고 있다는 사실이다. 다른 사찰의 경우라면 대개 이 절에 주석(駐錫)했던 스님의 초상조각이 있을 법한데 여기서는 진하승 부부가, 그것도 목조미륵반가상 바로 옆자리를 차지하고 있는 것이다.

위대한 도래인 후손, 진하승

도래인 후손 진하승의 이야기를 처음 듣는 분이라면 아마도 상상을 뛰어넘는 엄청난 사실에 놀랄 것이다. 좀더 객관성을 견지하기 위하여 내가 해설하기보다는 이노우에 미쓰오(井上滿郎)가 쓴 「진하승」이라는 글을 옮겨놓는 것이 좋을 듯하다.

진하승은 쇼토쿠 태자의 브레인이었다. 그의 집안 하타씨(秦氏)는 도래 씨족으로 아스카의 야마토노아야씨(東漢氏)와 함께 일본 고대 역사와 문화의 주춧돌이 되었다. 그의 집안은 일본 전체에 널리 퍼져 살고 있었는데 진하승의 본거지는 교토였고 훗날 그의 후손들이 클 태(太)자를 더해 태진(太秦)이라 쓰고, 우즈마사라고 불리고 있듯이 우즈마사 지역(광륭사 일원)을 본거지로 세력이 뻗어 있었다.

그가 태자와 어떻게 인연을 맺게 되었는지는 확실치 않지만 도래 인으로서 대대로 계승해온 군사나 외교 지식이 쇼토쿠 태자가 참신한 정치를 펼칠 수 있는 배경이 되었다는 것은 의심의 여지가 없다.

소가노 우마코(蘇我馬子)가 태자와 라이벌 관계일 때 태자는 도래 인의 힘을 빌리고자 진하승을 비롯한 하타씨를 등용했다. 진하승에 대해서는, 태자의 측근으로 많은 공적을 쌓았다는 사실 외에는 생몰

| **진하승 부부** | 광륭사를 창건한 진하승 부부 초상으로 진하승의 얼굴엔 위엄이 가득하고, 지그시 눈을 감은 부인의 얼굴에서는 후덕함이 읽힌다. 재료는 녹나무인데, 헤이안시대에 제작된 초상조각으로 생각된다.

년을 비롯해 별로 알려진 것이 없지만 태자가 배불파(排佛派)와 싸울 때 그가 태자를 도와 승리를 이끌어낸 것은 군정인(軍政人)으로서 참여했다는 사료의 기록에서 확인할 수 있다.

태자가 불교를 적극 받아들일 때 진하승이 미륵반가상을 주존으로 모신 광륭사가 바로 그의 씨사였다. 아스카에 문화가 꽃필 때 교토에서도 이렇게 문화가 싹트고 있었던 것이다. (…) 이후 진하승의 이름은 역사 사료에서 소식이 끊긴다. 그러나 태자가 죽고 난 뒤에도 그는 교토에서 조용히 살며 오래도록 장수했던 것으로 보인다(門脇禎二 감수 『飛鳥—古代への旅』, 平凡社 2005, 28면).

이처럼 진하승은 불모지였던 교토 땅을 문명의 터전으로 일구어낸 아스카시대 위인 중 한분이며, 하타씨는 자랑스러운 한반도 도래인이었다.

광릉사의 창건 과정

진하승을 말하자면 자연스럽게 광륭사의 창건 이야기로 들어가게 된다. 광륭사는 603년에 건립된 교토에서 가장 오래된 절로 나라의 법륭사, 오사카(大阪)의 사천왕사 등과 함께 쇼토쿠 태자가 건립한 7대 사찰의 하나이며, 이 절의 이름은 봉강사(蜂岡寺, 하치오카데라), 갈야사(葛野寺, 가도노데라), 진사(秦寺, 하타데라), 태진사(太秦寺, 우즈마사데라) 등 여러 가지로 불려왔는데 일반적으로는 광륭사라 불리고 있다고 한다. 이를 좀 더 자세히 알아보면 우선 광륭사의 창건과 관련해서 『일본서기(日本書紀)』 603년조에 나오는 다음과 같은 기사부터 확인해야 한다.

11월, 쇼토쿠 태자가 여러 대부(大夫)들에게 말하기를 '나는 존귀한 불상을 갖고 있다. 누가 이 상을 모시고 공경할 것인가'라고 했다. 그때 진하승이 나아가 '신이 받들어 모시겠습니다'라고 하고는 즉시 불상을 받아들고 이를 모시기 위하여 봉강사를 세웠다.

그리고 『일본서기』 623년조에는 신라가 일본에 사신을 파견하여 불상 1구와 금탑, 사리를 가져왔다는 기사가 나온다. 불상은 가도노(葛野)의 진사에 두었고 나머지들은 모두 오사카 사천왕사에 봉안했다고 한다. 603년조에 나오는 불상이 아마도 '우는 미륵'이고, 신라 사신이 가져왔다는 불상은 목조미륵반가상이라 짐작된다. 이때 신라의 사신은 바로 전해(622)에 죽은 쇼토쿠 태자를 조문하러 온 것으로 보인다. 가도노는

| 광릉사 입구 | 광릉사는 교토에서 가장 오래된 절로 나라의 법륭사, 오사카의 사천왕사 등과 함께 쇼토쿠 태자가 건립한 7대 사찰의 하나이다.

이 일대 넓은 지역의 이름으로 당시 하타씨의 본거지였기 때문에 '가도 노의 진사'라고 한 것이다.

그런데 광륭사의 내력을 기록한『광륭사 연기(緣起)』라는 문헌을 보 면 표현에 약간씩 차이가 있는데 이를 종합적으로 정리하면 다음과 같 다(임남수『광륭사 연구』, 中央公論 美術出版 2003 참조).

603년에 지었다는 봉강사는 지금의 광륭사 자리가 아니라 진하승의 저택 안으로 추정되고, 623년 기사에 나오는 진사는 바로 전해인 622년, 쇼토쿠 태자가 죽자 그를 추모하기 위해 진하승이 지은 지금의 광륭사 로 추정된다.

봉강사와 진사는 이처럼 따로 있었으나 794년 천도 때 헤이안쿄(平安 京) 내에는 동사(東寺, 도지)와 서사(西寺, 사이지) 외에 절대로 다른 절을 두지 못하게 하자, 성내(城內)에 있던 봉강사를 진사와 합치면서 오늘의

| **계궁원** | 가마쿠라시대에 들어 쇼토쿠 태자 신앙이 일어나면서 광륭사에는 태자의 영혼을 모시는 계궁원이 지어
지고 여기에 아름다운 태자상이 봉안되었다. 신영보전의 16세 효양상이 계궁원에서 옮겨간 것이다.

광륭사가 된 것으로 추정된다.

　이처럼 7세기 아스카시대에 하타씨의 씨사로 교토에 가장 먼저 세워
진 사찰인 광륭사는 헤이안시대 이후 오늘에 이르기까지 일본 역사의
흐름 속에서 몇차례 영광과 재앙을 반복하여 맞게 된다.

　헤이안시대에는 797년 칙령에 의해 약사여래상을 주존불로 모시게
되었다. 그러나 818년 화재로 당탑 모두가 소실되었다. 이때 하타씨 출
신의 진도창(秦道昌, 하타노 도쇼)이라는 승려가 등장하여 836년에 대대
적으로 중창하면서 광륭사의 중흥조가 되었다. 광륭사는 천황에게 80정
(町)에 이르는 땅을 하사받으며 사세를 키웠다. 그러나 1150년에 또 화
재로 소진되었다. 그러자 1165년에 정면 5칸 측면 4칸의 제법 큰 규모로
강당을 중건하고 약사여래상을 협시보살과 함께 모셨다.

　그러다 가마쿠라(鎌倉)시대에 들어 쇼토쿠 태자 신앙이 일어나면서

광륭사에는 태자의 영혼을 모시는 계궁원이 지어지고 여기에 아름다운 태자상이 봉안되면서 다시 중요한 사찰로 부각되었다. 신영보전에서 본 16세 효양상은 이 계궁원에 모셔져 있던 초상조각이다.

이후에도 광륭사는 1120년, 쇼토쿠 태자 서거 500주기를 준비하며 아름다운 목조 쇼토쿠 태자상을 모셨고, 역대 천황들은 즉위할 때 입는 황토색 도포[黃櫨染御袍]를 쇼토쿠 태자상에 바치는 영광을 이어갔다. 이 상은 특이하게도 태자 33세상으로 제작되었다. 그것은 태자가 진하승에게 불상을 내려주어 처음 봉강사(광륭사)를 지을 때의 태자 나이가 33세였기 때문이라고 한다. 현재 이 태자상에 입힌 옷은 지금 천황인 아키히토(明仁)가 즉위식 때 입었던 옷이라고 한다. 이 태자상은 오직 매년 11월 21일 하루만 세상에 공개된다고 한다.

이런 영광의 광륭사였건만 폐불훼석의 광풍을 피해가지 못해 오늘날 광륭사는 기역자로 굽은 협소한 공간에 10채 남짓한 당우(堂宇)만이 그 옛날을 지키고 있을 뿐이다.

광륭사의 당우들

관광버스 주차장에서 들어오면 광륭사의 허리를 가로질러 신영보전으로 가게끔 되어 있기 때문에 이 절의 가람배치가 잘 들어오지 않는다. 그러나 전철을 타고 우즈마사역에서 큰길로 나오면 광륭사 남대문이 거룩하게 맞이한다. 1702년에 세워진 이 남대문은 아주 번듯하게 잘생겼다.

일반적으로 일본 고찰들의 대문(삼문)은 아주 장대하고 늠름하다. 나라의 동대사, 교토의 남선사, 지은원, 동복사 등의 대문은 엄청난 규모로 우리나라는 물론이고 중국에서도 보기 드물 정도다. 우리나라의 산문은 일주문인데 일본의 사찰은 왜 이처럼 장대한 규모일까.

| 광륭사 남대문 풍경 | 우즈마사역에서 큰길로 나오면 광륭사 남대문이 거룩하게 맞이한다. 교토 시내에 있는 절집 대문(삼문)들은 이처럼 아주 번듯하게 잘생겼다.

　가만히 생각건대 일본의 절들은 시내에 있기 때문이다. 일본에서도 산사라 할 정유리사(淨瑠璃寺, 조루리지), 실생사(室生寺, 무로지), 연력사의 산문은 이처럼 크지 않다. 아마도 시내의 사찰들이 밖으로 그 위세를 가장 잘 드러낼 수 있는 방식이 대문이기 때문일 것이다. 생래적으로 집장수 집의 대문이 큰 것과 같은 이치리라.

　남대문을 들어서면 바로 마주하게 되는 것이 강당(講堂)이다. 이 강당 건물은 교토에서 가장 오래된 건물이어서 중요문화재로 지정되었지만 나무들에 가려 그 전모가 잘 눈에 들어오지 않는다. 강당 옆으로는 약사당(藥師堂), 지장당(地藏堂) 등 작은 당우가 들어서 있지만 거기까지 우리들의 발길이 갈 여유는 없고 곧장 마주 보이는 태자전(太子殿)으로 발길을 돌리게 된다.

　1730년 광륭사는 천황의 옷을 입힌 태자상을 거룩하게 봉안하기 위하

| **상궁왕원 태자전** | 쇼토쿠 태자를 모신 광륭사의 핵심 건물로 지붕 앞머리를 캐노피 식으로 살짝 내밀면서 날카로운 검(劍)을 연상시키는 곡선을 이뤘고, 정면과 측면에 넓은 퇴를 두어 공간에 여유로움이 있다. 에도시대 건축의 아름다움을 잘 보여준다.

여 이 태자전을 새로 짓고 본당으로 삼았다. 정식 명칭은 상궁왕원(上宮王院) 태자전이다. 이 태자전의 자태는 대단히 매력적이다. 지붕 앞머리를 캐노피 식으로 살짝 내밀면서 날카로운 검(劍)을 연상시키는 곡선을 이뤘고, 정면과 측면에 넓은 퇴를 두어 공간에 여유로움이 있다. 에도(江戶)시대 건축의 아름다움을 아주 잘 보여준다.

그런데 이 건물 벽면에는 이상할 정도로 많은 현판이 어지럽게 걸려 있다. '일심(一心)'처럼 뜻이 깊은 현판도 있지만 건설·토목 회사 이름이 많다. 그것은 쇼토쿠 태자가 한반도(대륙)로부터 건축기술을 받아들였다는 사실 때문에 쇼토쿠 태자를 대목수(大工)의 비조(鼻祖)로 받들게 되어 건축회사들이 기진한 것이란다.

이것은 일본의 절 어디에서나 볼 수 있는 일반적인 풍습이다. 절집마다 갖가지 방식으로 기부금을 유도한다. 그러나 솔직히 말해서, 깔끔한 것을 좋아하는 일본답지 않게 너저분한 모습이다. 그 아름다운 동대사 이월당(二月堂)에 오르려면 계단 난간에 5만 엔, 10만 엔, 100만 엔 등 기진자(寄進者)의 회사금에 따라 크기가 다른 엄청나게 많은 돌기둥들이 설치되어 있어 절로 혀끝을 차게 된다. 이 어지러운 현판들은 한마디로 돈이 아름다움을 이긴다는 얘기인 셈이다.

광륭사 중건비의 삭제된 글자

태자전 입구에는 '광륭사 중건비'라는 제법 큰 현대식 빗돌이 있다. 1970년에 세워진 이 비석에는 광륭사의 역사를 길게 새겨놓았는데 그 둘째 줄 "진하승이 창건했다"의 바로 윗부분에 일곱 글자를 도려내고 메워놓아 빈칸으로 남긴 흔적이 있다.

무슨 글자가 지워졌을까. 괄호 넣기 시험문제에 나올 만한 빈칸이었다. 이때 신영보전에서 당했던 일에 분이 풀리지 않은 A변호사는 "신라에서 도래한"이었을 것이라고 하며 이게 아까 한국인을 경계했다는 증거라고 했다. 그래서 내가 재미삼아 A변호사에게 물었다.

"이런 확실한 증거를 법률용어로 무어라 합니까?"
"갑(甲)1호 증(證)이라고 합니다"

그러자 옆에 있던 B변호사가 이의를 달고 나왔다.

"갑1호 증이 되려면 문서로 제출해야 하니 그냥 물증이라고 해야 합니다."

| **광륭사 중건비** | 태자전 입구에 '광륭사 중건비'라는 제법 큰 현대식 빗돌이 있다. 1970년에 세워진 이 비석에는 광륭사의 역사를 길게 새겨놓았는데 그 둘째 줄 "진하승이 창건했다"의 바로 윗부분에 일곱 글자를 도려내고 메워놓은 흔적이 있어 많은 궁금증을 자아내며, 갖은 추측을 낳고 있다.

그러자 이번엔 A변호사가 다시 반론을 제기했다.

"이것을 사진으로 찍어서 문서로 제출하면 갑1호 증이 됩니다."

그래서 우리들은 변호사들 머리싸움은 치열하다며 한바탕 웃고 말았다. 나는 지워진 글이 무엇인지 명확히 알고 싶었다. 이 글을 쓰기 위해 이런저런 자료를 검색하는데 시바 료타로(司馬遼太郞), 우에다 마사아키(上田正昭), 김달수(金達壽) 등 세분의 좌담을 엮은 『일본의 도래문화(日本の渡來文化)』(中公文庫 1982)를 읽다보니 우에다 마사아키가 다음과 같이 말한다.

나는 역시 (하타씨가) 신라계의 도래인이라고 보아도 좋다고 생각하고 있습니다. 광륭사에 비가 세워졌는데 거기에는 '진시황제의 자손'

진하승으로 쓰여 있습니다. 그것을 나는 알지 못했는데 1970년 여름 모스크바에서 열린 국제역사학대회에서 돌아온 정조문(鄭詔文, 고려미술관 설립자)씨가 "저런 비가 세워져 있는 것을 우에다 선생은 묵인해도 좋습니까"(웃음)라고 하는 말을 듣게 되어 광륭사의 주지에게 내 생각을 말했더니 "아, 그러면 정정하겠습니다"라고 말했습니다. 이것은 『교토신문』에 기사로 나오기도 했습니다마는 그럴 정도로 (일본인들은) 하타씨를 중국계로 생각하는 뿌리가 깊다고 생각합니다.

우리들이 오해하고 있었던 셈이다. 그렇다면 왜 일본인들에게는 '진하승이 진시황제의 자손'이라는 오해가 생긴 것일까. 그것은 이제부터 하타씨의 유적들을 답사하면 다 이해하게 될 것이다.

기온(祇園)이 있어서 교토는 시들지 않는다

오사라기 지로의 『귀향』

내가 처음 교토를 찾아온 것은 ─ 누구나 그렇듯이 ─ 그곳이 어떤 곳인가 궁금해서 한번 구경 가본 것이었다. 그런데 교토는 일본미의 진면목을 보여주는 문화유산이 상상 이상으로 많이 남아 있는, 대단히 매력적인 역사 도시라는 깊은 인상을 받게 되어 꼭 다시 가보고 싶은 마음이 일어났다.

그래서 두번, 세번 다녀온 뒤 교토에는 그냥 올 것이 아니라 제대로 공부하고 와서 보아야 그 진수를 맛볼 수 있고, 교토 답사는 일본의 역사와 문화를 이해할 수 있는 가장 좋은 교과서이자 '학습 지도서'라는 생각을 갖게 됐다.

그런 교토를 일본인 자신들은 마음속에 어떻게 간직하고 살아가는지가 궁금했다. 이런 것을 알아보기 위해서는 소설보다 좋은 것이 없다. 교토를 배경으로 한 소설을 찾아보니 오사라기 지로(大佛次郎)의 『귀향(歸鄕)』이 가장 유명했다.

이 소설은 1948년, 『아사히신문(朝日新聞)』에 연재된 인기 소설이었다고 한다. 망명하여 이국땅에 살고 있던 한 군인이 모처럼 고국을 방문하여 교토의 명승지에서 느끼는 심회를 곳곳에 술회하고 있다. 유럽의 찬란한 문화유산을 보고 감동할 때면 고국 일본의 문화란 가난하고 못난 것이라는 자괴감에 빠지기도 했지만 유럽을 경험하고 교토에 와보니 서양에서는 볼 수 없는 일본의 아름다움과 일본의 문화가 새삼스럽게 다가온다는 것을 독백 형식으로 말하고 있다.

이끼 절이라는 태사(苔寺), 석정의 용안사(龍安寺)처럼 특별한 아름다운 뜰을 가지고 있는 절은 그 뜰이 있기 때문에 살아 있을 뿐인 것이다. 시인 폴 베를렌이 그 시대의 파리를 노래 불러 석재(石材)의 사막이라고 일컬은 것을 그(주인공)는 알고 있었다. 같은 표현법을 쓴다면 교토도 나라도 오랜 절들의 사막처럼 보이는 것이었다. 서 있는 채 폐허가 된 것처럼 건조한 것들이 아름다운 자연이 있음으로써 겨우 구제받고 있다.

더욱이 그는 이 황폐한 절들에 마음이 끌리고 있는 것 같았다. 오랜 외국 생활 뒤에 두번 다시 돌아오지 못하리라 믿었던 고국에 뜻밖에 돌아와서 예전부터 있었던 낡은 것들에 온통 마음을 빼앗기고 있다. 전쟁의 결과로 일본에 남은 것은 실로 교토와 나라뿐이라고 해도 무방할 것이다.

교토가 있음으로 해서 일본이 있다는 의식이 절로 느껴지며, 자기 나라의 문화를 믿지 않고 서양의 문화를 선망하면서 깊이 빠져드는 당시 젊은이들의 마음을 붙들어매고 싶은 마음이 곳곳에 피력되어 있다. 그는 이미 망해 없어진 것을 다만 미적 흥미로만 바라보지 말고 내 생활과 피에 연관된 것으로 그리워하며 받아들이자고 호소하고 있다. 이 소설은 당시만 해도 2차대전 패망 후 상실감에 빠져 있던 일본인들에게 큰 위안이 되었고 이후 교토는 가히 폭발적인 관광 붐을 맞았다고 한다.

가와바타 야스나리의 『고도』

다니자키 준이치로(谷崎潤一郎)의 『세설(細雪)』에서는 "벚꽃도 교토의 벚꽃이 아니면 본 것 같지 않다"며 교토를 예찬하고 있다. 또 가와바타 야스나리(川端康成)의 소설 『고도(古都)』는 교토에 살고 있는 미모의 쌍둥이 자매가 주인공으로 등장하는 아련한 순정소설이다.

『고도』에서는 청수사·남선사 등 교토 히가시야마(東山)의 유적지와 풍광이 아름답게 묘사되면서 일본 사람들의 일상 속에 살아 있는 교토의 모습이 포근하게 그려져 있다. 이 소설에는 교토의 대표적인 마쓰리인 기온마쓰리(祇園祭)가 한 장을 차지하고 있는데 무려 한달간이나 이어지는 이 마쓰리가 갖는 생활의 활력 같은 것이 실감나게 묘사되어 있다.

교토의 마쓰리! 그것은 일본의 역사와 일본인의 마음을 읽어내는 키워드 같은 것이다. 일본은 스스로 말하기를 마쓰리의 나라라고 한다. 일본에선 일년 열두달 어디에서든 마쓰리가 열린다. 교토의 3대 마쓰리로는 헤이안 신궁(平安神宮)의 지다이마쓰리(時代祭), 가모 신사(賀茂神社)의 아오이마쓰리(葵祭), 야사카 신사(八坂神社)의 기온마쓰리가 꼽힌다. 이 마쓰리와 마쓰리를 주관하는 신사를 모르면 교토를 안다고 할 수 없다. 또 이 신사를 모르면 교토가 어떻게 이루어졌는지도 알 수 없다. 이

제 나는 공부하는 셈치고 교토의 3대 마쓰리의 현장을 답사한다.

헤이안 신궁의 지다이마쓰리

먼저 지다이마쓰리가 열리는 헤이안 신궁부터 찾아가본다. 헤이안 신궁은 1895년 헤이안쿄 천도(794) 1100주년을 기념하여 옛 왕궁의 정청(正廳)인 조당원(朝堂院)과 정문인 응천문(應天門)을 복원해 지은 곳이다.

그리고 여기서 산업박람회(내국권업박람회 內國勸業博覽會)를 열고, 천도 기념일인 10월 22일 지다이마쓰리를 열었다. 이 마쓰리는 헤이안쿄를 건설한 간무(桓武) 천황과 막부시대 마지막 천황인 고메이(孝明) 천황의 혼령을 모신 두 대의 봉연(鳳輦, 가마)을 앞세우고 각 시대를 대표하는 18명의 주역들이 가장(假裝) 행렬을 벌이는 것이다. 규모가 큰 행사이긴 하지만 관제적 성격이 강해 민중적 삶의 전통이 살아 있는 오래된 마쓰리와는 성격이 다르다. 일종의 가두 퍼레이드라고 할 수도 있다.

헤이안 신궁은 가모강 건너편 히가시야마의 북쪽 산자락, 남선사로 올라가는 초입에 있다. 하도 유명한 곳이어서 한번 가보았는데 정문과 정전의 건물이 대단한 규모였다. 그런데 이것은 원래 크기의 8분의 5로 축소 복원한 것이라고 하는데도 이처럼 엄청난 규모다. 동대사 대불(大佛)에서 보여준 일본인들의 장대(壯大) 취미를 여기서도 엿볼 수 있다.

헤이안 신궁은 유적지라기보다는 역사 테마 공원 같은 곳이다. 공원이라고 내가 얕잡아 말하는 것이 아니라 그만큼 역사적 긴장감이 없다는 뜻이고, 그로 인해 시민들이 마음 편히 가까이 할 수 있는 곳이라는 얘기다. 실제로 입장료도 없고 교토 사람들에겐 결혼식장으로 유명하단다.

헤이안 신궁의 참 멋은 정전 뒤편에 있는, 별도로 입장료를 받는 신원(神苑)이다. 메이지시대의 대표적인 조원 예술가인 오가와 지혜에(小川

| **헤이안 신궁의 정전** | 헤이안 신궁은 헤이안쿄 천도 1100주년을 기념하여 황궁의 정청인 조당원 등을 복원한 것이다. 원래 크기의 8분의 5로 축소 복원했다는데도 이처럼 엄청난 규모다.

治兵衛)가 설계한 약 1만평 규모의 지천회유식 정원인데 중원·동원·서원·남원이 제각기 다른 모습이어서 일본 정원의 다양한 모습을 한곳에서 보여준다. 그리고 이 신궁이 자랑하는 것은 벚꽃이다. 가와바타 야스나리의 『고도』에는 이곳 벚꽃이 이렇게 묘사되어 있다.

빼어난 모습은 온통 신궁을 채색한 붉은빛의 수많은 늘어진 벚꽃나무들이다. '참으로 이곳의 꽃을 빼고 낙양(교토)의 봄을 대표할 것은 없다'고 말해도 과언이 아니다.

지에코는 신궁의 입구에 들어서자 만개한 벚꽃의 붉은 색깔이 가슴 밑바닥까지 스며들어와, '아아, 올해도 낙양의 봄을 만났구나!' 하며 선 채로 한참 동안 바라보았다.

| **지다이마쓰리** | 교토 3대 마쓰리의 하나로 규모가 큰 행사이긴 하지만 관제적 성격이 강해 민중적 삶의 전통이 살아 있는 오래된 마쓰리와는 성격이 다르다. 일종의 가두 퍼레이드라 할 수 있다.

과연 수십그루의 수양벗나무가 대나무 받침대에 의지하여 늘어져 있는 모습은 일본의 화려한 색감을 유감없이 보여준다. 특히 봄철 야간 개장 때면 일본인이 좋아하는 밤벗꽃놀이〔夜櫻, 요자쿠라〕가 환상적으로 펼쳐지며 이때는 이 수양벗나무 아래에서 아악 콘서트도 열린다.

가모 신사

다음은 교토의 북쪽에 있는 가모 신사로 가본다. 해마다 5월 15일에 아오이마쓰리가 열리는 가모 신사는 교토에서 가장 오래된 토박이 신사이다. 신라계 도래인 하타씨들이 교토를 개척할 무렵 일본 열도 내의 이주민인 가모씨(賀茂氏)들이 가모강변에 들어와 정착하고 상·하(上下) 가모신사를 세웠다. 위쪽에 있는 것이 '가미(上)가모 신사', 아래쪽에 있는

| **헤이안 신궁의 신원** | 헤이안 신궁은 유적지라기보다는 역사 테마 공원 같은 곳이다. 헤이안 신궁의 정전 뒤편에는 '신원'이 있다. 약 1만평 규모의 지천회유식 정원으로 중원·동원·서원·남원이 제각기 다른 모습이어서 일본 정원의 다양한 모습을 한눈에 보여준다.

것이 '시모(下)가모 신사'다.

교토 시내를 남북으로 가로지르는 가모강은 한자로 압천(鴨川)이라고 오리 '압'자를 쓰지만, 북쪽의 상류는 하무(賀茂)라고 쓰고 똑같이 가모라고 읽는다. 교토의 역사는 사실상 여기에서 시작되었다.

가모 지역은 교토 분지의 북쪽 끝으로 그 뒤쪽은 단바(丹波) 고원이라는 두툼한 산악이 바다(우리나라 동해)까지 뻗어 있다. 이 가모 지역에서는 7천년 전 조몬인의 자취가 발견되었고, 2천년 전 야요이인들의 토기도 발견되어 일찍이 사람들이 살았음이 확인되었다. 그리고 5세기 들어서 야마토 지역의 가쓰라기(葛城)에서 이주해온 가모씨들이 정착하여 신사를 지은 것이다.

신사는 거기에 모신 신이 누구인가에 따라 그 성격이 정해지며, 고대

| **가미가모 신사** | 가모 신사는 교토에서 가장 오래된 토박이 신사이다. 일본 열도 내의 이주민인 가모씨들이 상·하(上下) 가모 신사를 세웠다. 위쪽에 있는 것이 '가미(上)가모 신사', 아래쪽에 있는 것이 '시모(下)가모 신사'다.

의 신들은 이곳저곳의 신들과 만나 결혼을 하고 그 아들, 딸, 손자가 다른 지역의 신으로 퍼져나가곤 하는데 이는 곧 부족의 이동과 교류를 의미하는 것이다.

가모씨들이 야마토의 가쓰라기 시절에 모신 신은 건각신명(建角身命)으로 지금 시모가모 신사에 모셔져 있다. 그래서 원래 신을 모셨기 때문에 '가모 어조(御祖) 신사'라고 한다. 그리고 이 건각신명이 교토 북쪽의 단바에서 가무이카코야히메(神伊可古夜日女)를 만나 딸을 낳고 손자를 보았는데 그 손자인 별뢰신(別雷神)을 모신 곳이 가미가모 신사이다. 그래서 원 이름이 '가모 별뢰(別雷) 신사'이다. 건각, 즉 뿔에서 번개로 변천한 것이다. 이는 곧 사냥하던 삶에서 농경사회로의 이행을 의미한다.

| **가미가모 신사의 신당** | 유네스코 세계유산으로 등재된 교토의 대표적인 신사로 이 신사에는 별뢰신을 모셨다. 그래서 원 이름이 '가모 별뢰 신사'이다.

아오이마쓰리

가모 신사에서 열리는 아오이마쓰리는 6세기 아스카시대부터 가모씨들이 흉작일 때면 음력 4월에 풍요를 기원하며 연 축제에 기원을 두고 있다. 마쓰리 이름에 오늘날의 족두리풀을 의미하는 해바라기 규(葵)자가 들어간 것은, 가미가모의 별뢰신이 꿈을 꾸었는데 어머니가 나타나서 "나에게 제사할 때는 머리채 장식으로 족두리풀을 써다오"라고 했다는 데에서 유래한단다. 그래서 지금도 마쓰리 때는 소달구지〔牛車〕와 제관들의 머리에 족두리풀을 꽂고, 가정집에서도 족두리풀을 장식한다고 한다.

이 아오이마쓰리는 8세기 나라시대에 들어오면서 크게 인기가 있어 인근의 많은 사람들이 참여하여 야마시로국(山背國 또는 山城國, 교토의 옛 지명)의 마쓰리가 되었다. 이때 길일(吉日)을 택해 방울 달린 말을 타고

| 아오이마쓰리의 행진 모습 | 아오이마쓰리는 아스카시대부터 가모씨들이 흉작을 맞으면 풍요를 기원하며 음력 4월에 열었던 축제에 그 기원을 두고 있다.

달리는 행사는 지금도 이어져 내려오고 있다고 한다.

헤이안쿄 천도 이후에는 왕실이 이 마쓰리를 지원하면서 국가 행사로 승격되어 그때부터 지금까지 1500년을 두고 해마다 이어오고 있다. 현재의 아오이마쓰리는 교토 어소(御所, 고쇼)에서 천황이 칙사에게 제문을 내리는 궁중 마쓰리, 옛 의상을 입은 행렬이 가와라정(河原町) 거리를 행진하는 거리 마쓰리, 신사에 다다르면 여기서 천황의 제문을 받드는 신사 마쓰리 등 3부로 이루어지는데 현재는 궁중 마쓰리는 행하지 않고 나머지 두 마쓰리만 진행된다. 이 행진에는 약 500명의 인원, 소달구지 2대, 소와 말 40마리가 동원되어 약 1킬로미터의 행렬이 이어진다고 한다. 이렇게 시모가모 신사의 마쓰리가 끝나면 똑같은 과정을 가미가모 신사까지 벌이게 된다. 이것이 가장 오래된 역사와 전통을 자랑하는 가모 신사의 아오이마쓰리이다.

| 아오이마쓰리 | 아오이마쓰리 때는 소달구지와 제관들의 머리에 족두리풀을 꽂고, 가정집에서도 그렇게 장식한다고 한다.

상·하의 가모 신사 건축은 연륜도 연륜이지만 규모도 장대하고 건축도 고풍이 역연한데다 주변의 풍광이 아름다워 둘 다 유네스코 세계유산에 등재되었다. 둘 중 어느 쪽이 더 좋은가 우열을 가리기 힘든데 가미가모 신사를 가면 신사 앞 동네가 가모 6향(鄕)이라는 전통 마을(마치나미町並み)이 있어 일본 마을의 체취를 느낄 수 있고, 시모가모 신사로 가면 다다스노모리로 가는 강변 숲길이 아름다워 산책이 즐겁다.

기온의 야사카 신사

세번째 기온마쓰리로 말할 것 같으면 이것이야말로 일본 마쓰리의 진면목을 담고 있다. 기온마쓰리는 교토의 3대 마쓰리 중 하나일 뿐 아니라 도쿄(東京)의 간다마쓰리(神田祭), 오사카의 덴진마쓰리(天神祭)와 함

| **야사카 신사** | 기온의 야사카 신사는 일본의 3대 마쓰리인 기온마쓰리가 열리는 곳으로 교토의 한 상징이다. 이 신사는 고구려계 도래인인 야사카씨들이 세운 것이어서 우리에게 더욱 의미있게 다가온다.

께 일본의 3대 마쓰리로 손꼽히며 장장 1개월에 걸쳐 열린다.

이 기온마쓰리를 주관하는 곳은 기온의 야사카 신사(八坂神社)인데 이 신사는 고구려계 도래인인 야사카씨(八坂氏)들이 세운 것이어서 우리에게 더욱 친밀하게 다가온다. 야사카 신사는 메이지유신 때 전국 지명을 재정비하기 전까지는 기온사(祇園社), 또는 기온 감신원(祇園感神院)이라고 불려왔으며, 교토 시민들은 애칭으로 '기온상'이라고 부른다.

야사카 신사의 창건에 대해서는 여러 학설이 있는데 일찍부터 이곳에 정착한 '야사카노 즈쿠리(八坂造)'라 불리던 고구려계 도래인들이 세운 것만은 확실시되고 있다. 야사카라는 이름은, 이곳 히가시야마 지구에는 기요미즈 자카(清水坂), 산넨 자카(三年坂) 등 8개의 자카(坂)가 있기 때문이라는 설도 있지만 안식처라는 뜻에서 나왔다고도 한다. 백제계가 안식처로 잡은 곳에 아스카라는 이름이 생겼듯이, 고구려계가 정착한 안식처에는 야사카라는 이름이 생긴 것이다.

고구려 도래인의 법관사 오중탑

야사카 지역이 고구려계 도래인의 고향이라는 사실은 야사카탑이라고 불리는 법관사(法觀寺, 호칸지) 오중탑(중요문화재)이 증언하고 있다. 야사카 신사에서 청수사로 올라가는 언덕길 중간에 있는 이 오중탑은 교토에서 가장 오래된 목탑이다.

법관사는 589년 쇼토쿠 태자가 발원한 절로 전한다. 오사카에 사천왕사를 지을 때 거기에 쓸 목재를 여기서 베어갔는데 그때 이 터가 불사리를 모실 만하다고 하여 법관사를 지었다는 것이다. 발굴 결과 가람배치가 사천왕사식이었고 주변에서 아스카시대의 기와가 발견되었다고 한다. 그러나 화재를 만나 불타버렸고 1440년에 재건되었는데 지금은 오중탑만이 산넨 자카의 좁다란 골목길 안에 남아 있다.

그런데 요즘 나온 교토 안내서에서는 이 법관사 오중탑이 제대로 소개되어 있지 않다. 그리고 어쩌다 소개된 것을 보면 고구려 도래인들이 정착하여 세운 야사카씨의 씨사였다는 얘기는 건너뛰고 있다. 오히려 오래된 책일수록 그 이야기를 명확히 기록하면서 교토에서 법관사의 위상을 명확히 말하고 있다. 『교토』의 저자 하야시야 다쓰사부로는 이렇게 말한다.

고구려 귀화(도래) 씨족은 가미코마(上狛) 지역을 근거로 고려사(高麗寺, 고마데라)를 창건하고 씨족의 거점으로 삼았고, 야사카노 즈쿠리라는 이름으로 불린 이 지역 사람들은 야사카 신사와 함께 법관사를 지었다. (…)

오닌(應仁)의 난 때 교토가 폐허가 되고 모든 문물이 불타버렸을 때도 이 오중탑만은 전화를 피해 잘도 살아남은 것에는 감회가 일어난다. 당시 초토화된 교토 시민들은 홀로 우뚝 솟아 있던 이 탑을 매일 아침저녁 보는 것만으로도 큰 위안이 되었을 것이다.

메이지시대까지만 해도 탑 꼭대기에 전망대가 있어서 교토를 내려다볼 수 있었다고 한다. 항간에 들리는 얘기로는 전국(戰國, 센고쿠)시대에 교토를 쟁탈한 군사들이 가장 먼저 이 탑 꼭대기에 깃발을 꽂아 교토를 지배했다는 표시로 삼았다고 한다(林屋辰三郎 『京都』).

법관사 오중탑은 한동안 교토 타워와 같은 역할을 했던 것이다. 청수사 답사를 마치고 산넨 자카로 내려오면 법관사 오중탑을 거쳐 야사카 신사에까지 이르게 되는데 이 길을 걷자면 자연히 여기가 고구려 도래인의 고향이었다는 사실이 떠오르면서 더욱 정겹고 친밀하게 느껴진다.

기온의 랜드마크 야사카 신사

야사카 신사는 기온 거리의 동쪽 산자락에 바짝 붙어 있다. 교토에서 가장 번화한 4조대로(四條通り)에서 히가시야마를 바라보고 곧장 걸어가면 가모강을 가로지르는 4조대교가 나오고, 다리를 건너가면 거기부터가 기온 지역이다. 그 길로 계속 따라가다보면 약 400미터쯤 앞에 야사카 신사의 서쪽 대문인 빨간 누문(樓門)이 나온다. 이 누문은 1497년에 세워진 것으로 이 신사에서 가장 오래된 건물이다.

야사카 신사의 누문은 돌계단 위에 번듯하게 올라앉아 있어 더욱 우

| 법관사 오중탑 | 쇼토쿠 태자가 발원한 법관사는 고구려계 도래인들이 창건한 절로 몇차례 전란을 만나 불타버렸고 1440년에 재건된 오중탑만이 산넨 자카의 좁다란 골목길 안에 남아 있다.

| 야사카 신사 서문 돌계단 | 교토 사람들은 기온에서 만나기로 약속할 때면 대개 이 돌계단 아래에서 만나기로 한단다. 야사카 신사의 서쪽 대문인 이 누문은 기온의 랜드마크인 셈이다.

뚝해 보이는데 교토 사람들이 기온에서 만나기로 약속할 때면 대개 이 돌계단 아래〔石段下〕에서 만나기로 한단다. 즉 야사카 신사의 누문이 기온의 랜드마크인 셈이다.

교토 야사카 신사의 본전 건물은 1654년에 세워진 것으로 정면 7칸, 측면 6칸의 장대한 규모로 전국에 있는 3천여 야사카 신사의 총본산다운 위용이 있다. 이 본전 건물은 일반 신사 건물들과는 달리 어제신(御祭神)을 모신 내진(內陣)이 한 단 높게 올려져 있어 외진(外陣)과 구분되어 있다. 그만큼 어제신에 권위를 부여하고 있는 것이다.

남쪽에 있는 신사의 정문인 돌 도리이〔石鳥居〕는 1666년에 세워진 오랜 것으로 높이가 9.5미터에 이르는 장대한 규모이다. 이 신사에 모셔진 신은 우두천왕(牛頭天王)으로, 고구려 도래인들이 무슨 이유에서인지 신라에서 우두천왕을 모셔온 것으로 전해지고 있다. 그래서 신사 연구자들은 그 기원을 찾으려고 춘천 우두산, 고령 우두산 등 우두산 이름을 가진 곳을 찾아나서곤 한단다.

야사카 신사는 20여개의 섭사를 거느리고 있다. 그중 가장 유명한 것이 에키(疫) 신사이다. 역병을 물리치는 이 섭사는 한달간 열리는 기온마쓰리의 마지막 행사로 맨 마지막 날 '무병식재(無病息災)'를 기원하는 나고시사이(夏越祭)라는 제의가 열리는 신사이다.

기온마쓰리가 7월 1일에 시작하여 31일까지 대대적인 규모로 행사를 벌이게 된 것은 바로 이 '무병식재'의 기원 때문이었다. 그리고 기온마쓰리의 원 이름은 기온 어령제(御靈祭)라고 한다. 이게 무슨 얘기인지 알기 위해서 우리는 신천원(神泉苑, 신센엔)이라는 곳을 다녀와야 한다.

옛 왕궁의 금원, 신천원

교토의 역사를 말하는 책에서 헤이안쿄 천도의 첫머리는 대개 신천원으로 시작한다. 그런데 저자마다 한결같이 "지금은 교토 시민조차 잘 알지 못할 정도로 잊힌 곳이고 쇠락을 면치 못한데다 관리도 잘 안 되고 있지만"이라는 단서를 달고 있다. 절대로 관광지가 아니라는 이야기인데 그래도 기온마쓰리의 유래를 알기 위해서는 가봐야 한다.

신천원은 이조성(二條城, 니조조) 남쪽 길 건너 주택가에 끼어 있는 허름한 연못이다. 정원으로 가꾼답시고 연못 한가운데 금적색 무지개다리를 놓았는데 어울리지도 않고, 연못가엔 요란한 색채의 용머리 놀잇배가 떠 있어 우리로 치면 뽕짝 기가 역력하다. 아무리 보아도 교토 같지도 않고, 일본 같지도 않다.

본래 신천원은 헤이안쿄 건설 당시 왕궁의 남쪽에 붙어 있던 금원(禁園)이었다. 본래는 남북 4정(町), 동서 2정으로 8정(약 3만 2천평)이나 되는

| **신천원 입구** | 본래 신천원은 헤이안쿄 건설 당시 왕궁의 남쪽에 붙어 있던 금원이었다. 서울로 치면 창덕궁 안의 비원 같은 곳으로 간무 천황 이래로 역대 천황들이 빈번히 행차하며 꽃놀이하던 곳이었다.

엄청난 규모의 정원이었다. 서울로 치면 창덕궁 안의 비원 같은 곳으로 헤이안쿄를 건설한 간무 천황 이래로 역대 천황들이 빈번히 행차하며 꽃놀이를 하던 곳이었다고 한다.

그러나 헤이안쿄는 건설 후 얼마 되지 않아 서쪽에 자주 홍수가 범람하는 바람에 우경이 황폐해지고 결국 주작대로는 좌경 서쪽 외곽으로 전락했다. 왕궁도 폐허가 되어 천황은 사저에 사는 신세가 되었다. 그래서 일본 천황의 이름은 사후에 그가 살던 동네 이름을 붙여 사가(嵯峨), 산조(三條), 고산조(後三條), 시라카와(白河), 고시라카와(後白河), 도바(鳥羽), 고토바(後鳥羽) 등으로 불리게 된 것이다.

천황이 기거하는 교토 어소가 새로 건립된 것은 1331년 이후의 일이었고, 황폐해진 왕궁터는 밭으로 변해, 여기서 나오는 무청(蕪菁)이 유명했다고 한다. 다만 신천원만이 정원으로 남아 그 옛날을 증언하고 있었는데 이것도 에도(도쿄)에 막부(幕府)를 차린 도쿠가와 이에야스(德川家康)가 1602년 자신의 교토 거성(居城)으로 이조성을 지으면서 신천원의 대부분을 차지했다고 한다. 그나마 남아 있던 곳도 민간 주택들이 잠식해 지금은 사방 반정(半町, 약 2천평)의 대지에 작은 연못만 남았고 동사의 요청에 따라 말사로 운영되고 있다고 한다.

신천원의 기우제

이 정원이 신천원이라는 이름을 갖게 된 것은, 이곳 연못이 지하수가 샘으로 솟아오르는 용천(湧泉)이어서 가뭄에도 물이 마르지 않고 신령스럽기 때문이다. 그 때문에 헤이안시대 신천원에서는 가뭄 때 기우제를 열고 일반인들에게 개방해 물을 나눠주어 관개용수로도 사용하게 했다고 한다.

신천원의 기우제와 관련해서는 동사의 공해(空海, 구카이, 774~835) 스님과 서사의 수민(守敏, 슈빈) 스님이 누가 더 도력이 센가 겨루었는데 공해 스님이 이기는 바람에 서사는 쇠퇴하여 폐사가 되었고, 동사는 날로 번성하게 되었다는 전설이 전한다.

이러한 신천원이 교토 역사에서 중요한 의미를 갖게 된 것은 863년 5월 여기서 열린 마쓰리 때문이다. 이 마쓰리가 곧 야사카 신사에서 열리는 기온마쓰리의 기원이 된다.

863년, 그해에는 정월부터 교토에 무서운 전염병이 돌아 많은 사람들이 죽었다. 해역병(咳逆病)이라는 일종의 유행성 독감 같은 것이었는데 주술사인 음양사(陰陽師)에게 점을 쳐보니 이 역병의 원인은 헤이안쿄 천도 과정에서 억울하게 죽은 사람들의 원령의 '다타리(祟り)' 때문이라는 점괘가 나왔다. '다타리'란 저주, 원한, 앙화(殃禍)라는 말이다.

| 신천원 | 신천원이라는 이름은 이곳 연못이 지하수가 샘으로 솟아오르는 용천이어서 가뭄에도 물이 마르지 않고 신령스럽기 때문에 붙여진 것이다. 헤이안시대 신천원에서는 가뭄 때 기우제를 열고 일반인들에게 개방해 물을 나눠 주어 관개용수로도 사용하게 했다고 한다.

원령을 위한 어령회

황당한 얘기 같지만 그 원령의 내력은 다음과 같다. 헤이안으로 천도를 결정한 것은 간무 천황이었다. 간무 천황은 아키히토 현 천황이 2001년 12월 68세 생일잔치에서 "저는 간무 천황의 생모가 백제 무령왕의 자손이라고 『속일본기(續日本紀)』에 기록돼 있는 사실에 한국과의 깊은 인연을 느낀다"고 발언함으로써 우리에게 다시 한번 일본 천황가와 백제 도래인의 친연성을 확인시켜 준 인물이다.

그는 일제강점기 일본이 내선일체(內鮮一體)를 내세우는 근거로 제시되기도 했는데, 오늘날에 와서는 한일 고대사의 밀접한 인연을 강조하는 근거로도 언급되는 이중적 성격이 있다.

간무 천황이 처음 천도를 계획한 곳은 교토와 오사카 중간에 있는 나가오카쿄(長岡京)였다. 784년부터 공사가 시작되었는데 1년 만에 공사감독관이 살해되는 사건이 벌어졌다.

수사를 해보니 놀랍게도 간무 천황의 동생인 사와라 친왕(早良親王)이 연루되어 있었다. 친왕은 무고(誣告)임을 주장하며 단식투쟁하다가 유배 가는 도중 자신의 결백을 보이기 위해 자결했다. 그런데 나중에 주모자를 잡고 보니 친왕은 정말로 아무 죄가 없었다.

이때부터 간무 천황은 친왕의 원령의 저주(다타리)를 받았다. 갑자기

| 간무 천황 | 간무 천황은 원령이 우글거리는 나가오카쿄의 수도 건설을 중단하고 교토에 새 수도를 건설하기로 결심하여 794년에 헤이안쿄로 천도했다.

부인이 30세로 요절하는가 하면, 이듬해엔 어머니가 죽고, 또 황태자에겐 심신(心神) 이상이 생겼다. 역병이 유행하여 많은 사람이 죽었다. 점을 쳐보니 죽은 친왕의 원령의 저주 때문이라고 나왔다.

간무 천황은 원령이 우글거리는 나가오카쿄의 수도 건설을 중단하고 교토에 새 수도를 건설하기로 결심했다. 그리하여 10년 뒤인 794년에 헤이안쿄로 천도하게 되었던 것이다.

그런데 그 원령의 다타리가 또 나타나서 역병이 진정되지 않는 것이었다. 이에 원령을 진정시키기 위한 어령회(御靈會, 고료에)라는 마쓰리를 열었다. 어령이란 혼령(靈)을 제어(御)한다는 뜻이다.

그해 5월 신천원의 어령회는 아주 성대하게 개최되었다고 역사서에 기록되어 있다. 원령을 달래기 위해 대단히 소란스러운 춤과 노래가 공

연되었는데, 궁중 아악은 물론이고 이국적인 대당무(大唐舞)와 고려무(高麗舞)도 추었다고 한다(菅原信海『日本人のこころ―神と佛』, 春秋社 2010).

어령회라는 마쓰리의 유행

신천원의 어령회 이후 왕궁 안에 어령신사(御靈神社)가 세워져 다섯 원령을 모셨다. 그런데 권력 다툼 과정에 억울하게 죽은 원령들이 속속 생겨나면서 10명으로 늘어났다. 그 원령의 마지막 주인공이 스가와라노 미치자네(菅原道眞)였다. 전국에 무수히 많은 천만궁(天滿宮)은 정치적으로 좌천된 스가와라노 미치자네가 규슈의 다자이후(大宰府)에 유배된 지 2년 만에 죽고 나서 재앙이 그치지 않자 그를 오히려 천신(天神)으로 모신 데에서 유래한 것이다.

그리고 신사와 사찰마다 원령의 다타리를 진정시키기 위한 마쓰리가 유행하기 시작했다. 가뭄·홍수·역병·지진 등 자연재해가 일어나면 마쓰리를 행했다. 참으로 기이한 사고방식이다. 우리 같으면 전지전능한 신령에게 풍수해가 없도록 해달라고 비는 마음에서 제를 올릴 것이다. 그러나 일본인들은 풍수해가 일어나는 것은 원령의 '다타리' 때문이라고 생각하고 있는 것 아닌가. 신을 믿건 악마를 믿건, 신의 가피(加被)를 입건, 악신의 저주를 해원(解寃)하건 결과는 같다. 그러나 발상의 차이는 큰 것이다.

명작이 무엇이냐는 물음에 '신은 디테일에 있다'(God is in the details)라고 대답한 명구가 있다. 이 말은 1969년『뉴욕타임즈』가 독일의 건축가 미즈 반 데어 로에(Mies van der Rohe, 1886~1969)의 사망 기사를 쓰면서 인용하여 널리 알려진 것이다.

그러나 이 명구의 연원은 독일인 미술사가 아비 바르부르크(Aby

| **원령으로 변한 스가와라노 미치자네** | 헤이안 천도 이후 홍수·가뭄·지진 등 자연재해와 전염병으로 많은 사람이 죽자 이는 권력 다툼 과정에 억울하게 죽은 다섯 원령들의 저주(다타리)라고 생각하는 원령 신앙이 생겼다. 이후에도 원령이 속속 생겨나 10명으로 늘어났는데 이 그림은 일본 역사상 최고의 문신이었던 스가와라노 미치자네가 규슈로 좌천되어 죽은 뒤 원령으로 변하는 모습을 그린 것이다.

Warburg, 1866~1929)가 먼저 한 말이었다고도 하고, 또 그전엔 프랑스의 귀스타브 플로베르(Gustave Flaubert, 1821~80)가 '좋은 신은 디테일에 있다'(Le bon Dieu est dans le détail)라고 먼저 말했다고도 한다. 그런데 이 말이 현대로 내려오면서는 바뀌어 다음과 같은 말이 생겼다고 한다.

　"악마는 디테일에 있다"(The devil is in the details)

　오늘날 미국의 유명한 전자회사 로비에는 이 경구가 쓰여 있다고 한다. 신이든 악마든 디테일에 마음 쓰라는 뜻이지만 발상과 마음자세엔 큰 차이가 있는 것이 분명하다.

기온 어령회

 신천원의 어령제가 열린 지 6년 뒤인 869년에 또 어령제가 열렸는데
이때 야사카 신사에서 신천원에 당시 66개 구니(國)와 연관해서 산 모양
을 본뜬 가마에 '호코'라는 창을 장식한 '야마호코(山鉾)'를 앞세우고 가
마(神輿)를 보냈더니 영험이 있었다. 이것이 기온 어령회의 기원이며 이
야마호코의 순행(巡行)이 기온마쓰리의 하이라이트이다.
 가와바타 야스나리는 『고도』에서 이 마쓰리에 대해 다음과 같이 말하
고 있다.

 먼 지방에서 구경하러 올라온 사람들은 기온마쓰리가 7월 17일에
있는 야마호코 꽃수레 순례 하루뿐이라고 생각할지 모른다. 그래서
그들은 기껏해야 16일 밤에나 온다.
 그러나 기온마쓰리의 실제 행사는 7월 한달을 두고 꼬박 계속된다.
7월 1일에는 각각의 야마호코 마을에서 축제 전야제의 풍악이 시작된
다. 생기발랄한 아동(稚兒, 치고)을 뽑아 태운 야기나타호코(長刀鉾)는
매년 순례의 선두에 서는데 그 밖의 야마호코 순서를 결정하기 위한
추첨이 7월 2일인가 3일에 교토 시장(市長)에 의해 이루어진다.
 수례는 전날 만들지만 7월 10일에 '신(神) 가마 씻기'가 마쓰리의
본격적인 시작일 것이다. 가모강의 4조대교에서 가마를 씻는다. 씻는
다고 하지만 제관이 상록수 가지를 적셔 들고 가마에 뿌리는 정도다.
 11일에는 뽑힌 아동이 야사카 신사로 간다.

 이리하여 17일 야마호코 행렬이 교토 시청 앞을 지날 때는 이를 잘 구
경할 수 있는 유료 관람석이 설치된다고 한다. 이때 각 집안에서는 소장

| **기온마쓰리 풍경** | 오랜 연륜을 지닌 마쓰리로 관제가 아니라 민간 차원에서 무려 한달간 열린다. 교토의 각 마을에서 특색있게 제작한 '야마호코'를 기온 신사(야사카 신사)로 가져오는 행사가 하이라이트다. 기온마쓰리는 2009년에 유네스코 인류무형문화유산에 등재되었다.

하고 있는 멋진 병풍들을 갖고 나와 길거리에 펼치고서 한편으론 자랑을 하기도 하고 한편으론 마쓰리의 분위기를 돋우기도 한단다.

또 시조─데라마치 거리에 세 대의 가마가 일주일간 머무는 어여소(御旅所)가 설치되면 상인들은 운수 대통하고 만복이 들어오라는 개운초복(開運招福)을 기원하고, 바겐세일 장터도 연다고 한다. 그리고 31일 야사카 신사의 섭사인 에키 신사에 와서 나고시사이(하월제)를 지내는 것으로 끝난다.

엄청난 축제이다. 기온 어령회는 관제가 아니라 민간 차원에서 이루어지는 행사로 66개 마을에서 각기 특색있게 제작한 '야마호코'를 가져오던 것이 근대화 바람에 점점 쇠퇴하여 지금(2013)은 31개 마을이 참여하고 있으며 '기온마쓰리 야마호코 연합회'가 조직되어 이를 유지하고 있다고 한다. 기존의 야마호코 중 29기는 일본의 중요민속자료로 지정되었고, 기온마쓰리는 우리의 강릉 단오제와 마찬가지로 2009년에 유네스코 인류무형문화유산에 등재되었다.

교토의 심장, 기온 거리

답사건 관광이건 여행객들이 유적지 구경보다 더 원하는 것은 옛 거리를 걸어보는 것이다. 교토에 가면 누구나 한번쯤은 가보고 싶은 곳이 이 기온정(祇園町)일 것이다. 기온이라 하면, 사람들은 기온마쓰리와 함께 요정(料亭)과 유곽(遊廓)이 옛모습 그대로 남아 있어 기모노를 입은 게이샤(藝者)와 동기(童妓)들이 게타를 끌며 총총걸음으로 걸어가는 풍광을 먼저 떠올릴 것이다.

기온이 이처럼 유흥 환락가가 된 것은 중세부터라고 한다. 1670년 무렵 가모강 동쪽 강변을 따라 뻗어 있는 야마토 대로(大和大路) 주변이 재개발될 때 '기온 바깥 동네 6정(外六町)'이라 불리는 여섯 동네가 먼저 생기고, 1713년 그 안쪽에 '기온 안동네 6정(內六町)'이 생겼다. 모두 공인된 유곽이었다.

기온의 거리에는 어깨를 나란히 한 전통찻집이나 맛있는 교요리(京の料理)나 가이세키(懷石) 요리로 유명한 전통 식당들이 전통적인 마치야(町屋) 형식의 목조 상가 건물들로 이어져 있는데 건물에 따른 세금이 길가에 면한 폭을 기준으로 책정되었기 때문에, 정면은 5~6미터 정도지만, 내부의 길이는 20미터에 이르는 긴 건물이라고 한다.

거리 전체에 초밥집, 사시미집, 두부집, 튀김집 같은 전문 식당들, 현대식 술집과 바, 또는 올망졸망한 모찌 가게, 당고(동그란 떡꼬치 구이) 가게,

| **기온 입구** | 교토에 가면 누구나 한번쯤 가보고 싶은 곳이 기온일 것이다. 전통과 현대가 만나는 것이 아니라, 전통이 현대에도 계속 숨쉬고 있다는 깊은 인상을 준다.

야쓰하시(삼각형 모양의 얇은 떡) 가게, 그리고 부채·도자기·비단 손가방 등을 파는 기념품 상점들이 이어져 있어, 거닐며 구경하는 것만으로도 눈이 즐겁고 교토인들의 생활상을 몸으로 느껴볼 수 있다.

성속이 어우러지는 기온

기온에서 가장 유명한 유곽 거리〔花街〕는 하나미코지(花見小路)라 불리는 곳으로, 시조대로 야사카 신사에 거의 다다라 남쪽으로 꺾어들면 건인사(建仁寺, 겐닌지)까지 이어지는 좁은 골목길이다. 옛날 상인들이 살던 고풍스러운 건물들은 대부분 가이세키 요리 식당이거나 게이샤가 접대하는 오차야(お茶屋)다.

본래부터 기온의 유곽 거리는 시내 남쪽에 있는 시마바라(島原) 유곽

| **기온의 유곽 거리** | 기온에서 가장 유명한 곳은 '하나미코지'라 불리는 유곽 거리이다. 이 거리 끝 막다른 곳엔 아이러니컬하게도 선종 사찰인 건인사가 있다.

가와 쌍벽을 이루었는데 1958년 공창(公娼)제도가 폐지되면서 시마바라는 없어져 그 건물이 근대 문화유산으로 남았지만, 기온의 유곽 거리는 지금도 유녀(遊女)가 있는 유연(遊宴)의 거리로 남아 있다.

도쿄 천도 후 교토는 쇠퇴 일로를 걸어 기온 거리도 예전 같을 수가 없었다. 이에 예기(藝妓)의 춤인 '미야코 오도리(都おどり)'는 1872년 제1회 교토박람회를 계기로 보존 대책을 마련하여 지금도 전승되고 있으며, 에도시대 이래 남아 있는 유곽 건물들은 주민의 협조를 얻어 역사적 경관의 '마치나미(전통 마을)'로 보존되고 있는 것이 오늘의 기온이다. 전통 가부키(歌舞伎)가 공연되는 미나미좌(南座), 기온의 모든 것을 아우르는 기온 회관, 일본 다도(茶道)·교겐(狂言, 일본의 전통 희극)·샤미센 연주 등 전통 연희를 공연하는 '기온 코너'도 있다.

그러나 기온이 기온인 것은 그 세속의 모든 즐거움을 아우르는 환락

| 기온 거리의 게이샤 | 기온에는 요정과 유곽이 옛 모습 그대로 남아 있어 저녁 무렵이 되면 기모노를 입은 게이샤
(藝妓)와 마이코(舞妓)가 종종걸음으로 걸어가는 것을 볼 수 있다.

의 거리인 동시에 야사카 신사를 비롯하여 지은원, 건인사, 고대사(高臺
寺, 고다이지) 같은 고사와 명찰이 함께 있기 때문이다. 기온이라는 이름이
석가모니의 기원정사(祇園精舍)에서 나온 것이 아닌가.

게다가 히가시야마와 가모강 사이에 위치하여 산자락에는 해묵은 아
름드리 나무로 이루어진 마루야마(圓山) 공원과 버드나무 가로수로 이
어진 강변 산책길이 있고 강변엔 가모강을 내다보며 즐길 수 있는 찻집
(오차야)과 고풍스런 식당이 있기 때문이다. 역사가 멈춘 듯한 교토의 옛
표정이 기온엔 지금도 그렇게 살아 있다.

이처럼 성속(聖俗)이 하나가 되고, 자연과 인공이 어우러지고, 축제가
있고, 전통과 현대가 일상에 공존하는 곳은 전세계에서도 드물다. 그 때
문에 기온은 교토 시민들에겐 즐거운 쉼터이고 관광객들에겐 일본의 체
취를 느낄 수 있는 교토의 심장 같은 곳이다. 그래서 감히 말하건대 교토

에 가서 기온 거리를 걸어보지 못했다면 베네치아에 가서 산 마르코 광장을 가보지 않은 것이나 마찬가지라 할 수 있다.

이런 기온 거리일진대 이에 걸맞은 찬사가 없을 리 없다. 나폴레옹이 베네치아에 입성하여 산 마르코 광장을 보고는 그 넓으면서도 아늑한 공간에 감동하여 "여기는 하늘을 지붕으로 삼은 유럽의 응접실이다"라고 감탄을 발했다고 한다. 기온에도 그런 명구가 기대된다.

기온을 가장 사랑한 가객으로는 요시이 이사무(吉井勇)가 특히 유명하여 기온 신바시(新橋)의 시로가와(白川) 강변에는 그의 노래비가 세워졌는데 거기에는 그의 절창 한 구절이 이렇게 새겨져 있다.

어찌 됐든	かにかくに
기온은 사랑스럽구나	祇園はこひし
고이 잠들 때도	寝(ぬ)るときも
베개 밑으로	枕のしたを
물이 흐르다니	水のながるる

환락의 최후의 잔까지 마실 듯한 노래인데 해마다 11월 8일이면 "어찌 됐든 마쓰리(かにかくに祭)"가 열린다. 이때 기온 갑부(甲部)의 예기(藝妓) 몇명이 이 노래비에 국화를 바친단다. 기온 사람들이 이곳을 사랑하고 자랑하는 마음이 느껴지는 대목이다. 기온이 있는 한 교토는 시들지 않는다.

'청수의 무대' 전설은 그냥 이루어진 게 아니었다

교토 사찰의 상징, 청수사

교토 답사의 일번지는 단연코 청수사라 할 만하다. 교토에 있는 수많은 절 가운데 청수사(淸水寺, 기요미즈데라)가 가장 인기있는 것은 무엇보다도 자리앉음새, 이른바 로케이션(location)이 탁월한 덕분이다. 그 자리앉음새는 영주 부석사 무량수전과 비견할 만하다. 우리의 최순우(崔淳雨) 선생이 「부석사 무량수전」이라는 수필에서 '무량수전 배흘림기둥에 기대서서 멀어져가는 산자락을 바라보며 사무치는 마음으로 조상님께 감사드렸다'는 명구가 우리에게 '사무치는 그리움'으로 다가왔듯이 일본의 유명한 소설가인 오사라기 지로의 『귀향』에서 묘사된 청수사는 일본인들에게 그런 감동을 주었다고 한다.

소설의 주인공은 패전의 상실감에 차 있는 일본인들에게 청수사 같은 문화유산이 건재하지 않느냐며 다음과 같이 독백조로 말하고 있다.

늦은 봄에 청수의 무대에서 시가를 내려다보고 있으면 마치 거짓말같이 보랏빛 아지랑이가 비껴 있고 여기에 석양빛이 비쳐 금가루를 뿌려놓은 것같이 보였다. 눈이 부시는 듯한 아름다움에 마음속으로 놀란 일이 있었다. 그 보랏빛은 순수한 일본식 그림물감의 빛이었고, 흐릿하게 뭉개놓은 듯 차분히 부드러운 가락이, 그(주인공)가 돌아다닌 외국의 그 어느 곳에서도 보지 못한 것이었다.

이보다도 채색이 풍부하고 변화가 있는 하늘이나 구름은 대기가 건조한 지중해 해안에서도 볼 수 있었다. 그러나 이처럼 선명하게 짙고 부드러운 빛의 아지랑이가 지상의 절들의 큰 지붕이며 새 빌딩의 그림자 덩어리처럼 보여, 하늘에 가로 비껴 있는 우아한 풍경은 확실히 일본이 아니고서는 볼 수 없다.

아지랑이 위에 있는 서산의 봉우리와 높은 하늘에는 아직 석양빛이 넘쳐 있어 지상으로부터 어두워오고 있었다. 아지랑이 빛이 변하면서 거리는 불빛이 반짝이기 시작했다. 그야말로 바둑판처럼 놓인 평탄한 도시이다. 이런 장쾌한 조망을 가지고 있기 때문에 청수사는 아직 죽지 않고 있다.

과연 일본인들의 심금을 울리기에 충분한 명문장이다. 청수사는 특히 석양이 아름답다. 그것은 청수사가 가파른 산자락 위에 서향으로 앉아 있기 때문이다.

| 청수의 무대 | 청수사는 본래 절집이 들어앉기에는 부적절한 자리에 있으나 벼랑의 가파름을 역으로 이용해 넓은 무대를 설치함으로써 깊은 산속의 아름다움과 넓게 트인 호쾌한 전망을 모두 갖게 되었다. 이로써 주변 풍광을 절집으로 끌어들인 '청수의 무대'라는 전설을 낳았다.

청수사를 창건한 사카노우에 장군

청수사는 본래 절집이 들어앉기에는 부적절한 자리에 있다. 그러나 이 절을 지은 건축가는 본당을 앉히면서 벼랑의 가파름을 역으로 이용하여 무려 139개의 기둥이 떠받치는 넓은 무대를 설치함으로써 본당을 남향으로 돌려 앉혔다. 이로써 깊은 산속의 아름다움과 넓게 트인 호쾌한 전망을 모두 절집으로 끌어들여 '청수의 무대'라는 전설을 낳은 것이다.

청수의 무대는 이를 떠받치는 나무기둥들이 못 하나 사용하지 않고 전후좌우로 견고히 조합되어 있다는 인공의 공교로움 때문에 더욱 감동적이다. 이것이야말로 자연지형의 가치를 극대화한 건축적 사고의 승리라고 할 수 있다.

청수사는 관광객들만 좋아하는 절이 아니다. 어쩌면 교토 사람들이 더 사랑하는 공간인지도 모른다. 가와바타 야스나리의 『고도』에서도 남자 주인공이 어디론가 놀러 가자고 하자 여자 주인공이 자신은 석양의 청수사를 좋아한다며 그쪽으로 발길을 옮기는 장면이 있다.

시내에서 멀지 않아 접근성도 좋고, 산사지만 높지도 낮지도 않은 자리에 위치해 있다. 어느 쪽에서 올라오든 고색창연하고 아기자기한 가게가 즐비한, 전통이 살아 있는 언덕길로 들어온다. 청수사로 오르는 길가는 예나 지금이나 축제의 분위기가 넘쳐흐른다.

그리고 교토가 입이 닳도록 자랑하는 사계절의 아름다움, 봄에는 벚꽃, 여름엔 신록, 가을엔 홍엽 단풍, 그리고 겨울엔 흰 눈으로 청수의 무대는 늘 환상적인 새 옷을 갈아입는다.

여기에다 교토 사람, 또는 일본 사람들이 좋아하는 또 하나의 특별한 요소는 비불인 십일면관음보살상의 영험이다. 그 때문에 일부러 기도를 드리러 찾아가는 명찰이다.

이처럼 오늘날 하나의 전설이 된 '청수의 무대'는 단기간에 만들어진 것이 아니라 오랜 역사의 연륜 속에서 이루어졌으며 그 전설의 시작은 이 절을 창건한 사카노우에노 다무라마로(坂上田村麻呂, 758~811) 장군이다. 그는 백제계 도래인의 후손이었다.

소리샘의 맑은 물과 청수사 창건

청수사는 교토시 히가시야마 36봉 중 기요미즈산(清水山) 서쪽 중턱에 있다. 이 산에는 맑은 샘물이 있어 '청수산'이라는 이름을 얻었고 그 샘물이 낙차를 이루어 떨어지면서 소리를 낸다고 해서 오토와산(音羽山)이라고도 불린다. 청수사는 바로 이 맑은 물이 소리내며 흘러 떨어지는 작은 오토와 폭포(瀧) 자리에 세워졌다.

청수사는 헤이안쿄 천도 직전인 8세
기 후반, 일본 역사상 최초로 정이대장
군(征夷大將軍, 세이이타이쇼군) 칭호를 받
은 사카노우에노 다무라마로가 젊은시
절 발원하여 창건한 절이다. 그의 집안
은 대대로 야마토 정부에서 군사를 담
당해온 백제계 도래인 가문이었다.

아스카시대의 백제계 도래인들은 각
성씨마다 독특한 기술과 문명을 갖고
야마토 정부에 종사했다. 문서는 후미
씨(文氏), 예능은 히라타씨(平田氏) 하는
식이었는데 그중 군사를 담당한 집안이
사카노우에씨(坂上氏)였다.

사카노우에 집안은 청수사 아랫마을
에 살고 있었다. 당시 이 일대는 한반도
도래인들, 특히 고구려인들이 많이 살고
있었다. 다무라마로는 가업을 이어받아
군에 복무했다. 그가 근위대 간부(將監)
로 있을 때의 얘기다. 임신한 아내의 영
양보충을 위하여 사슴 한마리를 사냥해
집으로 돌아오는데 산중에서 아름다운
물소리가 들려 찾아가보았더니 샘물이
소리를 내며 떨어지는 자리에서 불경 읽
는 소리가 들렸다. 연진(延鎭, 엔친)이라
는 스님이었다.

| 십일면관음보살상 | 교토 사람, 또는
일본 사람들이 청수사를 좋아하는 특별한
또 하나의 이유는 비불인 십일면관음보살
상의 영험이다. 그 때문에 일부러 기도드
리러 찾아가는 참배객도 많은 명찰이다.

연진은 어떤 장로(行叡)가 자기에게 십일면천수관음상을 깎아 봉안하라고 신령스런 나무를 주고 갔는데 아마도 관음의 화신(化身)인 것 같아 여기에 절을 세우려고 기도하고 있다고 했다.

사카노우에가 집에 돌아와 아내에게 이 이야기를 들려주자 아내는 자신의 건강을 위해 살생의 죄를 범한 것을 참회하기 위한 절을 세우자고 했다. 이에 사카노우에는 연진 스님과 힘을 합쳐 2년 만에 청수사를 세웠다. 그때 사카노우에의 나이는 22세, 780년이었다(『今昔物語集』).

에조 정벌과 정이대장군

781년 간무 천황(재위 781~806)이 즉위하면서 사카노우에의 신상에도 큰 변화가 일어난다. 피로 얼룩진 왕위계승전 끝에 등극한 간무 천황은 정국을 안정시키기 위하여 두가지 극약처방을 내렸다. 하나는 수도를 옮기는 '신경조작(新京造作)'이었고 또 하나는 동북지방에서 일어난 에조족(蝦夷族, 아이누족)을 토벌하는 '에조 정벌'이었다.

그러나 이 두 프로젝트는 번번이 난관에 부딪혔다. 천도 계획에 따라 나가오카쿄를 수도로 정했는데 해괴한 일들이 벌어지고 무수한 사람들이 죽었고 천황은 원령의 저주 때문이라며 나가오카쿄를 포기하고 794년에야 헤이안쿄로 천도하게 되었다.

에조 정벌은 혼슈(本州)의 가장 북쪽 이와테현(岩手縣) 육오국(陸奧國)에 사는 에조족의 반란을 진압하려는 작전이었다. 이들은 본래 일본 열도의 원주민이었으나 오늘날의 아오모리(靑森)까지 점점 북방으로 밀려나, 말하자면 자치주를 이루고 살았는데 정부의 가혹한 세금과 간섭에 반발하여 난을 일으켰다. 에조 정벌을 위해 788년 5만 군사가 출동했다. 그러나 진압에 실패하고 병력만 큰 손실을 입고 돌아왔다.

그로부터 9년 뒤인 797년, 사카노우에가 에조를 정벌하는 정이대장군에 임명되었다. 이때 처음 생긴 이 호칭은 훗날 막부 시대로 가면 줄여서 '쇼군(將軍)'이라 부르게 되었다.

그는 출정을 준비하는 한편 부처님께서 전쟁을 승리로 이끌어줄 것을 소원하며, 798년 금색의 8척 십일면천수관음상을 조성해 봉안하고 '청수사'라는 현판을 걸었다.

801년 사카노우에 정이대장군은 10만 대군을 이끌고 출병했다. 그는 지금의 이와테현에 이사와성(膽澤城)을 축조하고 본격적으로 토벌 작전에 들어갔다. 그러자 이듬해 에조족의 두 족장이 전쟁을 포기하고 항복했다. 이 두 족장은 어차피 승산 없는 전쟁에서 동족의 인명피해를 줄이기 위해 항복했던 것이었다.

그리하여 사카노우에는 큰 싸움을 하지 않고 개선(凱旋)할 수 있었다. 그가 헤이안쿄로 들어올 때는 나성문 앞에 개선장군의 입성을 맞이하는 인파로 가득했다고 한다.

왕실 원당 사찰이 된 청수사

사카노우에가 창건할 당시 청수사는 아주 작은 씨사에 불과했다. 그러나 805년 개선하고 돌아와 조정에 청을 올리자 천황은 넓은 사찰 부지를 하사하고 왕실의 원당(願堂) 사찰로 삼았다. 이리하여 청수사는 씨사에서 어원사(御願寺, 즉 왕실 원당 사찰)로 격상되었다.

청수사는 이렇게 명성을 얻게 되었고 국민적 영웅 사카노우에의 인기에 힘입어 찾아오는 참배객이 줄을 이었다. 그리고 정이대장군의 전승(戰勝)은 청수사 십일면관음보살의 영험 덕이었다고 소문이 나면서 줄지어 찾아오는 참배객들이 '바람결에 휘날리는 풀잎 같았다'고 한다.

이후 사카노우에 다무라마로는 편안히 살다가 811년 53세로 세상을 떠났다. 기록상에 그가 마지막으로 등장하는 것은 서거하던 해 1월에 발해에서 온 사신을 초대하여 연회를 베푼 것이었다. 그는 진실로 자랑스러운 도래인 후손이었다. 청수사 위쪽 산길로 뚫린 '히가시야마 드라이브웨이'를 타고 올라가다 보면 산마루 쪽에 장군총이 있는데 이것이 그의 무덤이라고 전한다.

이후 청수사는 소실과 재건, 파괴와 복원을 거듭했고 오늘날 우리가 보고 있는 모습은 에도시대인 1633년에 재건된 것이다. 청수사가 유난히 전화에 휩싸인 것은 창건 당시 나라의 흥복사 말사로 지정됐기 때문이다. 그때만 해도 흥복사의 사세가 막강했기 때문에 그것은 안정적인 지위인 셈이었다.

그러나 연력사가 상주 승려 1500명에 승군까지 조직할 정도로 세력을 갖추어 흥복사와 '남도북령'으로 대립하면서 청수사는 갈등의 틈바구니에 끼게 되었다. 1113년 청수사에 소속된 기온사(야사카 신사)의 주지 임명을 놓고 싸움이 격렬하게 일어났다. 이때 히에이산 승병들이 난입하여 청수사에 불을 지르고 파괴했다.

그리고 1467년 '오닌의 난' 때 청수사는 완전히 소실되었다. 이 난은 오닌 원년에 일어나 붙은 이름인데, 지방장관으로 임명된 슈고 다이묘(守護大名)들의 세력이 커지면서 동군(東軍)과 서군(西軍)으로 편이 갈려 전국을 전쟁터로 만들었다. 이 난리는 승자도 패자도 없이 끝났지만 이후 일본 열도엔 하극상의 열풍이 일어나 힘있는 자가 무력으로 영주가 되는 전국(센고쿠)시대로 들어갔다. 오다 노부나가가 그때 등장한 대표적인 센고쿠 다이묘(戰國大名)였다.

오닌의 난이 10년간 계속되면서 교토의 고찰치고 이 난에 피해를 입지 않은 곳이 없었다. 도시 전체가 불바다가 되어 교토는 사실상 이후 다시 개조된 도시나 마찬가지였다.

기부와 권진의 차이

오닌의 난으로 소실된 청수사를 다시 일으킨 것은 원아미(願阿彌, 간아미) 스님이었다. 그는 난리가 끝나자마자 흥복사 본사로부터 권진승(勸進僧) 자격을 얻어 복원 자금 모집에 나섰다. 권진(勸進, 간진)이라고 함은 우리말의 기부 헌금, 시주를 뜻한다.

똑같은 행위를 일컫는 단어이지만 우리말에는 '바친다, 베푼다'는 뜻이 있고 일본어 권진에는 '권한다, 나아간다'는 뜻이 있다. 우리말의 기부(寄附)를 일본에서는 기진(寄進)이라고 한다. 일본어 표현은 수동이 아니라 능동이다.

그런 적극적인 권진을 위해서는 인물의 사람됨이 중요했다. 나라 동대사에서 대불 주조라는 어마어마한 불사를 벌일 때 민중에게 명망 높은 도래승인 행기(行基, 교기) 스님이 추대되었음을 우리는 이미 보았다.

원아미 스님의 권진은 순조롭게 진행되어 1478년에는 불에 녹은 범종이 새로 주조되어 산사엔 종소리가 다시 울리게 되었다. 얼마 지나지 않아 본당과 청수의 무대도 제모습을 갖추었다. 그러나 그로부터 150년이 지난 1629년엔 뜻하지 않은 화재로 당탑가람이 완전히 불타버리고 말았다. 이번에 청수사 복원에 나선 것은 에도 막부의 3대 쇼군인 도쿠가와 이에미쓰였다. 그는 교토의 사찰 복원에 대단한 열성을 보였던 쇼군이다.

지금의 청수사는 기본적으로 이때 복원된 것이다. 당시 부족한 자금을 마련하기 위해 처음으로 본당에 비불로 모셔진 십일면관음보살상을 개장(開帳)했는데 예상외의 수입을 얻었다고 한다. 이 비불은 1738년 다시 한번 공개되었고 이후로는 33년마다 한번씩 공개하고 있다고 한다.

| **청수사 입구** | 청수사 초입에서는 돌계단 위에 우뚝 솟은 인왕문이 답사객을 맞아준다. 인왕문에 오르면 높직한 돌계단 위의 서문과 삼중탑이 겹쳐 보인다. 그런 식으로 우리를 절집으로 인도한다.

그리고 1868년, 메이지 정부의 광포한 폐불훼석 때 청수사 역시 엄청난 피해를 입었다. 15만평이 넘는 청수사 부지 중 90퍼센트가 몰수되어 지금은 산속의 1만 4천평만 남게 되었다. 그래서 현재는 30여채의 당우가 가파른 산자락에서 머리를 맞대고 있다.

청수사의 마구간 앞에서

어느 때 가든 청수사 답사의 핵심은 청수의 무대가 있는 본당이다. 여기까지 오르려면 비탈길과 돌계단을 한참 지나야 한다. 청수사로 오르는 비탈길을 기요미즈 자카(淸水坂)라고 한다. 상가가 즐비한 이 비탈길이 끝나는 지점에 이르면 돌계단 위로 우뚝 솟은 인왕문이 답사객을 맞아준다. 공원처럼 개방되어 있지만 여기부터가 청수사 경내다. 인왕문에

| **마구간** | 인왕문 돌계단 옆에는 그 옛날 고관들의 말 다섯마리가 동시에 들어갈 정도로 큰 마구간이 있다. 우마토도메(馬駐)라고 불리는 이 건물은 단출한 맞배지붕 집으로 건물은 텅 빈 채 기둥들이 5칸으로 분할되어 있다.

오르면 높직한 돌계단 위의 서문과 삼중탑이 겹쳐 보인다.

이렇게 청수사 초입에서 만나는 인왕문, 서문, 삼중탑은 모두가 주칠 기둥이어서 이 절이 예사롭지 않음을 과시하고 있다. 그러나 내가 더 눈길을 주는 것은 돌계단 옆에 있는 우마토도메(馬駐)라는 마구간이다. 한눈팔기를 잘 하는데다 큰 것보다 작은 것에 관심이 많고, 호기심이 강한 내가 거기를 그냥 지나칠 리 없다.

30미터나 되는 긴 건물로 안은 텅 빈 채, 말 다섯마리가 동시에 들어갈 수 있도록 분할되어 있다. 말이 들어가기 쉽도록 기둥 사이가 10미터씩 3칸으로 나뉘었다. 이름 그대로 말 주차장이다. 오닌의 난 때 불탄 뒤 바로 재건되었다고 하니 550년가량 된 옛 건물이다.

속이 훤히 들여다보이는 이 건물의 간결한 결구를 보면 일본 집들이 참으로 디자인적임을, 그리고 예외를 두지 않고 깔끔하게 마무리되는 특징이 있음을 여실히 확인할 수 있다. 마구간까지 이렇게 경영할 줄 아는 것이 일본문화이다. 이 마구간은 일본인들에게는 각별히 친숙한 공간이란다. 그것은 일본의 대표적 연희인 노(能) 중에서 지금도 자주 공연되는 레퍼토리인 「유야(熊野)」에 이 마구간이 등장하기 때문이다.

내용은 이렇다. 유야는 헤이안시대 말기 권력을 장악했던 다이라노 기요모리(平清盛)의 아들인 무네모리(宗盛)의 애첩으로, 간토(關東) 지방에 살고 있는 어머니가 중병이라는 말을 전해듣고 위문을 가려 했으나 무네모리의 허락을 얻지 못하고, 청수사 벚꽃 구경의 동행을 요구받았다. 청수사의 마구간에 도착한 유야는 '부처님께 마음 깊이 어머니를 위해 기도드려야겠다'라고 독백한 다음 사람들 앞에서 어머니를 걱정하는 와카를 부른다. 이에 감동한 무네모리가 위문을 가도록 허락해주었다는 이야기이다.

이 유야 이야기를 모르고 청수사 마구간에서 느끼는 이방인의 감회란 「춘향전」을 모르고 광한루 앞에 선 외국인의 그것과 매한가지인 셈이다.

개산당의 사카노우에 초상

청수사는 히가시야마에 있기 때문에 절문이 남문이 아니라 서문이다. 서문 앞에는 삼중탑이 청수의 무대로 가는 길을 인도하고 있고, 한편에는 오닌의 난 이후 원아미 스님이 권진에 나서 청수사 재건의 첫 성과를 알렸다는 범종이 걸려 있는 종루가 있다.

매표소에서 표를 끊고 들어서면 개산당(開山堂)부터 보인다. 개산당은 전촌당(田村堂)이라는 이름도 갖고 있는데 원칙적으론 비공개라고 한다. 신청하면 볼 수 있다는 얘기겠지만 내 정성이 거기까지 미치진 못했다.

다만 도록으로 보고 만족할 따름인데, 여기엔 청수사 창건의 주역인

| **개산당의 사카노우에노 다무라마로 초상조각** | 나는 사카노우에노 다무라마로가 도래인 후손이라고만 생각해왔는데 이 초상조각이 완연한 일본인 모습이어서 잠시 어리둥절한 적이 있다. 그러나 그는 일본인으로 당당히 살아갔으니 너무도 당연한 일이 아닌가.

사카노우에노 다무라마로와 그의 부인, 그리고 연진 스님과 그에게 불목(佛木)을 내려준 장로 등 네분의 목조각초상이 모셔져 있다. 에도시대 채색조각으로 미술사적으로 특별히 주목할 점은 없지만 사카노우에노 다무라마로의 초상을 보는 순간 잠시 당황스러웠다.

나는 평소 그가 백제계 도래인 장군이라고만 생각해 우리나라 사람과 닮았으리라 짐작해왔는데 이 초상조각을 보니 전형적인 일본인 무사상이 아닌가. 따지고 보면 그는 도래인 후손일 뿐 일본인 장군이었으니 당연한 것이다. 일본에 가서 정착한 지 2백년도 더 되는 도래인 후손을 그냥 일본인으로 생각하지 못했던 것이다. 이후 나는 도래인 후손은 한국인이 아니라 일본인이라는 생각을 확고히 하게 되었다.

| **사카노우에노 다무라마로 부인의 초상조각** | 개산당에는 청수사 창건의 주역인 사카노우에노 다무라마로와 함께 부인의 초상조각도 안치되어 있다. 후대의 조각상이지만 아주 정교하고 화려한 분위기가 있다.

　청수의 무대로 들어가기 전에 시간적 여유가 있다면 왼편에 있는 성취원(成就院, 국가명승)이라는 예쁜 정원을 보라고 권하고 싶다. 여기는 본래 권진 스님 원아미의 암자가 있던 곳으로 무로마치시대에 상아미(相阿彌, 소아미)라는 유명한 예술가가 정원으로 조영한 것을 에도시대에 당시 최고의 정원 설계가인 고보리 엔슈(小堀遠州)가 복원·보수한 아름다운 탑두(塔頭) 사원의 정원이다. 주변의 산세를 정원으로 끌어들인 차경식 정원으로 당대의 이름 높은 두 예술가의 손이 간 만큼 정교한 맛이 있다.

| 성취원 | 청수의 무대 왼편에 자리잡은 예쁜 정원이다. 주변의 산세를 정원으로 끌어들인 차경식 정원으로 당대의 이름 높은 두 조원가의 손이 가 정교한 맛이 있다.

다시 청수의 무대에서

개산당 바로 앞에는 굉문(轟門)이라는 작은 문이 회랑으로 연결되어 본당과 청수의 무대로 인도한다. 문 이름을 수레소리 요란할 굉(轟)자로 한 것은 여기서 받게 될 감동의 진폭을 암시한 것인가.

회랑을 지나면 모든 사람이 탄성을 지르며 본당은 아랑곳 않고 무대로 나아간다. 가서 난간에 기대어 눈이 휘둥그레지며 사방을 둘러본다. 멀리 앞산에는 자안탑(子安塔)이라는 삼중탑이 있어 청수사 경내가 거기까지 열려 있음을 말해주고 아래로 내려다보면 무대를 받치고 있는 나무기둥이 겹겹이 수직으로 뻗으며 낭떠러지를 이루는데 떨어지면 죽을 것 같아 무섭다.

그래서 과감한 결단을 두고 '기요미즈(청수)의 무대에서 뛰어내릴 셈

| 오토와 폭포에서 올려다본 청수의 무대 | 청수의 무대는 이를 떠받치는 나무기둥들이 못 하나 사용하지 않고 전후좌우로 견고히 조합되어 있어 더욱 감동적이다. 자연지형의 가치를 극대화한 건축적 사고의 승리라고 할 수 있다.

치고'라는 말도 생겼다고 한다. 실제로 청수사의 고문서에 따르면 1694
년부터 1864년까지 170년간 투신 사건이 234건 발생했고 생존율은
85.4퍼센트였다고 한다.

　다시 오른쪽으로 고개를 돌리면 교토 시내가 훤하게 한눈에 들어온
다. 내가 '다케야리(죽창)' 같다고 비아냥거린 교토타워는 더욱 날카로워
눈이 찔릴 것만 같다. 그러나 낮은 기와지붕이 연이어가며 서산까지 멀
리 전개되는 이 경관은 언제 보아도 감동스럽다.

　그러면 엄청난 대공사가 따랐을 이 무대는 언제부터 세워진 것일까.
창건 당시부터라고 말하고 싶어하는 사람도 있지만, 현재까지 알려진 가
장 오래된 문헌상의 기록으로는 12세기에 축국(蹴鞠, 오늘날 축구의 원형이
되는 공놀이)의 귀재였던 후지와라노 나리미치(藤原成通, 1097~1162)라는
사람이 부친이 본당에 들어가 예불을 드리는 동안 이 무대에서 공을 차

| 「법연상인회전」의 부분 | 법연 스님의 일대기를 그린 이 두루마리 그림에는 본당을 향해 염불하는 스님이 그려져 있다. 그리고 스님 뒤에는 예불에 참가한 사람들이 정숙히 앉아 있는데, 난간 쪽에서는 흐트러진 자세로 딴짓하는 젊은이들이 에피소드로 처리되어 있다.

며 높은 난간을 이리저리 뛰어다니자, 아버지가 화가 나 1개월간 부자간의 의리를 끊는 벌(勘當)을 내렸다는 일화에서 처음 등장한다.

그림으로 확실히 보여주는 것은 14세기 전반, 지은원에서 정토종을 개창한 법연 스님의 일대기를 그린 「법연상인회전(法然上人繪傳)」(국보)이라는 유명한 두루마리 그림인데, 지금보다는 약간 규모가 작지만 청수의 무대가 나무기둥 결구에 받쳐져 있는 모습을 확인할 수 있다.

이 그림을 보면 본당을 향해 염불하는 스님과 그 뒤에서 예불에 참가한 사람들이 정숙히 앉아 있는데, 난간에서는 흐트러진 자세로 딴짓하는 젊은이들이 에피소드로 처리되어 있다. 그때나 지금이나 젊은이들은 다 그렇게 자유롭다는 것을 보여준다.

청수의 무대는 많은 참배객을 수용하기 위하여 본당의 앞을 넓힌 것으로 실제로 부처님께 바치는 가무(歌舞)가 공연되었다고 한다. 본당 앞

| 청수사 본당에 늘어선 28부중상 | 본당 안에는 비불을 수호하고 있는 28부중상이 배치되어 있다. 어둠 속에 있어 잘 보이지 않지만 일본 불상조각사에서 명작 중 하나로 꼽힌다.

에 앉아서 무대에서 벌어지는 춤 공연을 보는 장면을 상상해보니 이런 야외무대가 또 있을까 싶어진다.

호쾌한 본당의 28부중상

청수사의 본당은 이 무대 때문에 유명해졌지만 이 무대로 인해 관람객들이 본당을 소홀히 하고 마는 주객전도 상황이 벌어졌다. 사람들은 무대에서 바라보는 풍광에 취해 본당 안으로 들어가볼 생각조차 하지

않는 경우가 많다.

　게다가 일본 절집의 법당은 귀신이 나올 것처럼 으스스하고 또 불상 가까이 접근하지 못하는 구조가 많아 그러려니 하고 지나치기도 한다. 게다가 이 본당의 불상은 33년에 한번 공개하는 비불이라고 하니 감실 문이 닫혀 있을 것이 뻔하지 않은가.

　그러나 청수사 본당은 우선 건물 자체가 대궐의 정전만큼이나 장대한 규모다. 전하기로는 간무 천황이 처음에 천도를 계획했다가 공사를 중단했던 나가오카쿄의 정전인 자신전(紫宸殿)을 옮겨왔다는 이야기도 있다.

본당 안은 어두워서 잘 보이지 않지만 28부중상(二十八部衆像)이라는 명작이 있다. 28부중상은 밀교에서 천수천안관음보살의 권속(眷屬)이라고 했으니 바로 이분들이 안쪽에 봉안된 비불을 수호하고 있는 것이다. 삼십삼간당의 1천 관음상에 비하면 규모가 작지만 일본 불상조각사에서 명작 중 하나로 꼽힌다.

신을 벗고 안으로 들어가 빠끔히 들여다보았지만 철망에 가려져 자세히 볼 수는 없었고 도판으로 확인해보았을 뿐인데, 삼십삼간당은 차렷 자세인 데에 비해 여기 있는 존상들은 무술동작 같은 포즈를 취하고 있어 동감(動感)은 오히려 이쪽이 강해 보였다.

오토와 폭포에서

회원들은 좀처럼 청수의 무대를 떠나려 하지 않는다. 그럴 때면 나는 저편 산자락으로 건너가면 청수의 무대를 또 다른 시각에서 볼 수 있다고 기대를 한껏 주고 갈 길을 재촉한다. 청수의 무대를 돌아나오는 길에는 석가당, 아미타당, 오쿠노인(奥の院) 세 법당이 있어 한차례 들를 만하지만, 모두 생략하고 곧장 청수의 무대와 받침 기둥, 그리고 삼중탑을 한 컷에 담을 수 있는 포토 포인트로 간다. 청수사 안내책자에 나오는 사진은 거의 모두 이 자리에서 찍은 것이다.

여기서 보는 청수의 무대가 진짜 청수사의 표정이다. 아름다워 좀처럼 발이 떨어지지 않지만 좁은 외길로 밀려오는 관람객들로 인해 우리가 거기를 오래 독차지할 수는 없는 일이다. 이제 아쉬움을 뒤로하고 곧게 뻗은 길을 따라 산자락을 돌아가면 길이 둘로 갈린다. 하나는 자안탑으로 가는 길이고 또 하나는 다시 서문으로 돌아나가는 길이다.

| **자안탑** | 자안탑은 본래 인왕문 앞에 있던 것을 1911년에 이 자리로 옮겼다는데, 순산을 기원하는 곳으로 인기가 있다고 한다.

자안탑은 본래 인왕문 앞에 있던 것을 무슨 이유에선지 1911년에 이쪽으로 옮긴 것으로, 아기의 순산을 기도하는 곳으로 인기가 있었다고 한다. 자안탑은 이미 무대에서 바라본 것만으로도 족하여 나는 아직 거기에 들러보지는 않았다.

서문으로 돌아나가는 아랫길로 들어서면 청수사의 기원이 된 소리 샘물이 떨어지는 오토와 폭포와 만난다. 가느다란 세 물줄기가 연못으로 떨어지는데 이 물은 약수로 마실 수 있단다. 그리고 세속에 전하기를 세 물줄기는 각각 지혜, 연애, 장수를 상징하는데 그중 두가지만 선택해야지 욕심을 내어 셋을 다 마시면 오히려 불운이 따른다고 한다. 전설을 이렇게 재미있게 엮어놓으니 탐방객들이 줄을 서서 대나무 손잡이가 달린 쪽박으로 물을 받아 두 모금씩 마시고 나오느라 북적거린다.

사람들로 소란스런 오토와 폭포를 돌아서면 이내 청수의 무대를 받치

| **오토와 폭포** | 가느다란 물줄기 셋이 연못으로 떨어지는데 이 물은 약수로 마실 수 있다. 세 물줄기는 각각 지혜, 연애, 장수를 상징하는데 그중 두가지만 선택해야지 욕심을 내어 셋을 다 마시면 오히려 불운이 따른다고 한다.

고 있는 나무기둥들이 바로 눈앞에 나타난다. 나무는 느티나무이고 긴 것은 12미터나 된단다. 기둥은 평균 둘레 2.4미터의 16각형이다. 139개의 기둥이 가로세로로 정연하게 엮여 있는데 안쪽으로도 깊이 들어가 있어 청수의 무대가 허공으로 많이 나와 있었음을 알 수 있다.

결구를 보니 가로세로로 어긋나게 물린 것이 여간 야무져 보이지 않는다. 마냥 바라보다가 또 올려다보며 그 공교로움을 감상하고 있자니 인간은 참으로 못하는 일이 없는 무서운 존재라는 생각이 들기도 하고, 건축이라는 장르는 참으로 위대하다는 생각도 든다. 청수사 답사는 여기서 끝난다.

기요미즈 자카의 인파 속에서

청수사 답사를 마치면, 기요미즈 자카를 내려오면서 일본인들의 생활문화를 엿보는 답사의 또 다른 즐거움이 시작된다. 비탈길 양옆으로 도자기, 부채, 염색 비단, 인형, 문방구 등 갖가지 교토 특산품을 파는 작고 오래된 상점들이 줄지어 있다.

기요미즈 자카는 언제나 오가는 인파들로 북적인다. 외국인 관광객과 일본인 젊은이들이 많아 젊고 싱싱한 활기가 넘친다. 서울로 치면 인사동과 비슷하다고나 할까. 가다가 맛있는 화과자, 당고, 단팥죽, 모찌를 사먹을 수도 있고, 도자기 가게에서 예쁜 그릇을 하나 살 수도 있고, 찻집에서 차를 마실 수도 있다. 교토에서 가장 번화한 시조-가와라마치나 기온 거리보다도 여기가 훨씬 볼거리도 많고 물건 값도 싸며 재미있다.

이 길은 산넨 자카, 니넨 자카, 야사카로 이어지며 가다보면 법관사 오중탑, 고대사를 거쳐 야사카 신사에 다다른다. 바로 거기가 유곽의 거리〔花街〕라 불리는 기온 거리이다. 기온에는 또 지은원, 건인사, 마루야마 공원이 있다. 이것이 교토가 자랑하는 히가시야마 지구이다.

문화재 주변환경을 이처럼 활기차고 아름답고 정겨운 공간으로 가꾸는 자세는 배울 만하다. 문화재청장 시절 일본 문화청을 방문했을 때 관계자에게 이 거리에 관한 자료집이 있느냐고 물었더니 아주 좋은 책이 이미 나와 있다고 알려주었다. 니시카와 고지(西川幸治)의 『역사의 마을: 교토편(歷史の町並み: 京都篇)』(NHK Book 1979)이었다. 이를 읽어보니 이 길은 그냥 저절로 이루어진 것이 아니었다. 관과 민이 뜻을 맞춘 결과였다.

| **인파로 북적이는 기요미즈 자카** | 기요미즈 자카는 언제나 오가는 인파로 북적인다. 길 양옆으로 도자기, 부채, 염색 비단, 인형, 문방구 등 갖가지 교토 특산품을 파는 작고 오래된 상점들이 줄지어 있다.

대대로 이어가는 노포

기요미즈 자카는 찻집[茶屋]의 거리로 시작되었다고 한다. 무로마치 시대 문화의 3대 상징은 노(能), 렌가(連歌), 그리고 차 마시기(茶の湯)였다. 일본의 찻집 거리[茶屋街]라면 기온 거리가 첫째로 꼽히고 여기가 둘째였다고 한다. 17세기 말 문헌에 의하면 당시 기온 거리에는 찻집이 106헌(軒), 청수사 문전 마을은 71헌이 있었다고 한다.

그리고 여기는 교토 도자기[京燒]를 대표하는 기요미즈야키(淸水燒)의 산실로 15세기엔 다완이 유명했고, 에도시대엔 닌세이(仁淸)가 색회도기(色繪陶器)를 개발해 지금도 명성을 유지하고 있다. 그래서 청수사의 또 다른 진입로가 자완 자카(茶わん坂)라는 이름을 갖고 있다.

이곳은 청수사를 찾는 참배객들이 끊이지 않아 수요 증가에 맞춰 잡

| **기요미즈 자카의 풍경들** | 기요미즈 자카는 인사동같이 변질되지 않고 옛 전통 상가들이 그대로 남아 있다. 옛날 모습 그대로 옛 건물에 있는 상점이 많다. 대대로 그 자리에서 가게를 이어가는 노포에서 나는 일본인들의 자기 직업 에 대한 자부심과 의무 같은 것을 읽게 된다. 오른쪽 하단이 시치미야 노포이다.

화점과 식당이 들어서면서 상가를 형성하게 되었는데 결국 오늘날 같은 번화가가 된 것은 1970년 오사카 만국박람회 때 외국인들과 도쿄 등 전 통을 잃어버린 대도시 사람들이 이 오래된 동네 분위기에 매료되면서부 터라고 한다. 서울의 고서점·표구점·문방구점·화랑의 거리이던 인사동 이 1988년 서울올림픽을 계기로 전통 관광 거리로 변한 것과 마찬가지 현상이다.

그런데 여기는 인사동같이 변질되지 않고 옛 전통 상가들이 그대로 남아 있다는 점이 달랐다. 상권이 발달하면 급증하는 수요에 맞추어 증 축하거나 신식 건물을 짓게 마련인데 그렇지 않았다. 옛날 그대로 옛 건 물에 있는 상점이 많다. 대대로 내려오는 가업을 필사적으로 지키는 일 본인들의 전통에 대한 자부심 덕이었다.

일본에선 오래된 전문 상점을 노포(老舗)라 쓰고 '시니세'라 읽는데, 그냥 오래된 것이 아니라 한자리에서 4대, 5대를 이어가며 집안의 전통을 이어가는 전문 상점을 말한다. 단팥죽 장사를 해도 남에게 꿀릴 것 없이 당당히 살아가는 일본인의 생활 자세는 부럽고 배울 만하다.

모두가 그 전문성을 높이 사고 장하게 생각해준다. 이거 해서 돈 벌면 때려치우고 딴것 하겠다는 자세나, 내 자식은 큰돈 되지 않는 이런 일을 시키지 않겠다는 마음으로는 전통이 지켜지지 않는다. 전문인의 자부심, 장인정신을 존중하는 자세가 낳은 전통이다. 그것이 바로 현대 일본을 경제대국으로 성장시킨 정신적인 하나의 원동력이었다고 생각된다.

문화재 주변환경의 수경

기요미즈 자카를 조금만 내려가다가보면 왼쪽에 대표적인 시니세인 '시치미야(七味屋) 노포'가 나온다. 여기서 꺾어 들면 가파른 비탈길이 나오는데 이 길을 산넨 자카라고 하며 한자로 '산영판(産寧坂)' 또는 '삼년판(三年坂)'이라고 쓴다. 옛날 아녀자들이 순산을 기원하기 위해 청수사 자안탑에 오르던 고개란 얘기이고, 이 비탈에서 넘어지면 수명이 3년씩 준다는 속설이 있다. 요는 조심해서 걸으라는 것이다.

이 길에는 오래된 집들이 이어져 있다. 이런 동네를 일본에선 마치나미(町並み)라고 한다. 서울의 가회동 북촌 같은 곳이다. 마을 구조는 달동네 같은데 집들이 한결같이 전통 가옥이면서도 현대적인 분위기가 있고, 현대적인 가옥이면서도 전통의 분위기가 섞여 있다.

이 집들은 대개 메이지시대에 지어진 것이라고 한다. 정부가 절 땅을 몰수하여 재개발하면서 임대주택을 짓기도 하고, 중산층의 집들도 들어선 것이다. 화풍(和風, 일본풍)의 저택도 지어졌고 새로운 직종의 화이트

칼라를 위한 모던한 집도 지으면서 전통사회에서 근대사회로 넘어가는 생활상의 변화를 보여주는 마치나미가 되었다.

1970년대 들어 관광객들이 몰려들면서 지역민들은 이 마치나미를 지키기 위하여 '히가시야마 산책로를 지키는 모임'을 결성했고, 1972년 교토시는 산넨 자카 일대를 '특별보전수경지구(特別保全修景地區)'로 지정하는 조례를 정했다. 똑같은 목적이지만 우리나라 같으면 보존지구 또는 환경개선지구로 구분했을 것인데 이들은 수경지구라고 해서 '보전하면서 다듬는다'는 참으로 슬기로운 정책을 입안했다.

교토시에 위촉받아 보전수경사업계획을 입안한 주체는 1969년에 발족한 '보존수경계획연구회'였다고 한다. 교토대학 건축학 교실이 주도하면서 역사학·지리학·고고학·생물학 등 각 분야 연구자와 나중엔 시청 담당 공무원, 건축사, 토목기술자까지 합세했다고 한다.

이들이 보전수경계획을 위해 마을 주민들의 의식조사를 했는데 90퍼센트가 자기 집이 예스러움을 유지하여 교토다운 것으로 남기를 희망했다고 한다. 이에 교토시에서는 전통을 살리면서 현대적인 멋과 편의를 아우를 수 있는 몇개의 '지정양식'을 제시하고 집을 수리할 경우 일반 건축비에 추가되는 비용을 보조하는 방식으로 정비함으로써 오늘의 모습을 갖추게 되었다는 것이다.

전문가들의 자발적인 연구와 사회적 실천, 그 제안에 대한 관(官)의 수용, 그리고 이에 대한 민(民)의 이해와 협조가 어우러진 결과였다. 그래서 청수사에 와서 기요미즈 자카의 시니세와 마치나미를 볼 때면 마음속에 절로 이런 생각이 일어난다.

'청수의 무대' 전설은 그냥 이루어진 게 아니었네.

일천 도리이(鳥居), 일천 보살상의 장대한 집체미

도래인의 신사와 사찰 창건

교토 답사기를 쓰면서 신세진 책이 한두권이 아니지만 그래도 한권을 꼽으라고 한다면 역사학의 권위자라 할 무라이 야스히코(村井康彦)가 책임편집을 맡고 교토 조형예술대학이 펴낸 『교토학에의 초대(京都學への招待)』(飛鳥企畵 2002)이다. 이 책은 교토의 역사와 문화사를 크게 4장으로 나누고 5명의 필자가 21개 주제로 세분하여 해설하고 있는데 제1장 제1절에서 「도래인들: 사사(社寺)의 창건」을 다루고 있다.

여기서 말하는 도래인은 물론 한반도에서 도래한 사람들을 말하며 헤이안시대 이전 교토에 세워진 도래인 신사를 보면 동서남북에 널리 퍼져 있음을 강조해 말하고 있다.

동쪽: 야사카 신사 ── 고구려계 도래인 야사카노 스쿠리
서쪽: 마쓰오 신사 ── 신라계 도래인 하타씨
남쪽: 후시미 이나리 신사 ── 신라계 도래인 하타씨
북쪽: 상·하 가모 신사 ── 열도 내 도래인 가모씨

그런데 이 책에선 가모 신사도 도래인과 깊은 연관이 있음을 말하면서 사실상 오늘의 교토를 일군 것은 절대적으로 도래인이었음을 명확히 하고 있다. 그리고 그 논조에는 도래인들에 대한 고마움 내지 경의 같은 것이 들어 있다. 나는 일본에 이런 객관적이고도 건강한 시각을 갖고 있는 학자들이 있다는 사실에서 한일 관계의 응어리가 풀릴 수 있는 희망을 본다. 교토는 도래인에 의해 그렇게 이루어졌던 것이다.

그런데 아스카에 정착한 백제계 도래인의 히노쿠마(檜隈) 마을에 있는 오미아시 신사(於美阿志神社)까지 포함하여 도래인들이 개척한 곳을 보면 신라계 하타씨는 가쓰라강변의 습지였고, 고구려계 야사카씨는 히가시야마의 산자락이었고, 백제계 아야씨는 아스카의 들판이었다. 산과 들과 강, 여기에서도 삼국의 특성이 그렇게 읽힌다.

이들 신사는 처음에 모두 농경신을 모셨다. 그러나 나중에는 신사마다 각기 새로운 신을 받아들여 마쓰오 신사는 술의 신을 모셨고, 야사카 신사는 원령의 진혼을 비는 마쓰리를 행했고, 후시미 이나리 신사는 사업의 번창을 약속하는 신을 받아들였다. 이렇게 슬기로운 시대 적응으로 오늘날에도 교토 시민들의 일상 속에 살아 있다. 그중에서도 오늘날까지 가장 번창하고 있는 곳은 또 다른 하타씨가 세운 후시미의 이나리 신사이다. 이번에는 그쪽으로 답사의 발길을 옮긴다.

| **후시미 이나리 신사 입구** | 후시미 이나리 신사는 동복사 아래쪽에 있고 교토역과도 가깝다. JR 나라선을 타고 후시미 이나리역에서 내리면 바로 신사의 입구가 나타난다.

후시미 이나리 대사

후시미(伏見)는 교토의 남쪽에 있다. 헤이안쿄의 남쪽은 9조대로(九條通り)까지 있었지만, 도시가 팽창하면서 지금은 10조대로(十條通り)까지 있고 이 10조 바깥 동쪽이 후시미구(區)이다. 이곳 후시미는 훗날 도요토미 히데요시(豊臣秀吉)가 태정대신으로 통치하던 시절의 거성인 후시미성이 있는 곳으로 일본 역사에서 모모야마(桃山)시대(1568~1603)라 불리던 시절의 주무대였다.

후시미 이나리 신사(伏見稻荷大社)는 10조 바로 아래 있기 때문에 9조에 있는 동복사와 아주 가깝다. 교토역에서도 가깝다. 기차 JR 나라선(奈良線)의 첫번째 역이 동복사(東福寺)역이고 그다음 정거장이 후시미 이나리(伏見稻荷)역이다. 역에서 내리면 바로 신사의 입구가 나타난다.

후시미 이나리 신사는 엄청난 규모로, 내가 이제까지 본 일본의 신사 중 가장 활기가 넘치는 축제의 분위기가 있다. 재작년에 갔을 때, 신사에 붙은 포스터를 보니, 교토에 온 외국 관광객을 대상으로 가장 좋아하는 곳을 묻는 여론조사에서 첫손에 꼽혔다고 자랑이 대단했다. 여기는 전국에 있는 약 4만 2천 이나리 신사의 총본산이다. 일본에 있는 신사의 3분의 1이 넘는 숫자다. 정식 명칭도 신사가 아니라 대사(大社, 다이샤)이다.

5세기에 신라에서 건너온 하타씨는 날로 번성하여 인근 지역으로 널리 퍼져나갔는데 6세기에는 지금도 후카쿠사(深草)라 불리는 이 지역에 확고히 자리잡고 뛰어난 영농기술로 부를 축적했다. 후시미 이나리 신사는 하타씨의 후손 중 진이려구(秦伊呂具, 하타노 이로구)가 711년에 뒷산인 이나리산 세 봉우리에 신사를 세우고 제사 지내면서 창건한 것이라 한다.『야마시로국 풍토기(山城國風土記)』에는 이 신사의 창건설화와 이나리의 뜻을 다음과 같이 말하고 있다.

하타씨의 진이려구 공(公)은 벼와 조 등 쌓아둔 곡식이 풍부했다. 그가 떡을 만들어 화살에 꽂아 쏘았더니 떡이 백조가 되어 날아가 산봉우리에 머물렀는데 그곳에서 벼가 나왔다. 이에 신사를 짓고 '이나(稻)나리(成)', 즉 '벼가 되다'라는 뜻으로 이나리 신사라고 이름지었다.

이후 후시미 이나리 신사는 명신대사의 하나로 꼽히는 영예를 얻었고, 827년 공해 스님이 동사를 지을 때 이나리산의 목재를 사용하면서 이나리 신을 동사의 수호신으로 제사 올리며 인연을 맺었다. 역대로 천황들이 찾아오면서 권위가 더해졌고, 도요토미 히데요시는 이곳에서 어머니의 치유를 비는 제를 올려 어머니의 병이 낫자 강력한 지원을 하기도 했다.

| **후시미 이나리 신사 본전** | 교토를 불바다로 만든 오닌의 난 때 전소되었지만 1499년 재건하여 모모야마시대 건축의 중요한 특징인 장식성과 화려함을 여실히 보여준다.

　여기서 모시는 신은 오곡풍요를 가져오는 농경신이었지만 나중엔 상업 번영(번창)의 신을 모시면서 많은 섭사(딸림 신사)를 두며 더욱 인기를 얻었다. 그래서 이 후시미 이나리 신사의 상업 번영 신을 많이 모셔간 것이다. 요즘 세태로 말하자면 프랜차이즈 신사가 전국적으로 퍼져나간 것이다. 돈벌이란 언제 어디에서나 이렇게 사람을 열광시키고 유혹한다.

환상적인 설치미술, 센본토리이

　이나리 신사는 입구부터 화려하다. 붉게 주칠한 키 큰 도리이 너머로 또 하나의 붉은 도리이가 있어 안팎에서 우리를 신사 안쪽으로 이끌어 준다. 넓고 긴 참도(參道)를 지나 안쪽 도리이 앞에 서면 이번엔 도요토미 히데요시가 5천석을 기부해 지었다는 2층짜리 붉은 누문이 나온다.

| 도리이 터널 | 도리이 터널은 붉은 도리이가 두 갈래로 돌아가고 이 터널이 끝나면 다시 산자락을 타고 계속 이어진다. 그 붉은빛의 향연은 가히 환상적이라고 할 만하다.

돌계단 양옆을 지키고 있는 나무 등롱도 붉게 주칠되어 있고 그 안쪽에 보이는 본전의 기둥들도 주칠이어서 눈이 부실 정도다.

교토를 불바다로 만든 오닌의 난(1467~77) 때 전소되었지만 1499년 바로 재건하여 본전 건물은 모모야마시대 건축의 중요한 특징인 장식성과 화려함을 여실히 보여주고 있다. 정면에서 바라본 본전의 앞면엔 갑옷처럼 휘어진 곡선의 당파풍(唐波風)이 아주 넓게 퍼져 있는데, 그 앞에 놓인 당사자(唐獅子)와 건물의 당초문양에는 로코코적 장식성이 확연하다. 그런 예술적 가치로 일본의 중요문화재로 지정되었다.

참배 드리러 갈 리 만무한 우리 입장에선 신사 답사란 아주 밋밋한 일이다. 그러나 후시미 이나리 신사에는 어디에서도 볼 수 없는 장관이 따로 있다. 본전 뒤쪽 산비탈에는 1천개의 붉은 도리이가 터널을 이루는 '센본토리이(千本鳥居)'가 있다.

| **센본토리이** | 후시미 이나리 신사에는 1천개의 붉은 도리이가 터널을 이루는 '센본토리이(千本鳥居)'가 있다. 사업 번창을 기원하며 회사마다 기진한 도리이를 잇대어 설치한 것으로 어디에서도 볼 수 없는 장대한 설치미술이다.

　이 도리이 터널은 상업 번영을 기원하며 기진한 붉은 도리이를 두 갈래로 연이어 붙인 것으로 각기 약 70미터나 된다. 참으로 장대한 설치미술이고 그 붉은빛의 향연은 가히 환상적이다.

　이나리산 정상에는 그 옛날의 전설을 간직한 3개의 신사로 오르는 순례길도 있다. 센본토리이를 돌아나오는 반환점에 있는 오사(奧社)라는 섭사에서 출발하면 약 두 시간 정도의 등산길 중간중간 자연림 속에 빛나는 붉은 도리이와 작은 섭사들을 만날 수 있고, 거기서 내려다보면 교토 시내 남쪽이 넓고 멀리 조망되는 아름다운 전망이 있다고 한다. 그러나 나의 발길은 아직 거기까지는 미치지 못했다.

일본의 상징색, 금적색

내가 후시미 이나리 신사를 찾아간 것은 도래 씨족 하타씨가 창건했다는 사실, 즉 내 조상들의 위업이 서린 유적이기 때문이었다. 그런데 여기에 와서 받은 각별한 감상은 저 붉은빛이 주는 강렬한 인상이었다.

나는 일본의 신사, 사찰, 황궁의 건축에 보이는 붉은색의 정서를 다는 모르지만 그 색이야말로 일본을 상징하는 색이라는 생각을 후시미 이나리 신사에서 처음 가졌다. 'DIC 컬러 가이드'로 말하자면 마젠타 100퍼센트에 옐로 100퍼센트로 이루어진 이른바 '긴아카(きんあか)'라 불리는 금적색(金赤色)이다.

일장기에 있는 히노마루(日の丸)의 빛깔이기도 한 금적색은 일본에서는 기본적으로 신성함의 빛깔이다. 빨간 '아카몬(赤門)'에는 권위 또는 존귀함 같은 것이 서려 있다. 도쿄대학교 정문 옆에도 아카몬이 있고, 예전에는 장군의 딸을 부인으로 맞을 때 아카몬을 세우는 전통이 있었고, '아카몬으로 들어간다'라는 말이 생긴 것에는 그런 뜻도 있으리라.

이 금적색 속에는 밝고 화사한 화려함도 있다. 그러나 내가 여기서 느끼는 화려함이란 왠지 축제 분위기의 감성적 희열이나 해방 같은 것이 아니라 비장감 같은 것이다. 왜 그런 느낌이 다가왔을까. 핏빛이기 때문이었을 것이다. 그것도 선혈이 낭자한 핏빛이다.

일본 근세 성곽의 역사에서 가장 화려했다던 후시미성에서 전투가 벌어졌을 때 장수 이하 2천명이 할복자살했고 그때 낭하(廊下, 복도)는 핏빛으로 물들었다고 한다. 그런데 더욱 기막힌 얘기는 그 낭하의 나무판들은 삼십삼간당 옆에 있는 양원원(養源院, 요겐인)과 정전사(正傳寺, 쇼덴지)를 지으면서 천장 목재로 사용했고 이는 피의 천장[血天井, 치텐조]이라는 이름의 명물이 되었다는 것이다.

우리 같으면 당연히 불태워 없애버렸을 그 핏빛을 비장미로 간직하고 있다는 얘기다. 그런 것을 지워버리는 것이 아니라 그대로 안고 살아가는 이들의 정서를 생각하지 않고는 금적색이 상징하는 바를 도저히 읽어낼 수 없다.

삼십삼간당의 천수관음상 1천분

후시미 아나리 신사가 도리이로 장관을 이룬다면, 기온 인근의 삼십삼간당은 불상의 장관이다. 가모강 동쪽 7조대로(九條通り)변에 교토국립박물관이 있고 그 바로 앞이 삼십삼간당이다. 삼십삼간당은 실권을 회복한 고시라카와 상황이 다이라노 기요모리에게 명하여 1165년에 준공한 절이다.

삼십삼간당(三十三間堂, 산주산겐도)은 건물과 불상조각 모두가 상상을 초월하는 방대한 공간이다. 내가 처음 이 절을 답사한 것은 30년 전, 교토국립박물관에 갔다가 정문 바로 건너편 길에서 관광객들이 깃발을 든 안내원을 따라 줄지어 나오는 모습에 호기심이 일어 들러본 것이었다. 그때 나는 삼십삼간당이 청수사, 금각사와 함께 교토 관광의 빅3 명소인 줄도 몰랐다.

당시 나는 일본미술에 큰 관심도 없었고 여느 한국인과 마찬가지로 존경심도 별로 없었다. 광륭사 목조미륵반가상을 보면서 우리가 다 가르쳐준 것이라는 자부심에 차 있었다. 또 엉뚱하게도 절 이름이 '33칸'이라고 하여 우리나라 99칸 집의 3분의 1만 한 크기인 줄 알고 들어갔다.

매표소에서 받은 안내서를 보니 기둥과 기둥 사이가 33칸이고 건물 길이가 118미터란다. 도저히 믿어지지 않는 거짓말 같은 사실이었다. 그리고 법당 안으로 들어가려는데 앞에 선 관람객들이 들어가서는 곧장 빠져주지 않고 모두 입구를 막고 안쪽을 보며 오래도록 서 있었다. 우리

| 삼십삼간당 | 삼십삼간당은 기둥과 기둥 사이가 33칸이어서 붙은 별칭이고 건물 전체 길이가 118미터에 달하는 장대한 건물이다. 워낙에 커서 건물 정면의 전체가 한눈에 들어오지 않는데 뒷면으로 가면 비스듬히나마 그 전모를 볼 수 있다.

나라 같으면 답답해서 옆으로 돌아 앞질러가겠건만 일본에선 절대로 그런 태도가 용서되지 않음을 잘 알고 있어 참고 기다렸다.

　그리고 차례가 되어 법당에 들어선 순간, 나는 내 눈을 의심했다. 이럴 수가 있단 말인가. 등신대의 천수관음상이 10열 횡대로 사열대 위에 늘어서 있다. 그 수가 1천이란다. 놀라서 발을 떼기 힘들었다. 이래서들 관람객들이 모두 법당에 들어서면 멈추었던 것이구나!

　똑같은 크기, 똑같은 모양의 이 천수관음상들 키는 등신대(165~168센티미터)이고, 얼굴은 11면, 팔은 40개이며 손마다 지물(持物)을 들고 지그

| 천수관음상 | 등신대 크기의 1천분의 천수관음상이 똑같은 크기, 똑같은 모양으로 도열해 있는 장대한 스케일이 보는 이를 압도한다. 관음상마다 둥근 광배에서 사방으로 퍼져나가는 빛살이 예리하게 표현되어 있어 더욱 찬란해 보인다. 정교하기 그지없는 참으로 성실한 설치미술이다.

시 눈을 감은 자세로 합장하고 서 있다. 둥근 광배에는 사방으로 퍼져나가는 빛살이 예리하게 표현되어 있다. 정교하기 그지없는 참으로 성실한 작품이었다.

미술사가는 학문의 성격상 유물에 관해 의심을 많이 하게 마련이다. 나는 이게 다 진짜인가 싶어 유심히 보니 두 자리가 비어 있었다. 작은 푯말에 현재 도쿄국립박물관과 교토국립박물관에 대여해주어 그곳에 전시 중이라고 쓰여 있었다.

그러고 보니 기억이 났다. 내가 조금 전 교토국립박물관에서 보고는 참

| 삼십삼간당 천수관음상 |

| **삼십삼간당 본존불 장육관음상** | 삼십삼간당 정중앙에는 거대한 본존상이 좌정하고 있어 공간 배치의 무게중심을 잡고 있다. 삼십삼간당이 불탔을 때 스님들이 화염 속에서 이 불상의 얼굴과 팔을 잘라내어 옮겼기 때문에 처음 제작된 모습을 유지할 수 있게 되었다.

훌륭한 불상조각이라고 감동했던 바로 그 불상이다. 박물관에 한점만 전시해도 사람을 감동시키는 등신대 불상이 1천구가 늘어서 있으니 감동하지 않을 수 없었다. 그때 이후 나는 일본미술사를 다시 생각하게 되었다.

연화왕원의 창건

삼십삼간당의 정식 명칭은 연화왕원(蓮華王院, 렌게오인)이다. 연화왕이란 천수관음의 별칭이다. 『법화경』의 「관세음보살 보문품」을 보면 관세음보살은 33가지로 변하여 중생을 구제한다고 했다. 이를 '관음 33변신(變身)'이라 했으며, 삼십삼간당의 칸 수는 여기서 유래한 것이다.

고시라카와 상황은 30년간 원정을 펼치면서 두 차례 유폐당했다. 그는 어떻게든 왕권의 강화와 유지를 위해 갖은 노력을 다했다. 그중 하나가 연화왕원을 창건하고 천수관음 1천분을 모신 것이었다.

그는 출가하여 법명을 행진(行眞)이라고 한 법황이었다. 사람들은 그가 거의 광적으로 불교를 신봉했기 때문에 이처럼 상상을 초월하는 거대한 불사를 행했다고 하지만 그는 이와 같은 막강한 이미지로 자신의 위세를 세상에 증명해 보이고 싶은 속마음이 있었던 것이다. 그렇지 않고서는 이런 엄청난 일을 벌일 수 없다.

그 때문에 법당도 자신이 근무하는 원정 청사(院御所) 안에 두었다. 상황은 이 일대에 있던 법주사전(法住寺殿)을 청사로 삼았다. 그리고 헤이지의 난을 수습한 지 3년째 되는 1162년, 기요모리에게 궐내에 연화왕원을 짓도록 명하여 착공 3년째 되는 1165년에 낙성식을 가졌다. 이 연화왕원에는 오중탑, 아미타당, 보장(寶藏) 등 많은 당탑이 있었는데 그 본당이 바로 삼십삼간당이었다.

상황은 원래 잡예(雜藝)를 좋아해서 여기에서 가무, 씨름, 투계(鬪鷄),

뱃놀이, 달맞이, 꽃구경을 즐겼다고 한다. 그리고 진귀한 보물들을 보장에 간직했다. 그의 보물 컬렉션은 쇼무 천황의 동대사 정창원처럼 권세의 상징이었다.

태정대신 다이라노 기요모리는 상황에게 잘 보이기 위하여 송나라와 무역을 하여 도자기 등 진귀한 공예품을 수입해 바쳤다. 이는 일본이 다시 중국과 긴밀히 무역을 하게 되는 일송(日宋) 무역의 계기가 되었고, 견당사 폐지 이후 한동안 막혔던 중국문화가 일본에 쏟아져 들어오는 계기도 되었다. 그때 들어온 대표적인 정신문화가 가마쿠라시대의 선종이다.

가마쿠라시대의 복원

세월이 흘러 헤이안시대는 막을 내리고 가마쿠라시대로 접어든 지 약 60년이 지난 1249년 3월 23일 정오 무렵, 연화왕원 인근 마을에서 불이 나자 강풍으로 두 시간 만에 연화왕원의 오중탑에 불이 옮겨 붙었다. 스님들은 필사적으로 삼십삼간당의 불상을 구하기 시작하여 천수관음상 1천구 중 156구와 28부중상을 구출하고 중앙에 있는 거대한 장육관음상은 머리와 손 일부분만 잘라 나왔다. 그리고 나머지는 전부 불타버리고 말았다. 이때 연화왕원 전체가 다 소실되었다고 한다. 그때 불상을 구출하기 위해 스님들이 화염 속의 법당 안을 황급히 오갔던 모습을 능히 상상해볼 수 있다.

화마를 입은 삼십삼간당은 2년 뒤인 1251년 곧바로 원래의 규모대로 복원 공사에 들어갔다. 그리고 15년 뒤인 1266년에 낙성 공양이 베풀어졌다. 이것이 오늘날의 삼십삼간당이다.

불상 복원에는 당시 최고 기량의 불사들이 운영하는 불상 제작소가 동원되었다. 이들은 평등원 불상에서 구사되었던 '요세기 즈쿠리' 기법을 이어받아 불상의 각 부위를 따로 조각하여 끼워맞춤으로써 정밀성을 다할 수 있었다. 재료는 모두 히노키를 사용했다.

기록을 보면 화재 당시 천수관음상 156구를 구출했다고 하지만 현재 상태로 보면 원 불상은 124구, 복원 불상이 876구이다. 본존의 장육관음좌상에는 담경이 조수들을 이끌고 1254년에 완성했다는 묵서명이 써 있다.

이처럼 천수관음상들은 가마쿠라시대에 다시 제작된 것이지만 그 기본 형태는 원상을 충실히 따랐기 때문에 양식상으로는 헤이안시대 불상의 우아하고 화려한 풍모를 지니고 있는 것이다.

28부중상과 풍신·뇌신

법당 안에는 1천 관음보살상 이외에 28부중상이 있다. 기록에 의하면 화재 당시에 모두 구출되었다고 하는데 그 불상 양식이 경파 조각의 특징을 너무도 잘 보여주고 있어서 원상인지 복원상인지 아직 명확히 결론이 나지 않았다. 혹시 화재 직전에 무슨 사정이 있어서 경파의 담경이 제작한 것이 아닌가 하는 견해가 압도적일 정도로 가마쿠라시대 양식을 보여준다.

28부중상이란 천수관음상을 수호하는 신상들로, 우리나라에서는 8부중상만 유행한 것과 달리, 여기에선 8부중상 이외에 천(天), 용(龍), 야차, 제석천, 범천, 사천왕, 인왕, 나한존자 등을 합쳐 28부중상이라는 개념으로 재구성됐다. 그리고 본존 뒤쪽 위에는 풍신(風神)과 뇌신(雷神)이라는 민간 귀신이 양쪽에 모셔져 있다. 일본 불교의 습합(習合, 토착신앙과 불교의 결합) 태도를 잘 말해주는 대목이다.

이와 같이 많은 수호신상을 만든 이유는, 현실적으로 천수관음상 1천

| **풍신(왼쪽)과 뇌신(오른쪽)** | 삼십삼간당 본존 뒤쪽 위에는 풍신과 뇌신이라 불리는 민간 귀신이 양쪽에 모셔져 있다. 일본 불교의 습합(토착신앙과 불교의 결합) 태도를 잘 말해주는 대목이다. 바람주머니를 어깨에 지고 있는 것이 풍신이고, 8개의 북을 돌리고 있는 것이 뇌신이다.

구가 10열 횡대, 본존의 좌우로 50줄씩 늘어서니 그 앞에 놓을 수호신상이 그만큼 필요하여 자연스럽게 재구성했기 때문인 듯싶다.

이 28부중상 조각을 보면 누가 봐도 가마쿠라시대 경파 조각의 특징이 역력하다. 한마디로 리얼하면서 다이내믹하다. 헤이안시대에는 평등원의 아미타여래상과 운중공양보살상처럼 귀족적인 취향에 걸맞은 우아하고 전아한 불상이 풍미했다. 그러나 무인들이 국정을 이끌어가는 가마쿠라시대에는 취향이 바뀌어 이처럼 파워풀한 불상들이 시대 분위기에 맞았던 것이다.

28부중상 중에서 특히 우리의 눈길을 끄는 것은 역시 신상이 아니라

| 마화라여상(왼쪽)과 파수선인상(오른쪽) | 28부중상 중에서 특히 눈에 띄는 것은 노파의 초상을 보는 듯한 마화라여상과 깡마른 노인 모습의 파수선인상이다. 이 조각에서는 현세적 인물의 박진감 같은 것이 다가온다.

인간의 모습으로 나타난 2개의 조각이다. 마화라여상(摩和羅女像)에는 굳세게 살아온 노파의 초상을 보는 듯한 현실감이 있다. 파수선인상(婆藪仙人像)은 깡마른 노인의 모습에서 박진감이 느껴진다.

미술사를 전공하면 머릿속에 많은 작품 이미지가 '내장'되어 어떤 작품을 보든 기왕에 보았던 작품과 비슷하면 곧 연관지어 떠올리게 되어 있다. 공야 초상을 보면서 자드킨의 반 고흐 초상을 연상했듯이 이 깡마른 파수선인상을 보는 순간엔 로댕(F. A. R. Rodin)의 명작 「칼레의 시민들」에 표현된 인물상들이 연상되었다. 그 정도로 리얼하다. 가히 가마쿠라시대 조각답다는 찬사가 나온다.

삼십삼간당 불상의 역사는 수리의 역사

삼십삼간당은 가마쿠라시대 복원 이후 큰 재앙을 입지 않았다. 교토를 완전히 불바다로 만든 오닌의 난 때도 삼십삼간당은 야사카의 법관사 오중탑과 함께 화마를 면했다.

태평양전쟁 당시 미군의 공습이 한창이던 1945년 1월 16일, 미군 전략폭격기인 B29가 교토의 히가시야마를 폭격하여 34명이 사망했는데 그때도 삼십삼간당과 법관사 오중탑은 피해를 입지 않았다. 사람들은 천수관음의 비호였다고 했다. 그러나 삼십삼간당 불상들이 이처럼 보존되어온 것은 그냥 세월에 맡겨놓은 결과가 아니었다. 어떤 분은 말하기를 '삼십삼간당 불상의 역사는 수리의 역사'라고 했다.

1600년부터 10년간 도요토미(豊臣) 가문의 지원 아래 대수리가 이루어졌다. 1930년에는 건물을 해체 수리했고, 천수관음상도 1937년부터 20년에 걸쳐 수리되었다고 한다. 지금도 연간 20구씩 금박 박락 방지 작업을 하고 있는데 이것을 완료하려면 앞으로도 50년이 더 걸린다고 한다. 삼십삼간당 바깥 마당 남서쪽 모서리에는 불체수리소가 있어서 거기서 상시 작업을 하고 있단다. 일본인들이 문화재를 보존하고 가꾸는 자세와 공력에 절로 감탄하게 되며 한없는 부러움과 함께 경의를 표하게 된다.

일본인들이 고건축 관리에 얼마나 정성을 다하는가를 보면, 이세 신궁(伊勢神宮)의 경우 20년마다 새롭게 신궁을 조성하고 구 신궁의 신체(神體)를 옮기는데, 1500년을 두고 오늘날까지 한번도 거르지 않았다고 한다. 참으로 놀랍고 존경스럽다.

삼십삼간당의 여운

삼십삼간당의 관람 동선은 천수관음상 1천분을 사열하듯 처음부터 끝까지 배관(拜觀)하고 나서 뒤쪽으로 돌아나오는 것이다. 100미터가 넘는 뒤쪽의 긴 복도에는 절집의 역사를 말해주는 패널과 문화재 자료들이 전시되어 있다.

옛날 사진도 있고 천수관음의 40개 손에 들려 있는 지물들 이름을 도표로 상세히 알려주는 것도 있다. 그중 내가 의미있게 본 대목은 이 집의 지하 기초가 판축공법(板築工法)으로 되어 있다는 점이었다.

판축공법이란 지하를 파고 기초를 할 때 진흙판을 다져 넓적하게 깐 다음 모래를 얹고 그 위에 또 진흙판을 얹고 다시 모래를 얹으면서 마치 떡시루 앉히듯 하는 방식이다. 우리나라 익산 미륵사도 발굴 결과 금당 자리가 무려 3.5미터 깊이까지 판축공법으로 되어 있음이 밝혀졌다. 판축공법은 내진(耐震) 기능도 충실히 해냈던 것이다.

복도의 전시물은 이 절에 얽힌 에피소드도 여럿 얘기해주는데 천장에는 궁술대회 최우수상 상패가 줄줄이 걸려 있다. 매년 1월 15일 여기에서 열리는 '도오시야(通矢)'라는 궁술대회에서 삼십삼간당이 수상한 것이라며 일본의 활과 화살도 전시해놓았다.

그리고 수없이 많은 버전으로 리메이크된 영화 「미야모토 무사시」의 마지막 결투 장면의 무대가 바로 여기였기 때문에 일본인들이 특히 이 절을 많이 찾고 있다고 한다.

모든 미술품, 특히 조각작품에는 그것을 가장 잘 찍은 대표적인 사진 작품이 뒤따르는데 삼십삼간당은 오랫동안 그에 걸맞은 사진작가를 만나지 못했다. 사진으로는 이 엄청난 이미지를 다 전달하기 힘들었기 때문이 아닐까 싶다.

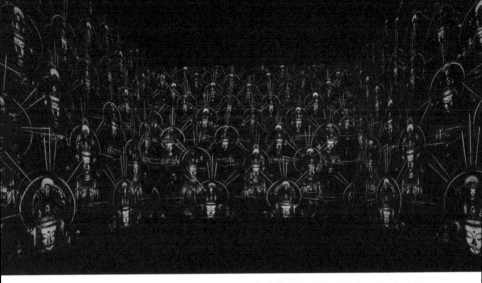

| **스기모토 히로시의 작품** | 일본 사진작가 스기모토 히로시는 삼십삼간당 불상을 영상으로 재현하여 '가속하는 불상'(Accelerated Buddha)이라는 제목을 붙였다. 현대 사진 기술을 이용한 또 하나의 명작이라 할 만하다.

그러던 중 정치사회학을 전공하다 사진작가로 전향한 스기모토 히로시(杉本博司)가 삼성미술관 리움에서 가진 회고전(2013년 12월~2014년 3월)에서 '가속하는 불상'(Accelerated Buddha)이라는 제목으로 이 삼십삼간당 불상을 영상작업으로 보여주었는데, 불상들을 그대로 재현하는 것이 아니라 빛의 속도로 33천(天) 세계로 가는 듯한 감동을 주었다. 명작이 또 다른 명작을 낳았다고나 할까.

고시라카와 천황의 업적

건물 밖으로 나오면 자연히 거짓말처럼 길게 뻗은 120미터 가까운 거대한 건물을 한 바퀴 돌아보게 된다. 그런데 안내책자를 보니 삼십삼간당의 절 이름을 묘법원(妙法院, 묘호인)이라고 괄호 속에 표기해놓았다.

절집 안내원에게 물어보니 도쿠가와 막부 이래로 연화왕원과 묘법원을 하나로 합쳐서 그렇게 된 것이라고 한다.

그러면 묘법원은 어디냐고 물으니 여기서 동북쪽으로 400미터쯤 떨어져 있는데 정원과 건물이 아주 예쁘지만 일반 공개는 안 하고 가을 단풍철에만 잠시 특별 공개한다고 한다. 그러면서 절집 남쪽 담장이 아름다우니 시간이 있으면 그리 가보라고 일러주고, 그 뒤로 돌아가면 고시라카와 상황의 무덤이 공원으로 개방되어 있다고도 알려주었다.

들고 보니 고시라카와 상황의 무덤이 삼십삼간당 바로 곁에 있다는 것은 자신이 원정을 펼치던 청사 안에 묻혀 가장 열정을 쏟았던 이 불상들과 함께 사후세계를 보내고 있다는 얘기가 된다. 생각건대 그의 일생은 참으로 파란만장했다.

결국 고시라카와는 조상들을 볼 면목이 없게도, 헤이안시대 마지막 천황이 되었다. 그러나 삼십삼간당을 후세에 남김으로써 그 모든 죄를 용서받았을지도 모른다. 시스티나 성당을 세운 교황 율리우스 2세가 조각가인 미켈란젤로에게 자신이 왜 성당 벽화에 온몸을 바치고 있는지 이렇게 말했단다.

나는 죽어 연옥에 떨어져도 시스티나 성당을 세운 공으로 구원받을 것이다.

이 엄청난 규모의 절을 어떻게 유지하며 몇십년간 불상 보수를 이어갈 수 있는지 궁금했는데, 주지 스님이 말하기를 "관광이라는 새로운 형태의 참배"가 있어서 가능하다고 했다. 즉 입장 수입으로 유지한다는 것이다. 그렇다면 고시라카와 상황은 분명 조상들로부터 용서를 받았을 것이다.

제3부

교토의 명소

일본 정원의 전설은 이렇게 시작되었다

낙동의 청수사와 낙서의 천룡사

사가노의 명소 천룡사(天龍寺, 덴류지)는 유네스코 세계유산에 등재된 사찰로 일본 특별명승 및 사적 제1호로 지정된 정원이 있는 곳이다. 교토의 대표적 명소로 낙동(洛東)에 청수사가 있다면 낙서(洛西)엔 천룡사가 있다. 청수사와 천룡사는 서로 다른 자랑으로 관광객을 불러들인다.

청수사가 히가시야마에서 내려다보는 빼어난 조망이 일품이라면 천룡사는 가쓰라강변에서 아라시야마를 올려다보는 수려한 풍광이 있다. 청수사 주위가 기요미즈 자카(清水坂), 자완 자카(茶わん坂), 산넨 자카(三年坂), 니넨 자카(二年坂) 등 언덕길에 있는 오래된 작고 예쁜 상점들의 고풍스러운 분위기로 발 디딜 틈이 없다면, 천룡사 주위로는 풍광명미(風光明媚)한 도월교(渡月橋), 가메야마(龜山) 공원, 사가노의 죽림(竹

林)이 있어 항시 관광객들로 북적인다. 산을 좋아하는 사람이면 청수사로 가면 되고 물을 좋아하는 사람은 천룡사가 제격이다.

그중 천룡사가 청수사보다 크게 내세울 만한 점은 전설적인 고승이자 뛰어난 작정가(作庭家)였던 몽창 소석(夢窓疎石, 무소 소세키) 국사(國師)가 조성한 조원지(曹源池, 소겐치)라는 정원이 있다는 사실이다.

교토에는 무수히 많은 명원(名園)이 있다. 금각사, 은각사, 용안사, 남선사, 서방사, 시선당, 계리궁, 수학원 이궁…… 교토 답사의 반 이상이 이름난 정원을 찾아가는 것이다.

그런데 이 정원들은 대개 무로마치시대 이후에 조성된 것으로 그 모두가 천룡사의 방장 정원에서 출발하고 있으니, 천룡사를 보지 않고는 일본 정원미의 특질은 물론이고 그 역사적 전개 과정을 이해할 수 없다. 그래서 나의 교토 답사에서 천룡사를 빼놓은 적이 없고, 교토의 명원 순례는 천룡사부터 시작하곤 한다.

대각사에서 천룡사로

짧은 일정을 생각할 때 사가노 지역 답사는 천룡사를 보는 것만으로도 부족이 없다. 그럼에도 내가 천룡사에 앞서 대각사 답사기부터 시작한 것은 그렇게 해야 천룡사의 창건 과정을 독자들에게 자연스럽게 이해시킬 수 있기 때문이다. 일본 역사에 어두울 수밖에 없는 우리네 입장에선 대각사를 답사하지 않았다면 일본의 남북조시대라는 시대상을 머릿속에 담기 힘들 것이다.

333년 고다이고 천황은 무장 아시카가 다카우지의 도움을 받아 가마쿠라 막부를 붕괴시키는 데 성공하여 소원대로 실권을 갖고 있는 명실상부한 천황으로서 '겐무의 신정'을 펼쳐나갔다. 그러나 3년 뒤 바로 그

| **천룡사 조원지** | 사가노의 명소 천룡사는 유네스코 세계유산에 등재된 사찰로 일본 특별명승 및 사적 제1호로 지정된 조원지라는 정원이 있다. 낙동에 청수사가 있다면 낙서엔 천룡사가 있다.

아시카가 다카우지가 이반하여 고묘 천황을 등극시키고 무로마치 막부의 쇼군이 되었다.

그러자 고다이고 천황은 이에 굴하지 않고 요시노로 내려가 왕조(남조)를 따로 차리고 권토중래할 불굴의 기개를 보였으나 끝내 뜻을 이루지 못하고 3년 뒤 죽었다. 때는 1339년이었다.

그런데 아이로니컬하게도 아시카가 쇼군이 고다이고 천황의 명복을 빌기 위해 지은 절이 바로 천룡사이다. 우리로서는 참으로 이해하기 힘든 대목이다.

국가 통합 차원인가 원령의 진혼인가

이에 대해 일본 학자들은 대개 두가지 학설을 말한다. 하나는 당시 무가와 공가 양쪽에서 존경받던 몽창 국사가 남북조의 통합 차원에서 아시카가 쇼군에게 고다이고 천황의 진혼을 권유해 그가 이를 받아들였다는 것이다.

또 하나는 반대로 한을 품고 죽은 고다이고 천황의 원령이 저주를 내릴까 두려워하여 아시카가 쇼군이 어령(御靈)의 차원에서 몽창 국사에게 천룡사를 세우게 했다는 것이다. 마치 간무 천황이 교토로 천도하는 과정에서 죽은 원령을 위무하기 위해 기온 어령제를 베푼 것과 마찬가지로 보는 것이다. 그 내막이 어찌 되었건 천룡사는 고다이고 천황의 진혼을 위하여 몽창 국사를 개산조로 하여 창건되었다.

아라시야마 건너편 가쓰라강변에 위치한 천룡사터는 워낙에 풍광이 수려해서 일찍부터 왕가의 원찰(願刹)과 이궁(離宮)이 있던 곳이다. 헤이안시대 초기에는 사가 천황의 왕비가 세운 단림사(檀林寺)라는 절이 있었다.

그후 약 400년이 지나 13세기에 들어와서는 고다이고 천황의 할아버지인 고사가(後嵯峨) 천황이 이궁을 세웠고, 아버지인 가메야마 천황이 여기에 머물러 가메야마전(龜山殿)이라 불렸던 곳이다. 그래서 이곳은 고다이고 천황이 어린 시절을 보낸 깊은 연고가 있다.

이리하여 1339년, 고다이고 천황이 죽은 바로 그해에 이 가메야마전을 절집의 전각으로 개조하여 고다이고 천황의 영혼을 모시고 연호를 따서 역응사(曆應寺)라 했다. 정식 명칭은 '영구산(靈龜山) 역응(曆應) 자성(資聖) 선사(禪寺)'였다. 거북 모양의 가메야마를 '신령스러운 거북산'이라는 뜻으로 영구산이라는 산호(山號)로 칭하고 사찰 이름에 연호를 부여함으로써 격을 한껏 높인 것이다. 그리고 아라시야마에는 요시노 시절 고다이고 천황의 거처에 있던 벚꽃도 옮겨다 심었다.

그러나 아시카가 쇼군이 아무리 권력이 세고 몽창 국사의 도력이 아무리 높다 하더라도 아직 세상이 자신들의 뜻대로만 될 수는 없었다. 기존 불교계가 크게 반발하고 나섰다. 특히 히에이산 연력사 승려들이 연호를 빼라고 거세게 항의했고, 결국 2년 뒤 역옹이라는 연호를 빼고 이름을 아예 천룡사로 바꾸었다. 이것이 천룡사의 출발이다.

무역선 천룡사호의 출항

아시카가 쇼군은 기존의 불교 세력을 제압하고 선종에 힘을 실어주기 위해 이 천룡사를 거대한 선종 사찰로 만들 작정이었다. 이 일대 300만 평에 선찰을 세우는 방대한 구상이었다. 일본인들이 한번 마음먹으면 얼마나 장대한 취미가 나오는지 여기서도 엿볼 수 있다.

문제는 자금이었다. 지방의 다이묘들이 몇백석의 장원(莊園)을 기진했지만 그 정도로는 어림도 없었다. 몽창 국사는 이 막대한 자금을 마련하기 위해 천룡사에서 독자적으로 원나라에 무역선을 보내는 아이디어를 냈다.

당시 무역선은 황금알을 낳는 거위였다. 중국에서 무역선으로 들여온 물품은 막대한 매매차익을 보았는데 통상 중국 비단은 20배, 도자기·서화·사탕 등은 최소 5배에서 10배는 되었다고 한다.

일본과 송나라와의 교역은 삼십삼간당의 다이라노 기요모리(平淸盛)가 북송에 무역선을 보내면서 시작되었고, 원나라의 두 차례 침공 이후 끊겼다가 14세기 원나라 말기에 남쪽 양자강 하구의 영파(寧波)를 거점으로 재개되었다.

천룡사호가 떠나기 19년 전인 1323년 신안 앞바다에서 침몰한 무역선에서 인양한 유물에서 볼 수 있듯이 그 무역의 규모는 실로 방대한 것이었다. 그리고 가마쿠라의 건장사(建長寺)가 독자적으로 무역선을 보낸 전례도 있었다.

이리하여 1342년 무역선 천룡사호가 원나라에 가게 되었다. 무역선을 보내는 것은 막부에도 큰 이익이었다. 천룡사가 이익금 일부를 막부에 납입한다는 조건이 있었고 천룡사호의 선주(船主, 고시綱司)인 하카타(博多)의 상인 시혼(至本)은 교역 결과와 관계없이 동전〔現錢〕 5천 꾸러미〔貫文〕를 납입하기로 약속했다. 그 대가로 막부는 무역선이 왜구에게 약탈되는 것을 막아주면 됐다.

이렇게 앉은자리에서 자금을 챙길 수 있는 돈맛을 본 막부는 천룡사호 이후 여러 번 무역선을 허가해주었다. 곧이어 원나라가 망하고 명나라가 들어서자 막부는 아예 중국 정부와 정식으로 무역하는 이른바 '감합(勘合)' 무역으로 발전시켰다.

천룡사호를 비롯한 무역선의 빈번한 왕래는 일본사회에 큰 변화를 일으켰다. 화폐경제가 활성화되었으며, 중국의 선승들이 일본으로 건너오면서 선종이 크게 일어났고, 도자기와 그림 등 중국의 발달된 문화가 속속 전래되었다. 이것은 무로마치시대에 일본문화가 꽃피는 물질적·문화적 자산이 되었다.

희대의 고승, 몽창 국사

천룡사의 개산조인 몽창 국사는 난세를 슬기롭게 헤쳐나간 고승으로 어느 승려보다 높은 존경을 받는 영광된 삶을 살았다. 높은 도력 덕분인지 뛰어난 정치력 때문이었는지 모르지만 그는 가마쿠라시대 마지막 천황, 남조 천황, 북조 천황 모두에게서 국사(國師) 칭호를 받았다.

또 가마쿠라 막부의 마지막 쇼군, 무로마치 막부의 초대 쇼군 모두에게 존경을 받았다. 쇼군의 형제가 그를 스승으로 모시기까지 했다. 후대 천

황들도 그를 추모하며 국사 시
호를 계속 추증하여 모두 7개의
국사 칭호를 받았다. 이런 영광
은 일본 불교사에 다시는 없는
것이었다.

몽창 소석은 1275년 이세(伊
勢) 지방의 한 호족의 아들로 태
어나 18세 때 동대사에서 수계
를 받고 20대에는 여러 절을 옮
겨다니며 일심으로 참선에 몰
두했다.

1325년, 그의 나이 51세 때
고다이고 천황이 그의 높은 평
판을 듣고는 남선사 주지를 맡
으라는 명을 내렸으나 사양했

| **몽창 국사** | 천룡사의 개산조인 몽창 국사는 난세를 슬
기롭게 헤쳐나간 고승으로 모두 7번에 걸쳐 국사 칭호를
받는 영광된 삶을 살았다. 그는 정원 조영에도 뛰어났다.

다. 그러자 이번엔 당시 가마쿠라 막부의 집권자였던 호조 다카토키(北
條高時)까지 나서서 촉구하는 바람에 거절하지 못하고 주지에 취임했다
가 1년 만에 물러나 다시 수행에 전념했다.

그로부터 7년 지난 1333년, 가마쿠라 막부를 타도한 고다이고 천황은
일찍 죽은 아들의 영혼을 위로하기 위해 그가 살았던 가쓰라강변의 저
택에 절을 짓고 몽창을 개산조로 모셨다. 절 이름은 임천사(臨川寺)라 하
였고 그에게는 몽창 국사라는 칭호를 내렸다.

몽창 국사는 이처럼 고다이고 천황의 절대적 신임을 얻은 불교 정책
의 유력한 조언자였다. 그러나 1336년 아시카가 다카우지가 이반하여
왕조가 남북조로 갈라지는 바람에 그 인연은 끝났다.

그러자 이번에는 무로마치 막부의 초대 쇼군으로 취임한 아시카가 다카우지가 1336년 몽창 국사를 막부로 모셔와 동생과 함께 제자로서 예를 표했다. 이는 무가 정권이 임제종의 선종을 통치이념으로 삼겠다는 표시이기도 했다.

그리고 이듬해 남조의 고다이고 천황이 죽자 쇼군은 천룡사를 세우게 하면서 자금 마련을 위해 천룡사호를 띄우게 했던 것이다. 천룡사를 짓기 위한 자금을 마련하는 동안 몽창 국사는 정토종 사찰인 서방사(西方寺)를 선종 사찰로 개조해달라는 부탁을 받고 주지를 맡았다.

가쓰라강 건너편 마쓰오 신사(松尾大社) 아래쪽 산속 깊숙이 위치한 서방사는 일찍이 쇼토쿠(聖德) 태자의 별저가 있었고 도래인인 동대사 행기(行基, 교기) 스님이 개창했다는 유서 깊은 절이다. 몽창 국사는 이 서방사에 선종 사찰에 걸맞은 새로운 정원을 조성하고 절 이름을 서방사(西芳寺, 사이호지)로 바꾸었다. 이것이 새로운 선종 사찰 정원의 탄생이었다.

첫번째 선종 사찰 정원, 서방사

유네스코 세계유산의 하나인 서방사는 100여 종의 이끼가 있는 정원으로 유명하여 태사(苔寺, 고케데라)라는 별칭으로 불린다. 그러나 이 이끼는 에도시대에 두 차례 홍수가 덮친 후 생태계가 변하면서 생긴 것이고 몽창 국사 당시의 모습은 아니다. 이 절이 역사적으로 더 중요한 것은 몽창 국사가 시도한 정원의 새로운 콘셉트 때문이다.

몽창 국사는 불세출의 정원 설계가이기도 했다. 일본에서는 이를 작정가(作庭家)라고 한다. 그는 경사가 가파른 계곡가의 이 절터를 상하 2단으로 나누어 2개의 정원을 조성했다. 위쪽은 일절 꽃과 나무를 배제하

| **서방사의 이끼 정원** | 유네스코 세계유산인 서방사는 100여 종의 이끼가 있는 정원으로 유명하다. 이 이끼는 에도 시대에 두 차례 홍수가 덮친 후 생태계가 변하면서 생긴 것이다.

고 오직 크고 작은 바위를 조형적으로 배치한 '마른 산수(枯山水) 정원' 이고 아래쪽은 황금지(黃金池)라 불리는 심(心)자형의 커다란 연못을 중 심으로 주위에 그윽한 산책길을 낸 지천회유식(池泉回遊式) 정원이다.

지동암(指東庵)이라는 암자 곁에 있는 위쪽의 마른 산수 정원은 엄중 한 참선 수행 공간에 걸맞은 정원이다. 여기에서 몽창 국사는 일본 정원 에서 처음으로 석조(石組)만 이용한 추상 공간의 석정(石庭)을 선보였 다. 이것은 훗날 백사를 이용한 석정의 모태가 되었다.

아래쪽 지천회유식 정원에는 상남정(湘南亭)이라는 다실을 배치하여 마음을 편안히 다스리며 평상심을 갖게 해주는 분위기를 연출했다. 이 상남정은 훗날 다조(茶祖)인 센노 리큐의 아들이 초암풍의 다실로 재건 하여 더욱 유명해졌다.

몽창 국사가 이렇게 서방사에서 처음 제시한 선종 사찰 정원의 새로

| **서방사의 마른 산수 정원** | 불세출의 정원 설계가였던 몽창 국사는 서방사에 꽃과 나무를 배제하고 오직 크고 작은 바위를 조형적으로 배치한 '마른 산수 정원'을 세웠다. 이후 마른 산수 정원은 수많은 석정으로 발전했다.

운 콘셉트는 이후 일본 정원의 한 모듈(module)이 되었다. 훗날 금각사와 은각사는 이 서방사 정원과 2층 누각을 직접 본받아 만들어졌고, 마른 산수 정원은 수많은 석정으로 발전했다.

서방사는 이후 반복되는 화재와 홍수로 상남정 이외의 건물들은 모두 20세기에 복원된 것이지만 몽창 국사가 조성한 아래위 두 정원은 불후의 명원으로 평가되고 있다.

7조제사 몽창 국사

서방사 정원을 성심으로 조성한 몽창 국사는 다시 천룡사로 돌아와 준공에 전념했다. 천룡사는 6년간의 대역사 끝에 1345년, 고다이고 천황의 6주기에 맞춰 개당법회를 개최함으로써 마침내 창건되었다.

천룡사의 사역은 도월교에서 가메야마 공원까지 포함한 엄청난 규모

| **서방사의 담북정** | 서방사 연못은 훗날 지천회유식으로 발전하면서 단아한 다실이 배치되었다. 센노 리큐 풍의 이 다실에 들어가 둥근 창밖을 내다보는 풍경은 서방사의 명장면이라 할 만하다.

였다. 이때의 모습은 다 사라졌지만 당시 모습을 그린 조감도가 남아 있어 그 장대함을 짐작할 수 있다.

몽창 국사는 '천룡사 10경'을 시로 읊었는데, 여기에는 삼문(三門), 아라시야마, 도월교, 대언천(大堰川)의 청류(淸流), 문전(門前)의 솔밭, 가메야마 사리탑, 그리고 방장 정원인 조원지 등이 있다.

천룡사가 창건되자 아시카가 쇼군은 자손만대로 이 천룡사에 귀의하겠다고 맹세하는 서약문(置文)을 보내면서 영원한 보호자가 될 것을 맹세했다. 천황은 몽창 국사를 스승의 예로 받들고 정각 국사(正覺國師)라는 시호를 내려주며 사격(寺格)을 높이는 데 힘을 실어주었다.

몽창 국사는 천룡사 창건 후 줄곧 주지로 있으면서 제자를 키우고 대중을 위해 법회를 열며 지냈다. 그러다 1351년, 세상을 떠날 날이 가까워오는 것을 느끼고는 일찍이 주지를 맡았던 임천사로 퇴거하여 조용히 임종을 준비했다. 이 소식을 듣고 사람들이 줄지어 찾아왔는데 그 숫자가 2500명이 넘었다고 한다. 그리고 향년 77세로 입적했다.

그의 제자로는 무극(無極), 춘옥(春屋), 절해(絶海) 같은 고승을 비롯하여 1만 3045명이 있다고 한다. 사후에도 그의 도덕과 영광이 이어졌다. 1382년 개창한 상국사(相國寺, 쇼코쿠지)는 몽창 국사를 '권청(勸請) 개산(開山)'으로 모셔갔다. 그는 모두 7개의 국사 칭호를 받아 세상 사람들은 그를 7조제사(七朝帝師)라고 불렀다.

20세기의 새 절 천룡사

몽창 국사 사후 천룡사는 조카이자 수제자인 춘옥 선사가 주지를 맡아 그 명성을 이어갔고 1386년 교토 5산 체제에서는 상지상(上之上)의 남선사에 이어 제1위의 선사로 지정되었다. 그러나 창건된 지 10여년 지난 1358년 큰 화재를 입은 것을 비롯하여 여덟 차례나 화마에 휩쓸렸다. 처음 100년간은 20년마다 한번꼴로 화재가 일어난 것이었다. 그때마다 재건했으나 1467년 교토를 불바다로 만든 오닌의 난 때는 전소되었다.

이후 천룡사는 도요토미 히데요시의 교토 부흥 복원 시책에 따라 다시 크게 재건되었다. 그러나 1815년에 또 화재를 입어 다시 부흥하려고 안간힘을 쓰던 차 막부 말기인 1864년, 이른바 금문(禁門)의 변 때 막부 토벌을 기치로 내걸고 교토로 들어온 조슈번(長州藩)이 천룡사에 머물자 막부군이 여기에 포격을 가하는 바람에 완전히 불타버리고 말았다. 사람들은 무로마치 막부가 세운 절을 에도 막부가 파괴했다고 했다.

뒤이어 일어난 폐불훼석 때 천룡사는 사역의 90퍼센트를 정부에 수용당하여 한때 150곳이 넘었다는 탑두 사원은 10여 곳만 남게 되었다. 천룡사가 다시 복원된 것은 20세기 다 와서의 일이다.

임천사의 객전(客殿)을 옮겨 서원(書院, 집서헌集瑞軒)을 지은 것을 시작으로 현재 주요 건물인 대방장(1899), 소방장(1924), 다보전(多寶殿, 1934) 등이 순차로 복원되었다.

지금 천룡사의 본당으로 사용되고 있는 승방은 「운룡도(雲龍圖)」가 그려진 천장화로 유명하여 특별공개 때 들어가보았는데 이는 본래는 메이지시대 스즈키 쇼넨(鈴木松年)이라는 화가가 그린 것이 너무 낡고 헐어서 1997년 가야마 마타조(加山又造)가 다시 그린 현대화란다.

이처럼 천룡사는 20세기에 다시 복원된 것이나 마찬가지인 사찰임에도 불구하고 명찰로서 그 명성을 유지하는 것은 몽창 국사가 조성한 조원지라는 정원이 건재하기 때문이다.

방장 서원의 동쪽 석정

천룡사 주차장을 지나면 곧바로 저 멀리 눈앞에 '선불장(選佛場)'이라는 현판이 걸린 육중한 승방 건물이, 당신은 이미 천룡사 경내로 깊숙이 들어와 있다고 말해주는 것 같다.

승방을 지나 낮은 돌계단을 올라서면 바로 앞에 '대본산 천룡사'라는 현판이 걸린 제법 큰 규모의 종무소 건물이 나온다. 일본의 선종 사찰에선 이런 건물을 고리(庫裏, 구리)라 하는데 대개 방장 건물과 붙어 있다.

이제 고리로 들어가면 우리는 천룡사 방장 안으로 들어가게 되는데 이 앞에 가면 나는 곧장 정원으로 들어갈지, 아니면 방장 건물로 들어가본 다음에 다시 밖으로 나와 정원을 거닐지 잠시 망설이게 된다. 입장료 차이는 불과 100엔이고 시간은 30분 정도 더 소요된다.

그러나 나의 고민은 돈과 시간의 문제가 아니다. 곧장 정원으로 나아가야 조원지가 드라마틱하게 나타나고 감동적이다. 그래서 특별한 경우가 아니면 나는 답사객을 곧장 조원지로 안내하곤 한다.

| 방장 정원 | 정원 출입구로 들어서면 오른쪽으로는 방장 건물 난간이 높직이 길게 뻗어 있고, 왼쪽으론 가지런한 석정이 전개된다. 석정을 여기서 처음 만났다면 침묵의 정원에 감동하겠으나 남선사·은각사·용안사의 석정을 이미 봤다면 아주 평범하다는 느낌을 받을 것이다.

　　정원 출입구로 들어서면 오른쪽으로는 방장 건물 난간이 머리 위 높직이 길게 뻗어 있고, 왼쪽으론 가지런한 석정이 전개된다. 처음으로 석정을 본 분이면 이 모범적이고 평범한 침묵의 정원에 감동한다. 그러나 남선사·은각사·용안사의 석정을 이미 본 분이라면 아주 평범한 석정을 보았다는 느낌 이상을 받지 않을 것이다.

　　방장 건물 한가운데에는 '방장'이라는 현판이 걸려 있는데 그 필치가 자못 굳세고 호방하다. 그러나 서법에 충실한 동복사의 방장, 선적 이미지가 은은히 배어나오는 용안사의 방장 글씨에 비하면 너무 목청이 크고 필획이 신경질적이어서 객기가 좀 지나치다는 인상을 준다.

　　천룡사 방장 건물은 대단히 장대하다. 그 길이가 몇 십 미터인지 정확히는 모르지만 기둥과 기둥의 칸수가 14칸이다. 그렇다면 족히 40미터

| **방장 현판** | 필치가 자못 굳세고 호방하나 필획의 움직임이 너무 빨라서 목청이 크고 객기가 좀
지나치다는 인상을 준다.

는 된다는 얘기다. 긴 방장 건물과 석정 사이로 난 관람로를 따라가다 건
물 모서리를 돌아서면 정원수로 멋있게 자란 해묵은 소나무 너머로 가
메야마에서 내려오는 부드러운 산줄기가 한눈에 들어오고 이내 아름다
운 연못이 통째로 드러난다. 그 순간 답사객들은 자신도 모르게 "야, 정
말 멋있다!"라는 감탄사를 발하고는 잠시 발걸음을 멈추고 망연히 연못
을 바라보게 된다.

지천회유식 정원, 조원지

  조원지 연못은 보는 순간 가슴을 쓸어내려주는 듯한 시원함을 느끼기
때문에 크다고 생각되지만 가만히 바라보고 있으면 아늑하게 다가오기
때문에 그 스케일을 잊게 된다.

  연못의 한쪽 면은 낮은 산자락에 바짝 붙어 있어 자연 풍광과 연장선
을 그리고 있는데 한쪽은 장대한 크기의 대방장과 소방장 두 건물이 기

역자로 연못을 감싸며 마주하고 있다. 자연과 인공이 나란히 마주한 그 공간 안에서 연못은 마치 평온의 절충지대인 양 조용히 자리하고 있다. 그것이 어느 정원에서도 볼 수 없는 조원지의 멋이고 자랑이다.

대방장 앞에는 관람객을 위한 긴 의자가 건물 난간을 따라 양쪽 끝까지 놓여 있다. 그 길이가 족히 30~40미터는 되어 한꺼번에 거의 100명이 나란히 앉아 조원지의 아름다움을 감상할 수 있다. 이 자리는 곧 방장의 툇마루에서 보는 시각과 동일하다.

이곳을 찾아온 관람객은 절집의 이런 배려에 감사하며 누구나 긴 의자 빈자리에 잠시나마 앉아보게 된다. 그래서 수십명이 엉덩이를 바짝바짝 붙이면서 길게 늘어서 앉아 연못을 조용히 관조하는 모습은 조원지의 또 다른 풍경이 된다.

조원지의 연못 수면이 우리가 앉아 있는 지점과 거의 비슷한 높이에

| 긴 의자에 앉아 조원지를 관람하는 모습 | 대방장 앞에는 관람객을 위한 긴 의자가 놓여 있는데 길이가 족히 30~40미터는 되며 한꺼번에 거의 100명이 나란히 앉아 조원지의 아름다움을 감상하는 모습을 볼 수 있다.

있다는 점부터가 큰 매력이다. 대개의 연못들이 둔덕 위에서 내려다보는 시각으로 만들어진 것과는 큰 차이가 있다. 조원지가 평온하게 다가오는 것의 반은 이 때문이다.

연못 둘레는 여러 형태의 곡선으로 이루어져 있다. 날렵한 곡선이 연못 깊숙이 파고들어갔다 나왔다 하는데 물가에는 키 작은 풀포기가 빼곡히 자라나서 곡선을 따라 뻗어가고 연못가 마당에는 하얀 모래가 밭고랑처럼 가지런한 줄무늬를 이루며 길게 퍼져 있다. 그 절묘한 어울림을 표현하는 데에 나는 인공과 자연의 조화라는 말 외에는 달리 방도가 없다.

연못 가운데와 가장자리에는 크고 작은 자연석이 배치되어 있어 아기자기한 표정을 연출해낸다. 오른쪽에 보이는 3개의 돌 더미〔石組〕는 석가삼존석이고, 한쪽에 놓여 있는 돌다리는 일본에서 가장 오래된 정원

| **천룡사 단풍** | 천룡사는 사계절 풍광의 변화가 모두 아름다운 것으로 유명하다. 특히 벚꽃이 피는 봄철과 단풍이 짙게 물드는 가을철 조원지의 모습은 교토에서도 손꼽히는 명성을 자랑한다.

석교라고 한다. 연못과 맞닿은 산자락은 잘생긴 바위와 저절로 자라난 키 작은 나무와 풀포기가 자연 그대로의 모습을 보여주는데, 한쪽으로는 물가를 향해 멋지게 자라난 소나무가 자태를 뽐내고 돌 틈에 키운 영산홍을 가지런히 다듬어 인공의 공교로움을 강조하고 있다.

보면 볼수록 한 폭의 그림 같은 풍경이다. 어찌 보면 화사한 야마토에 (大和繪)의 한 장면 같고 어찌 보면 담담한 수묵산수화를 연상시킨다. 공가(公家)의 우아함과 선가(禪家)의 차분함이 어우러진 것, 그것이 이 조원지의 특징이자 매력이다.

침전조 정원, 정토 정원

관광안내서를 보면 이 조원지는 지천회유식 정원이라고 나온다. 그리고 연못 양쪽에 있는 작은 섬을 학섬〔鶴島〕과 거북섬〔龜島〕이라고 설명하곤 한다. 그러나 학자들은 이런 통속적인 해설을 못마땅해한다. 조원지가 결과적으로 일본 정원의 한 정형인 지천회유식인 것은 맞지만 몽창 국사의 작정(作庭) 의도에는 회유(廻遊)의 개념이 없었다고 본다. 연못 주위를 노닐기 위함이 아니라 그것을 바라봄으로써 참선의 이미지로 나아가게 한다는 뜻이 서려 있었다는 것이다.

또 일본 정원에서 장수의 상징성이 있는 학섬과 거북섬이 유행하여 급기야 정형화되기까지 했지만 이것은 후대의 일이고, 이 정원이 고다이고 천황의 진혼을 위한 것이었다면 장수의 상징은 더더욱 말도 안 된다(시라하타 요자부로白幡洋三郎 「천룡사의 정원과 무소 소세키(天龍寺の庭と夢窓疎石)」).

천룡사 정원의 참뜻과 가치는 다른 데 있다. 헤이안시대 귀족의 저택은 '침전조(寝殿造)'라는 형식이 지배적이었다. 1정(町)이라 불린 사방 약 120미터의 울타리 안에 생활공간으로 침전 건물을 짓고는 집 안쪽에 정원을 배치한 구조다. 오늘날에도 일본에서 집을 지을 때 길가에 바짝 붙여 짓고 햇볕도 잘 들지 않는 안쪽에 그윽한 정원을 조성하는 방식은 이 전통에서 나왔다.

침전조 정원은 연못을 조성하고 그 안에 섬과 다리를 배치하여 이상적인 자연의 모습을 재현하는 것이었다. 그 기본 콘셉트가 자연 풍광을 축약하여 재현한 축경(縮景)이었다.

이 침전조 양식이 사찰 건축에서는 극락세계의 이미지를 구현한 '정토(淨土) 정원'으로 발전했다. 외형상으로도 침전조와 비슷하지만 그 개념이 이상적 공간의 재현이라는 점에서도 비슷하다. 우지 평등원과 정유리사(淨瑠璃寺)가 대표적인 예이며 이는 가마쿠라시대를 관통하는 일본 정원의 룰이었다.

몽창 국사의 선종 정원

이러한 일본 정원에 새로운 바람을 일으킨 것이 몽창 국사였다. 그 핵심적 개념은 선(禪)의 이미지를 정원에 구현하는 것이었다. 종래의 정원은 즐긴다는 측면이 강했다. 그러나 몽창 국사가 설계한 정원에는 선적인 관조가 강하다. 선의 수행공간으로서의 정원이다.

그는 정원은 아름다운 경치를 옮겨 만드는 것이 아니라 거기에서 자연의 본질을 감지하며 선적인 명상으로 이끄는 것이 더 중요하다고 강조했다. 몽창 국사가 아시카가 쇼군의 동생인 다다요시(直義)의 물음에 대한 대답을 법어(法語) 형식으로 저술한 『몽중문답집(夢中問答集)』이 있는데 거기에서 그는 정원의 기본에 대해 이렇게 말했다.

"산수(山水)에는 득실(得失)이 없고, 득실은 사람의 마음에 있다."

그래서 어떤 이는 천룡사 조원지를 지천회유식이라기보다 지천좌시식(池泉座視式)이라고 부르기도 했다. 천룡사 연못의 이름을 조원지라고 한 것은 연못 속에서 '조원일적(曹源一滴)'이라고 새겨진 비석이 발견되었기 때문이라고 한다. 풀이하자면 '여러 물줄기가 모여 하나로 떨어진다'는 뜻이다.

그런데 천룡사 방장 정원이야말로 이제까지 내려온 일본 정원이 여기에서 하나의 정형을 이루어 이후 무로마치시대 모든 정원의 지침으로 흘러갔으니 문자 그대로 일본 정원사의 조원지가 된 셈이다.

| **다보전 앞의 수양벚나무** | 다보전은 고다이고 천황을 모신 곳으로 건물 앞에는 명품으로 이름 높은 수양벚나무가 있어 봄이면 말할 수 없이 아련한 자태를 뽐낸다.

다보전 앞의 수양벚나무

방장 건물 앞 긴 의자에 앉아 참선하는 수행승 기분을 내며 조원지를 한껏 감상하다가 밀려오는 관람객에게 자리를 양보하기 위해 일어서면 발길은 자연히 연못가를 따라가게 된다. 가면서도 시점의 이동에 따라 달라지는 풍광을 곁눈으로 놓치지 않고 보게 된다. 그러다 소방장 건물 모서리에 서면 다시 입구 쪽에서 본 것과는 완연히 다른 풍광에 매료되어 잠시 머물게 된다.

아쉬움을 뒤로하고 조원지를 돌아서면 이제부턴 산자락으로 비스듬히 올라가는 오솔길로 들어서게 된다. 산책길 왼쪽으로는 잘 자란 치자나무, 동백나무, 벚나무, 철쭉이 빼곡히 들어서 있고 길가에는 수국과 창포가 점점이 무리지어 배치되어 있다.

| **한글로도 쓰인 나무 이름표** | 천룡사 정원의 나무에는 이름표가 붙어 있는데 친절하게도 한글로도 쓰여 있어 그것을 확인하며 걷는 재미가 쏠쏠하다.

　사람들은 평소엔 관심이 없다가도 여행에만 나서면 꽃나무에 매혹되어 이 나무 저 나무 이름이 무어냐고 묻곤 한다. 다행히도 천룡사 정원의 나무에는 이름표가 붙어 있는데 친절하게도 한글로도 쓰여 있어 그것을 확인하며 걷는 재미가 쏠쏠하다.

　산책길 오른쪽을 보면 조원지로 흘러들어가는 작은 물줄기가 종알거리는 정겨운 냇물 소리가 들리고 그 너머로는 긴 회랑이 줄곧 오솔길을 따라온다. 이 회랑은 소방장 건물에서 지금 우리가 가는 다보전(多寶殿)까지 이어져 있다.

　만약 우리가 매표소에서 건물로 들어갔다면 방장, 소방장을 두루 둘러보고 이 회랑을 따라 다보전으로 갔을 것이다. 천룡사 회랑은 대각사의 그것과는 달리 길의 생김새대로 꺾였기 때문에 걷는 맛이 아주 좋다. 중간엔 잠시 걸터앉을 만한 공간도 있는데 여기서 창살 너머로 수풀을

| 회랑 | 천룡사 회랑은 대각사와 달리 길의 생김새대로 꺾였기 때문에 보기에도 좋고 걷는 맛도 아주 좋다. 회랑 중간엔 꽃무늬 창살이 나 있는 쉼터가 있다.

바라보는 정경도 아주 아름답다.

다보전은 이 천룡사의 주인 격인 고다이고 천황의 영혼을 모신 곳으로 그의 초상조각이 안치되어 있다. 건물 안은 들여다보아봤자 어둑할 뿐이지만 이 초상을 모시기 위해 천룡사가 건립되었으니 한번 각별히 눈길이 가지 않을 수 없다. 다보전 건물은 비록 20세기에 복원된 것이지만 가마쿠라시대의 고풍이 역력하여 조금도 생경한 데가 없고 오히려 그 복원 솜씨에 감탄하게 된다.

다보전 앞에는 검고 흰 잔자갈이 넓게 깔려 있고 양옆에는 울타리로 둘러진 수양매화가 수호신인 양 시립해 있다. 그러나 다보전의 명품으로 이름 높은 것은 저 앞에 있는 시다레자쿠라(枝垂れ櫻)라고 불리는 수양 벚나무다. 대나무 받침대 위로 늘어진 가지가 치마폭처럼 흐드러지게 펼쳐져 봄이면 말할 수 없이 아련한 자태를 뽐낸다.

| **눈 내리는 천룡사** | 봄 여름 가을의 천룡사는 사람들로 가득하여 도무지 선종 사찰 같지 않으나 겨울만은 다르다. 화려하면서도 쓸쓸한 표정이었다. 지난겨울 갔을 때 눈이 내리는 모습을 찍은 것이다.

천룡사의 사계절

다보전 앞에서는 길이 두 갈래로 갈라진다. 하나는 산자락을 타고 올라 산책을 즐길 수 있는 길이고 하나는 천룡사 북문으로 나가는 길이다. 북문 못 미쳐 넓은 휴게 정자가 울창한 대밭을 마주하고 있어 나는 걷기 힘든 분은 거기서 기다리라고 하고 나머지 일행을 이끌고 몽창 국사의 작정 의도가 무엇이었든 관계없이 지천회유의 상큼한 감정으로 산책길을 한 바퀴 돌아 내려온다.

언덕 위에서 방장 건물과 조원지를 내려다보는 것은 천룡사 답사의 또 다른 기쁨이다. 조금만 올라가도 저 멀리로 교토 시내의 낮은 지붕들이 아득하게 멀어져간다.

교토의 명소들이 모두 내세우는 바이지만 특히 천룡사는 사계절이 모두 다른 모습으로 아름다움을 뽐내고 있어 절 입구엔 천룡사의 사계절 사진이 걸려 있다. 천룡사의 봄가을은 교토에서도 아름답기로 유명하다. 봄이면 요시노에서 옮겨다 심었다는 아라시야마 벚꽃의 연분홍 빛깔이 파스텔 톤으로 온 산을 점점이 물들인다. 멀리서 보아도 커다란 솜사탕처럼 보슬보슬한 질감이 느껴진다. 이때 정원 언덕에 핀 수양벚나무의 삼단 같은 머리채를 아래가 아니라 위에서 내려다보는 흥취가 남다르다.

가을이면 유난히도 잎이 작은 애기손 단풍들이 홍채를 토해낸다. 한여름은 빛깔 없는 계절 같지만 배롱나무가 빨간 꽃을 피우고 방생지에선 분홍빛 연꽃이 화사한 얼굴로 맞아준다. 접때 초여름에 갔을 때는 천룡사 입구에 수국의 개화 시기를 알려주는 안내문이 걸려 있었다.

그러나 봄 여름 가을에 천룡사에 가면 절 안팎이 사람들로 가득하여 도무지 선종 사찰에 들어선 기분이 들지 않는다. 오직 겨울만이 다르다. 지난겨울 모처럼 집사람과 둘이서 천룡사에 갔을 때는 눈발이 날리는 궂은 날씨였다. 방생지 앞 주차장 한편에 무리지어 심어놓은 동백나무에서는 탐스러운 꽃송이가 홍채를 발하고 있고 풀밭에 떨어진 꽃송이들이 붉은 카펫을 이루고 있었다. 화려하면서도 쓸쓸한 표정이었다.

늦은 시각에 간 탓인지 천룡사 조원지 연못 앞에는 거짓말처럼 관광객이라곤 우리밖에 없었다. 그렇게 조용한 천룡사를 처음 만났다. 흩날리는 눈발은 이내 조원지 앞산을 하얗게 덮어갔다. 연못 속 바위도 나무도 정원석도 모두 검은빛으로 자태를 드러내고 있을 뿐이었다. 그것은 선미(禪味) 넘치는 한 폭의 수묵산수화였다.

사위가 조용했다. 어쩌다 방장 지붕에서 눈이 녹아내리는 낙숫물 소리만 간간이 들려올 뿐이었다. 말수가 적기로 유명한 집사람이 딱 한마디를 내던졌다.

"이것인가보죠. 몽창 국사가 참선의 이미지를 조원지에 심은 뜻은."

사가노의 대밭길을 걸으며

천룡사 북문으로 나가면 절 뒤편은 엄청난 대밭이다. 여기가 일본 죽도(竹刀)의 90퍼센트를 만들어낸다는 '사가노의 죽림(竹林)'이다. 북문을 나서자마자 산자락 위쪽을 바라보면 한 아름 되는 굵기의 맹종죽(孟宗竹)이 하늘 높이 치솟아올라가 윗머리에서 마주 만나 하늘을 가리는 장관이 펼쳐진다. 일본 영화에 무수히 나오는 명소라고 한다.

빼곡히 자라 서로를 의지하며 바람결에 휘날리는 대밭 한가운데로 하산길이 나 있다. 그 대밭 사이로 난 길을 걸어 내려오는데 집사람이 뜻밖에도 묻지도 않았는데 한마디를 던져준다.

"천룡사 답사는 그 피날레가 죽림이라는 것이 큰 매력이네요. 다시 온 길을 따라 주차장으로 되돌아가는 것과는 여운이 다르잖아요."

매번 이 길로 나왔으면서도 나는 거기까지 생각하지는 못했다. 사실 따지고 보면 우리나라 고창 선운사와 강진 백련사의 동백숲, 담양 소쇄원의 대밭, 송광사·선암사의 조계산 겨울산 등도 천룡사의 대밭 같은 역할을 하기 때문에 명찰·명원이 되었던 것이다. 매사가 그렇듯이 앞은 밝아야 하고 뒤는 깊어야 한다.

침묵의 배경일망정 거기에 멋진 스토리텔링이 있으면 그 감동이 가슴에 더 진하게 다가온다. 천룡사 대숲엔 그런 감동적인 얘기가 숨어 있다.

1960년 로마올림픽 때 에티오피아의 마라톤 선수 아베베(Bikila Abebe)가 맨발로 뛰어 금메달을 땄다는 이야기는 너무도 유명하다. 이

| **천룡사 대밭길** | 천룡사 북문으로 나가면 엄청난 대밭을 만나는데 여기가 일본 죽도의 90퍼센트를 만들어낸다는 유명한 '사가노의 죽림'이다.

와 비슷한 일이 1936년 우리 손기정 선수가 마라톤에서 금메달을 땄던 베를린올림픽에서 있었다.

당시 일본은 오에 스에오(大江季雄) 선수가 장대높이뛰기에서 동메달을 땄는데 그때 그가 사용한 장대가 바로 이곳 사가노의 죽림에서 베어 간 맹종죽이었다고 한다. 정말로 불굴의 의지를 말해주는 인간만세의 이야기이다.

나는 사가노의 죽림을 나오면서 오에 스에오 선수가 맹종죽 하나를 꺾어들고 베를린으로 가서 장대높이뛰기에서 동메달을 딴 그 불굴의 투지는, 사가노의 죽림이 갖고 있는 가치를 더더욱 빛나게 하는 일본의 귀중한 무형의 문화유산이라고 생각한다.

선(禪)의 이름으로 이루어진 정원

일본미의 상징, 용안사 석정

용안사(龍安寺, 료안지) 방장 건물의 남쪽 정원인 석정은 거의 전설처럼 되었다. 용안사 석정은 참으로 고요하고, 정갈하고, 아름답고, 평범성의 가치를 드높여주고, 깊은 명상으로 유도하는 절묘한 정원이다.

선종 사찰에서 방장은 주지스님이 기거하는 곳이자 손님을 맞이하고 참선을 수행하는 공간이다. 대부분 마른 산수 정원으로 참선 수행에 적합한 분위기가 있다. 그래서 요란하지 않고 차분한 분위기를 연출한다. 그 점에선 이 석정도 다를 것이 없다.

대개는 물을 사용하지 않고 백사(白砂)와 돌로 꾸민 마른 산수 정원으로 여기에 진귀한 돌과 잘생긴 나무, 희귀한 꽃을 장식해 각기 다른 자태로 그윽한 서정을 불러일으킨다. 그러나 용안사 석정에는 그런 표정이 없다. 이 점이 다른 것이다.

동서 25미터, 남북 10미터의 80평 정도 되는 공간을 낮은 흙담으로 둘러싸고 거기에 자잘한 백사를 가득 깔아놓은 다음 크도 작도 않고 잘생길 것도 없는 15개의 돌을 여기저기 배치했을 뿐이다. 나무 한 그루, 풀 한 포기 없고 물도 흐르지 않는다.

표정이 있다면 둘씩 셋씩 무리지어 있는 돌 밑에서 자란 파란 이끼와 백사 마당을 갈퀴질해서 그은 긴 직선과 둥근 선밖에 없다. 백사는 그렇게 비어 있음을 말해주고 돌은 그렇게 놓여 있음만을 보여줄 뿐이다. 표정도 없고 서정도 없으니 이 석정에 감도는 것은 고요뿐이다. 그렇다고 해서 이 정밀(靜謐)의 공간이 강한 긴장감을 일으켜 우리를 압박하는 것은 아니다. 오히려 아늑함이 있다.

이는 저 낮고 허름해 보이는 담장 덕분이다. 석정의 담장은 우선 높이에서 부담을 주지 않는다. 그리고 무엇보다도 이 낡은 흙담이 세월의 때를 느끼게 해주기 때문에 갈퀴질한 백사가 일으키는 긴장을 이완시켜주고 인공적인 것의 차가움에 온기를 불어넣어준다.

용안사 석정의 흙담은 유채를 섞어 반죽한 것이라 시간이 흐르면서 자연스럽게 기름이 배어나와 이처럼 세월의 연륜을 느끼게 해준다. 지붕도 널빤지를 너와로 올린 것이라 더욱 멋있고 편안하다(이 지붕은 한동안 암키와 지붕이었지만 1970년대 들어 너와로 바꾸었다고 한다).

그러면 500여년 전 이 정원을 무슨 의도로 이렇게 조영한 것인가. 용안사 석정은 관조의 정원에서 더 나아가 선(禪) 자체를 정원으로 표현한 것으로 보인다. 공(空), 비어 있다는 것. 불변(不變), 변하지 않는다는 것. 지(止), 머물러 있다는 것. 관(觀), 바라본다는 것. 그리고 명상(冥想), 고요히 마음을 성찰하는 것. 그런 선의 의의를 돌과 백사로 나타낸 것이다.

정원이 '선'의 이름으로 나타난 것인데 현대적 조형 개념으로 말하자

| 용안사 석정 | 일본의 이미지를 이보다 더 단적으로 보여주는 것은 없다고 할 정도로 강렬한 인상을 준다. 오늘날 용안사의 석정은 거의 전설이 되었다.

면 추상미술이기도 하고 설치미술이기도 하다.

서양 전위예술가가 본 용안사 석정

선불교의 문화에 어느 정도 익숙한 우리는 선의 이미지와 닮은 참으로 단순하면서도 고요한 정원이라 생각하며 감동으로 이 석정을 대한다. 그러나 선의 개념이 낯선 서양인들에게 용안사 석정은 놀라움이고 기적의 공간이다. 특히 예리한 감성을 지닌 예술가들에게 이 공간의 감동은 아주 크고 긴 충격의 파장을 준다.

대표적인 예가 존 케이지(John Cage, 1912~92)이다. 백남준(白南準)이 스승처럼 모셨던 작곡가이자 실험미술가였던 존 케이지는 작곡 발표회에서 4분 33초 동안 아무것도 연주하지 않은 「4′33″」로 너무도 유명하다. 그가 이 곡을 작곡한 것, 아니 이런 퍼포먼스를 한 것은 전적으로 그가 1950년대부터 선(禪, Zen)에 심취하면서 얻은 공(空, voidness) 개념을 음악적으로 실현한 것이었다.

존 케이지는 1962년 용안사를 방문한 뒤 이 석정에서 본 공간의 비어 있음(emptiness)과 침묵(silence)의 가치에 영감을 받아 용안사 석정과 같은 숫자의 돌 15개를 놓고 그 둘레를 따라 드로잉을 한 작품들을 선보였다. 그리고 이 작업에 '용안사는 어디에?'(Where R=Ryoanji)라는 타이틀을 붙였다.

존 케이지는 이런 작업을 통해 마침내 "예술은 자기를 표현하는 매개물이 아니라 자기 자체의 변신이다"(not as a vehicle for self expression, but self alteration)라고 선언한다.

서구에서 경험하지 못했던 감성과 정신세계에 대한 이런 실험적인 표현은 다른 현대미술가들에게도 많은 공감을 일으켰다. 백남준의 비디오아트에서 자주 드러나는 선의 이미지는 사실 존 케이지의 작업들에 영향을 받은 결과물이었다. 2004년 그의 추종자들이 존 케이지에게 헌정한 공동작업의 제목은 '돌의 역할: 용안사를 따라서'(Rock's Roll: After Ryoanji)였다.

서양 현대건축에서의 용안사

동양적 신비와 정신적 가치에 눈을 뜬 미국사회에서는 시각예술에서도 선을 조형적으로 구현한 작업들이 등장했다. 대표적인 것이 아무것도 그려지지 않은 빈 캔버스를 전시한 로버트 라우션버그(Robert Rauschenberg, 1925~2008)의 「하얀 그림」(white painting)이다. 그는 이 작품에 대해서 "비어 있는 캔버스는 가득 찬 것이다"(an empty canvas is

| 석정의 흙담 | 낮고 허름해 보이는 석정의 담장은 높이가 부담스럽지 않고 흙벽이 세월의 때를 느끼게 해주기 때문에 갈퀴질한 백사 정원이 일으키는 긴장을 이완시켜주고 인공적인 것의 차가움에 온기를 불어넣어준다.

full)라고 말했다. 이것은 존 케이지의 침묵의 음악 「4′ 33″」와도 이어지는 것이었다.

선미술을 상징하는 전설이 된 용안사의 석정은 환경미술 작품으로도 재현되었다. 일본계 미국인 작가인 이사무 노구치(Isamu Noguchi, 1904~88)는 뉴욕 체이스 맨해튼 은행 광장을 비롯한 여러 공공 프로젝트에 용안사 석정을 응용한 작품을 보여주었다.

용안사 석정을 통해 체득한 선불교의 정신을 돌조각 작품에 담아 그런 이미지의 탁자도 디자인했다. 이런 식으로 서양의 현대 조형이 동양의 정신과 미학을 만나는 창구가 용안사의 석정이었다.

오늘날 세계에서 가장 권위있고 유명하고 연륜있는 미술 전람회인 베네치아 비엔날레는 홀수 해에는 미술전, 짝수 해에는 건축전이 열린다. 전시마다 주제를 새로 정해 세계 각국에서 작가를 초청한다. 2000년 베네치아 비엔날레 건축전의 주제는 21세기를 맞이하여 새로운 건축적 가치를 찾자는 취지로 다음과 같이 내걸었다.

덜 미학적인 것이고 더 윤리적인 것을(Less Aesthetics, More Ethics)

이 전시회의 초대작가들은 각기 이 주제에 맞는 자신의 작품을 출품했는데 오스트리아의 한스 홀라인(Hans Hollein, 1934~2014)이라는 건축가는 자신의 작품 대신 이 용안사 석정을 그대로 축소한 모형을 출품했다. 그는 프랑크푸르트 현대미술관 같은 세련된 포스트모던 계열의 건축을 설계한 이로 세계 최고의 거장 반열에 오른 건축가이다.

그는 서구에서는 윤리의 건축을 찾을 수 없다는 반성을 이런 식으로 데몬스트레이션했던 것 같다. 그의 작품은 서구 건축계에 신선한 충격을 주어 세계적인 건축 잡지 『도무스』(Domus)의 특집 표지로 실리기도 했다. 용안사 석정의 파장은 이렇게 크고 길다.

스즈키 다이세쓰와 선불교

선불교가 현대 서양사회에 크게 퍼져나간 데에는 일본의 불교학자이며 헤겔 철학 연구가였던 스즈키 다이세쓰(鈴木大拙, 1870~1966)의 역할이 결정적이었다. 불교는 19세기 서구 열강의 동양 침략과 함께 서구사회에 소개되기 시작했지만 제1차 세계대전 이후 서구적 정신에 대한 회의가 일면서 본격적으로 알려졌고, 제2차 세계대전 후에는 그 흐름에 더욱 박차가 가해졌다.

서양의 정신에 부족한 그 무엇을 찾는 이들에게 선불교의 정신과 가치는 충격적이기도 했고 구원의 사상이기도 했다. 이때 그들에게 선불교를 전도하고 나선 이가 스즈키 다이세쓰였다.

그는 『대승기신론(大乘起信論)』을 영어로 번역하고(1900) 『대승불교 개론』(1907)을 펴냈을 뿐 아니라 『선불교 입문』(*An Introduction to Zen Buddhism*, 1934) 등의 저술을 통하여 서구 지식인들의 사유체계에 없는 선의 가치를 설득력 있게 펼쳐나갔다. 그는 선을 서구인들이 알아들을 수 있는 논리로 설명했을 뿐만 아니라 수행자로서 자신의 체험을 곁들여 큰 공감과 반향을 일으켰다.

1945년 이후 다이세쓰는 여러 차례 미국과 유럽에 오래 머물면서 서구 지성들과 만났다. 철학자 마르틴 하이데거(Martin Heidegger)와 카를 야스퍼스(Karl Jaspers), 카를 융(Carl Jung)과도 교류했다. 에리히 프롬(Erich Fromm)은 다이세쓰와 공저로 『선불교와 정신분석학』(*Zen Buddhism and Psychoanalysis*, 1960)을 펴내기도 했다.

1950년대에 선불교에 관한 그의 저서가 미국에서 출판되면서 존 케이지 같은 예술가에게 깊은 감명을 주었고, 그의 설득력 있는 명강의는 미국, 특히 동부 지역에 널리 퍼져나갔다. 그리하여 선(禪)이 일본식 발음을 따 '젠(Zen)'으로 번역되기에 이른 것이다. 그리고 용안사 석정은 아예 '선의 정원'(Zen Garden)으로 통하고 있다.

우리가 일본에게 배울 만한 것

내가 지금 용안사 답사기를 쓰면서 미술평론가 시절에 접했던 이런 사실을 독자들에게 전하고자 하는 이유는 여기서 우리 문화를 세계화하는 데 많은 교훈을 얻을 수 있기 때문이다. 본래 선이라는 것이 인도에 뿌리를 두고 중국에서 태동한 것인데 어떻게 일본이 이를 가로채서 일본문화의 상징처럼 세계로 퍼뜨렸는가에 대한 성찰이다.

첫째로 일본은 외래사상을 받아들여 재빨리 자기화해서 자기 문화를 만들어갔다. 그것은 그네들의 오랜 문화 창조 방식이었다.

둘째로 일본인은 자신들이 만들어내는 문화를 논리화하는 데 귀재였다. 그렇게 개념화·논리화·정형화함으로써 자국 내에서는 하나의 양식으로 널리 퍼져나갔고, 서양인들은 명료하게 일본문화를 이해할 수 있었다. 개념으로 정리되어 쉽게 접근할 수 있었던 것이다.

우리나라의 경우 '선비문화와 선비정신' 같은 것은 뛰어난 한국 전통문화의 내용이다. 그런데 이를 체계화·개념화하는 노력과 성과가 없었다는 것은 아쉽고도 억울한 일이다.

셋째는 서구와의 만남 과정에서 스즈키 다이세쓰 같은 학자가 배출되었다는 점이다. 『무사도(武士道)』(1900)라는 책을 통해 일본의 사무라이 정신을 소개한 니토베 이나조(新渡戸稲造), 『차(茶)의 책』(1906)을 통해 일본의 미학을 서구사회에 널리 알린 오카쿠라 덴신(岡倉天心)이 100년 전에 있었고, 50년 전에는 스즈키 다이세쓰 같은 학자가 있었다.

혹자는 중국에서 비롯된 선불교를 일본이 서구에서 선점한 것에 대해 그들을 약삭빠르다고 생각할지 모른다. 그러나 그리스철학과 중세철학을 이어받아 독일이 칸트·헤겔로 근대철학을 발전시킨 것을 우리가 조금도 이상하게 생각지 않듯이 서구인들도 선을 일본문화의 특성으로 자연스럽게 받아들인 것이다. 일본인들이 이뤄낸 성과이다.

마지막으로 용안사 석정이라는 조형물이 있기 때문에 선 사상이 서구에 설득력 있게 큰 파장을 일으켰다는 사실이다. 용안사의 석정이 '젠 가든'이라는 이름으로 감동과 충격을 준 것은 선에 관한 백권의 저서보다 파급력이 크다고 할 수 있다. 이것이 조형의 힘이다.

건축과 미술의 정신적·사회적 가치는 이렇게 큰 것이다. 그런데 우리는 아직도 조형의 가치를 크게 인식하지 못하고 부차적이거나 주변적인

| **툇마루에서 석정을 보는 관람객들** | 방장의 긴 툇마루는 조용한 표정의 석정을 바라보는 관광객들로 항시 만원이다. 침묵으로 바라보는 관객들의 모습이 석정보다 감동적일 때도 있다.

것으로 보고 있는 것이 사실이다. 그런 사회적 분위기와 통념이 불식되지 않는 한 우리가 바라는 문화 융성의 미래는 보이지 않는다.

석정에 놓인 15개 돌의 해석

용안사 방장으로 가서 신을 벗고 마침내 석정 앞으로 나아가면 긴 툇마루는 이 침묵의 석정을 바라보는 관광객들로 항시 만원을 이룬다. 거기엔 거의 반드시 서구인들이 섞여 있다. 어떤 때는 침묵으로 바라보는 관객들의 모습이 석정보다 감동적이기도 하다.

방장 모서리에 서서 자리 나기를 기다리며 바라보다가 빈자리가 나면 조용히 그리로 가서 앉아 이 말없는 석정을 남들과 똑같이 감상해본다. 몇번을 가보았지만 참으로 명작이라 하지 않을 수 없다.

그런데 우리의 감상을 방해하는 것이 있다. 그것은 석정에 놓인 돌 15개에 대한 해설이다. 석정의 돌은 있는 그대로 감상하면 그만인데 현대 일본인들은 거기에 무슨 비밀이라도 있는 양 탐색해서 이런저런 얘기를 늘어놓곤 한다.

그 대표적인 얘기가 15개의 돌이 어느 방향에서 보아도 하나는 숨도록 놓여 있어 앉은 자리서 보면 14개만 보인다는 것이다. 혹자는 이를 두고 오직 깨달음을 통해서만이 15개의 돌을 한번에 볼 수 있음을 의미한다고까지 주장한다. 그런가 하면 어떤 이는 방장 마루 정면 딱 한 곳에서만은 15개가 보인다고 주장한다.

그러나 이는 참으로 유치하기 그지없는 속물적인 얘기일 뿐이다. 이 정도 넓이의 정원에 돌을 펼쳐놓으면 하나쯤은 안 보일 수 있기 마련인데, 누가 큰 발견이나 한 것처럼 얘기했을 뿐이다. 그렇다면 이 석정이 '선의 정원'이 아니라 숨은 돌 찾기 게임 마당이었단 말인가.

'호랑이 새끼 물 건너기' 유감

이보다 더 유치한 설도 있다. 15개의 돌이 다섯 그룹으로 되어 있는데 이것이 5개, 2개, 3개, 2개, 3개로 배열된 것에 대한 해설이다. 하나는 '호랑이 새끼 물 건너기(虎の子渡し)'에 맞춘 것이라는 설이다.

일본의 후스마에는 호랑이 그림이 제법 나온다. 일본에는 없는 호랑이를 그림으로 즐겨 그리게 된 것은 호랑이의 용맹이 무사들의 기질과 잘 맞았기 때문으로, 호랑이가 새끼에게 젖을 먹이는 「유호도(乳虎圖)」와 함께 「호랑이 새끼 물 건너기」가 유행했는데 이는 대개 에도시대의 일이라고 한다(최경국 「중국 유호도의 한일 양국의 수용 양상」, 『일어일문학연구』 제74권, 한국일어일문학회 2010).

그러나 용안사 석정을 여기에서 찾는 것은 난센스다. 이야기인즉슨 어미 호랑이가 새끼 호랑이 세마리를 데리고 강을 건너려고 하는데 새끼 중 한마리가 영맹(獰猛)스럽게 사나워서 새끼들끼리만 있으면 이놈이 다른 새끼를 잡아먹으려고 했단다. 그래서 어미 호랑이는 고심 끝에 먼저 영맹스러운 놈을 건네놓고 돌아와서, 다른 한마리를 데리고 건넌 다음 다시 영맹스러운 놈을 데려오고, 남은 한마리를 데려다놓고 돌아와서, 마지막으로 영맹스러운 놈을 데리고 건넜는데, 그렇게 오간 숫자로 정원의 돌을 배열했다는 것이다.

참으로 어처구니없다. 참선하는 명상의 공간에서 왜 갑자기 동생 잡아먹는 호랑이 새끼 얘기가 나오는가. 이 얘기는 나 어렸을 때 호랑이가 아니라 '식인종과 강 건너기'라는 버전으로 유행한 적이 있다.

15개는 그냥 돌일 뿐

그런가 하면 이를 수리적으로 분석하여 돌 더미를 둘씩 더하면 7, 5, 3이 되니 이는 황금분할의 배열이라고 주장하기도 하고, 두 무더기씩 더해가면 7, 5, 5, 5가 되어 홀수의 안정감을 유지하고 있다고도 한다. 그렇다면 홀로 있을 때는 뭐란 말인가.

이는 마치 아무런 형상을 그리지 않은 추상미술 작품을 보면서 그냥 거기서 일어나는 감상을 즐기지 못하고 이런 도상, 저런 도상이 있다고 찾아보는 바람에 본래 추상 작품이 가진 고유 이미지를 망치는 꼴과 똑같다. 관람자들은 이런 얘기를 들으면 이리저리 돌을 헤아려보느라 본래 이 석정이 갖고 있던 뜻, 변함없이 거기 그렇게 있음을 말해주는 고요의 이미지를 잃고 만다.

명작에는 이런 현상이 곧잘 생기기 마련이다. 지금은 중단되었지만 금강산 관광길이 열렸을 때 안내원이 깊은 뜻도 없고 심지어는 말 같지도 않은 전설로 개구리바위를 설명하는 것을 들으면서 하도 한심해 『답사기』 5권 북한편에 '풍광은 수려한데 전설은 어지럽네'라는 제목으로 글을 쓴 적이 있다.

이렇게 아무 의미 없는 얘기인 줄 알면서 내가 석정의 미스터리를 소개하는 것은 만약 내가 이를 언급하지 않으면 독자들이 내가 몰라서 안 쓴 줄 알거나, 용안사에 다녀와서는 내 답사기가 부실하다고 책망할 수도 있을 것 같아 이를 옮겨놓기는 하되, 절대로 이런 속설에 현혹되지 말라는 내 뜻을 전하고자 하는 것이다.

방장 마루에 앉아서 석정을 바라보며 선적 명상을 흉내라도 내보려는데 관광안내원이 뒤에서 일어로, 영어로, 한국어로 손님들에게 무슨 재미있는 설화나 되는 양 소리 높여 이런 얘기를 하는 것이 들릴 때면 나는 벌컥 소리 지르고 싶은 것을 억지로 참는다. 이럴 때는 경상도 말로 하는 것이 제격인데 말이다.

"씨끄럽다. 쫌 조용히 해라. 가만히 돌 좀 보자."

용안사 석정은 누가 만들었나

정작 용안사의 미스터리는 돌에 있지 않고 딴 데 있다. 양의 동서, 시대의 고금을 넘어서 사람의 심금을 울리는 '선의 정원'이건만 언제 만들었고 누가 만들었는지가 명확지 않다는 사실이다. 전란으로 불탄 절을 15세기 말에 복원하면서 조성했을 것이라고 추정할 뿐이다.

이 석정을 만든 사람은 당시 유명한 화가였던 소아미(相阿彌)라는 설도 있고 용안사 주지였던 뛰어난 선승인 도쿠호 젠케쓰(特芳禪傑)를 중심으로 한 여러 선승들이라는 설도 있지만 어느 것도 확실한 근거가 있는 주장은 아니다.

그러나 내 생각은 다르다. 일본에는 일찍부터 전문화된 기술 집단이 형성되어 헤이안시대 말기에 불상 제작을 담당하는 불소(佛所) 공방이 있었듯이 정원을 조영하는 작정에도 전문 기술 집단이 있었다. 그렇지 않고는 그 많은 정원을 누가 만들었겠는가.

그중에는 석립승(石立僧, 이시다테소)이라는 승려 출신의 조원 기술자들이 따로 있었다니 그들이 조영했다면 자연스럽게 이해된다. 그러나 용안사 석정은 선에 대한 이해가 깊지 않으면 불가능했을 거라는 생각과, 천하의 명작인 이 정원을 작가미상이라고 하기 뭣하다는 생각에 뛰어난 예술가나 선승을 떠올리는 것 같다.

그러나 석립승이라고 돌만 알고 선을 모른다고 생각한다면 그것은 장인에 대한 모독이다. 나는 그저 석립승이라고 이해하고 무로마치시대는 그 정도로 작정 능력이 뛰어났다고 생각한다.

용안사의 창건 과정

용안사에는 아이러니도 하나 있다. 그것은 창건한 사람과 이를 불태운 사람이 한사람이라는 사실이다. 용안사 자리는 헤이안시대엔 왕가의 차지여서 뒷산인 기누가사산(衣笠山) 기슭에는 역대 천황들의 묘가 있다. 그러다 헤이안시대 말기 후지와라(藤原) 집안의 한 귀족이 여기에 산장과 함께 절을 짓고 덕대사(德大寺)라 했다. 이후 이 집안은 가계에서 분리되어 '덕대사가(家)'라고 불렸는데 가세가 열악해지면서 이 절은 폐허가 되었다.

그러던 것을 무로마치시대에 들어 관령(管領)을 지낸 호소카와 가쓰모토(細川勝元)가 1450년에 이 터를 양도받아 지은 절이 용안사이다. 관령이라는 지위는 무로마치 막부에서 쇼군의 다음가는 자리로 쇼군을 보좌하며 막부의 정치를 통솔하는, 요즘 우리로 치면 청와대 비서실장 같은 직책이다. 이 관령직은 쇼군처럼 세습되었는데 세 명문가가 돌아가면서 맡았다. 막강한 슈고 다이묘였던 호소카와(細川), 시바(斯波), 하타케야마(畠山) 이 세 집안을 '3관령'으로 불렀다.

용안사가 창건되고 17년이 지난 1467년, 교토를 불바다로 만든 오닌의 난이 일어났다. 이 난은 차기 쇼군을 두고 슈고 다이묘들이 다투다가 급기야 동군, 서군으로 패를 갈라 싸운 내란인데 그 동군의 총대장이 바로 호소카와 가쓰모토였고 그가 일으킨 전란 통에 용안사는 불타버리고 말았다.

오닌의 난은 동군과 서군의 대장들이 연이어 죽으면서 흐지부지 끝나고 말았다. 가쓰모토가 죽자 그의 아들인 마사모토(政元)가 용안사 재건에 나서 1488년에 방장 건물이 낙성되었다. 그래서 방장 정원인 석정이 이때 조영된 것으로 추정되고 당시 주지인 도쿠호 젠케쓰 선사가 이 정원을 만들었다는 주장이 나온다.

그러다 1797년 다시 화재를 입어 소실된 것을 복원하면서 서원원(西源院)의 방장 건물을 옮겨다놓은 것이 지금의 용안사 방장이다.

용안사의 사격(寺格)은 그리 높지 않다. 천룡사·남선사·상국사 같은 임제종의 대본산이 아니라 바로 아래쪽에 있는 묘심사(妙心寺)의 산외 탑두로 시작하여 나중에 독립한 묘심사파의 말사이다. 그래서 위압적인 거대한 삼문, 법당, 불전 같은 것이 없고 덕대사가 때부터 내려오는 큰 호수와 방장 건물이 핵심공간을 이룬다.

| **방장 현판** | 방장 건물 정면에 걸려 있는 현판 글씨는 석정과 너무도 잘 어울려 조용하면서도 이지적이고 은근한 멋을 풍긴다. 참으로 아름다운 서예 작품이다.

방장 문짝의 금강산 그림

방장이란 주지(우리나라는 조실)스님이 기거하는 공간을 일컫는 것으로 본래 유마(維摩) 거사가 기거하던 방이 사방 1장(丈), 즉 약 3×3미터의 검소한 공간이었다는 데서 유래한다.

특히 나는 방장 건물 정면에 걸려 있는 '방장(方丈)'이라는 글씨가 석정과 너무도 잘 어울리는 조용하면서도 이지적이고 은근한 멋의 명필이라고 생각하여 석정에서 일어설 때면 다시 한번 현판을 올려다보곤 한다.

선종에서는 참선을 리드하는 고승의 위상이 높아져 예불을 올리는 불전 못지않게 주지스님이 기거하는 방장이 절집에서 중요한 건물이 될 수밖에 없었다. 그래서 무로마치시대에 건립된 일본의 선종 사찰에는 거대한 규모의 방장이 있고, 규격화의 달인인 일본인들답게 일정한 틀을 갖추었다. 그것이 교토의 명찰마다 있는 방장인데 그 내부는 대개 미닫이문을 이용해 다음과 같이 6개 공간으로 분할되었다.

| **방장의 「운룡도」** | 후스마에는 규격화되어 있고 장식적 목적이 강해 화가의 개성이 드러나지 않는 것이 보통인데 이 「운룡도」는 박력있는 필치로 현대적인 느낌을 준다.

　　　가운데 앞칸: 메인 홀 격인 중심 공간(室中の間)

　　　가운데 뒤칸: 속공간(裏の間)으로 대개 부처를 모신 불간(佛間)

　　　오른쪽 앞칸: 신도의 공간(檀越の間)

　　　오른쪽 뒤칸: 스님들이 의발을 받드는 공간(衣鉢の間)

　　　왼쪽 앞칸: 손님을 맞이하는 공간(禮の間)

　　　왼쪽 뒤칸: 서원(書院)

　　각 공간을 분할하는 미닫이문은 후스마(襖), 또는 후스마 쇼지(襖障子)라고 하고 여기에는 격식과 취미에 맞게 그림이 그려졌다. 그 때문에 일본에서는 사찰이 많은 만큼 엄청난 양의 회화 생산이 뒤따랐고 이런 수요를 감당하기 위하여 가노파(狩野派)를 비롯하여 많은 공방이 있었다.
　　이런 후스마에(襖繪)는 규격화되어 있고 또 장식적 목적이 있기 때문

| **금강산을 그린 미닫이문** | 방장의 후스마에 중에는 금강산 그림이 있다. 사쓰키 가쿠오라는 화가가 1953년부터 5년에 걸쳐 완성한 그림으로, 그는 18차례나 금강산을 다녀온 금강산 마니아였단다.

에 화가의 개성이 드러나는 운필의 묘가 잘 살아나지 않는 것이 보통이다. 이것이 일본 그림의 큰 특징이자 약점이기도 한데 용안사 방장의 앞칸에 그려진 「운룡도(雲龍圖)」는 제법 박력있는 필치여서 눈길이 간다. 전통적인 일본의 후스마에와는 다른 현대성이 있다.

나는 직업병처럼 뒤칸의 후스마에도 보고 싶었다. 그러나 뒤칸은 언제나 닫혀 있었다. 그런데 몇해 전 갔을 때 보니 뒤칸 왼쪽 문이 모두 열려 있는데 장대한 산수화가 둘러져 있었다. 필치는 다소 거칠어도 참으로 통쾌한 구도였다. 갈색 단색 톤이 유지되어 가을 맛이 짙어 보이기도 했다.

그런데 구름 속에 머리를 드러낸 산세가 첩첩이 뻗어간 모습이 마치 금강산을 보는 것 같았다. 마침 오른쪽 위에 화제(畫題)가 적혀 있어 설마 하고 보니 놀랍게도 만물상대관, 비로봉, 내금강 전봉, 정양사라고 쓰여 있지 않은가. 진짜 금강산 그림이었다. 정말 반갑기 그지없었다.

자세히 알아보니 이 방장의 후스마에는 사쓰키 가쿠오(皐月鶴翁)라는 화가가 1953년부터 57년까지 5년에 걸쳐 완성한 것이라고 한다. 그의 화력에 대해서는 자세히 나오지 않는데 그는 일제강점기 1926년부터 42년까지 18차례나 금강산을 다녀온 금강산 마니아였단다.

일본이 자랑하는 천하의 명원(名園)에 한국이 자랑하는 천하의 명산 금강산이 그려져 있다는 것은 절묘한 인연이다. 참으로 잘 어울리는 한 쌍이 아닌가.

용안사의 사계절

용안사는 교토의 여느 절과 마찬가지로 사계절의 아름다움을 간직하고 있다. 방장 안쪽 기념품 판매대 위쪽에는 눈 내린 겨울날 석정이 해맑은 수묵화로 변모한 모습을 담은 큰 사진이 걸려 있다. 그러나 나는 그런 용안사는 보지 못했다.

여름날에도 석정은 흙담 너머 나무들이 진초록 일색으로 윤기를 발하고 있어 역시 단색 톤을 유지하면서 더욱 차분히 가라앉은 느낌을 준다. 반면에 이때 절 남쪽에 있는 경용지(鏡容池) 큰 연못에는 몇개의 타원형으로 무리지어 자라난 수련이 색색으로 꽃을 피워 평화로운 분위기를 보여준다.

가을이면 절문에서 방장 건물로 가는 돌계단 길에 붉은 단풍이 터널을 이루는 것이 용안사의 큰 자랑이다. 그리고 봄이면 그 진입로에는 대나무 받침대에 받쳐져 있는 수양벚나무가 수양버들처럼 늘어진 가지에서 연분홍 꽃잎을 날린다. 이때면 석정 흙담 왼쪽 위로 보이는 키 큰 수양벚나무도 만발하는데 그 모습은 정말로 아련하다.

| 용안사의 단풍 | 가을이면 용안사 곳곳이 붉은 단풍으로 터널을 이룬다.

　10년 전 미술계 인사들과 벚꽃 만발한 교토에 갔을 때 본 용안사 석정의 그 모습을 지금도 잊을 수 없다. 일행 중에는 미술 감상에 급수가 있다면 당연히 9단에 올랐을 '일암관'이라는 애호가가 있었다. 그는 미술사 공부를 많이 하기로도 정평이 나 있었다. 굳이 이름을 밝히고 싶지는 않은데 얼마 전 사단법인 국립중앙박물관회에서 일본에 있는 국보급 고려 나전칠기경합을 구입하여 박물관에 기증할 때 유물구입위원장으로 구입 경위를 설명한 분이라면 알 만한 분은 알 것이다.

　방장 툇마루 앞에 앉아 석정을 망연히 바라보는데 흙담 위로 수양벚나무가 가볍게 흩날리는 모습을 보면서 그는 흘러가는 말로 내게 감상을 말했다.

　"참 아름답네요. 시다레자쿠라(枝垂れ櫻)가 석정과 묘하게 잘 어울리

| **벚꽃 핀 용안사의 석정** | 용안사 관람에는 역시 봄이 제격인데 석정 흙담 위로 드리워진 수양벚꽃이 유난히도 아름답다. 돌담의 허름함과 벚꽃의 화려함이 극명한 대비를 이루면서 왠지 외롭고 쓸쓸한 기분이 일어난다.

네요. 똑같은 시다레자쿠라인데 허름한 흙담과 어우러지니까 그 화려함의 의미가 마루야마 공원이나 이조성이나 천룡사에서 본 화사한 아름다움과 다르게 다가옵니다. 뭐랄까, 꽃의 아름다움을 다한 것이 아니라 뭔가 다하지 못한 아쉬움과 감추어진 아름다움을 간직한 듯한 깊이감이 있어요.

그래서 더욱 쓸쓸하고 막막한 슬픔이 느껴지기도 하고…… 모르긴 몰라도 이런 느낌이 일본인들이 '와비사비(侘び·寂び)'라고 말하는 불완전의 미, 모자람의 아름다움이 아닐까 싶네요. 정말 아름답네요."

확실히 미술 감상에서 입신의 경지에 올랐다고 할 만하지 않은가. 내 주위에는 이런 9단이 많아 그들과 함께 다니면서 미술 감상의 실전 감각을 익혀온 것을 나는 평생의 홍복으로 생각하고 있다.

| **쓰쿠바이** | 일본의 절집 다실 앞에는 샘물을 받아놓는 물확이 있어 다실로 들어가기 전에 가볍게 손을 씻거나 입을 축이게 되어 있다. 물확이 낮은 위치에 있어 자연히 자세를 웅크려야 하므로 절로 경의를 표하는 뜻이 된다.

"나는 오직 족함을 알 뿐이다"

방장 건물 뒤편으로 돌아서면 아무렇게나 자란 듯한 나무들이 들어차 있는 뒤 정원이 나온다. 앞 정원과는 아주 대조적인데 이 또한 방장 정원의 룰이다. 앞쪽 남향의 정원이 인공적인 데 반해 뒤쪽 북향의 정원은 이처럼 천연의 모습으로 가꾼다.

앞면의 적막한 석정은 선종에서 가르치는 '본래무일물(本來無一物)'이라는 공(空)의 개념을 조영한 것이라면, 북쪽에 위치한 뒤 정원에는 일체 사물이 자연의 연장선상에 있음을 보여주는 무한(無限)의 뜻이 서려 있다.

앞쪽 정원에 백사를 가득 깔아놓은 데에는 한밤에 달빛을 반사하여 어둠을 낮추는 기능도 있다. 그 대신 북쪽 뒤편의 정원에는 물줄기가 맴돌아가게 하여 앞쪽의 마른 산수와 또 다른 대비를 이룬다.

| **용안사 쓰쿠바이의 '오유지족'** | '오유지족(吾唯知足)'이라는 네 글자에 모두 있는 입 구(口)자 획을 물확의 물받이로 한 절묘한 구성이다.

방장 뒤쪽 모서리 한쪽은 대개 조촐한 형태의 다실로 연결되어 있는데 용안사에도 다다미 4장 1칸의 작은 다실이 있다. 이 다실 입구의 편액에는 '장육(藏六)'이라고 쓰여 있는데 이는 거북이가 네 다리와 머리, 꼬리를 다 감춘 것을 비유한 표현이다. 불교적 의미로는 육근(六根)을 청정히 한다는 뜻이다.

다실 앞에는 샘물을 받아놓는 물확이 있어 다실로 들어가기 전에 가볍게 손을 씻거나 입을 축이게 되어 있다. 이를 일본에선 쓰쿠바이(蹲踞)라고 한다. 웅그릴 준(蹲), 웅그릴 거(踞)를 쓴 것은 물확이 낮은 위치에 있어 자연히 자세를 웅크려야 하기 때문인데 이는 절로 경의를 표하는 자세이다.

용안사 쓰쿠바이는 독특하게도 영락통보(永樂通寶) 같은 엽전 모양으로 가운데를 정사각형으로 깊이 파 물확으로 삼고 사방의 돌 표면에 '五' '隹' '矢' '疋'이라는 글자를 새겨놓았다. 그릇 중앙의 네모를 입 구(口)자로 보아 결합해서 읽으면 각각 吾, 唯, 知, 足이 된다.

오유지족(吾唯知足)이라! 직역하면 '나는 오직 족(足)함을 알 뿐이다'라는 뜻이다. 이는 석가모니가 남긴 마지막 가르침을 담은 『유교경(遺敎經)』의 "족함을 모르는 자는 부유해도 가난하고, 족함을 아는 자는 가난해도 부유하다(不知足者 雖富而貧 知足之人 雖貧而富)"는 말에서 나온 것이다. 참으로 뜻도 깊고 디자인도 아름다운 물확이다.

| **플라스틱 대나무 담** | 경용지를 끼고 도는 길은 깨끗하고 정성스러운 대나무 울타리로 둘러져 있다. 그런데 그중 일부가 플라스틱으로 세워져 있어 용안사답지도 않고 일본답지도 않다는 생각이 든다.

용안사 유감

'깔끔하게 마무리하는(きれいに まとめる)' 것을 생명처럼 여기는 일본인들이지만 그들도 간혹 허점을 보인다.

방장 건물 밖으로 나오면 자연히 '거울 얼굴'이라는 뜻을 지닌 아름다운 경용지를 그야말로 지천회유하여 돌아나가게 된다. 그것은 석정의 아름다움을 여운으로 간직하는 용안사 답사의 또 다른 기쁨이다. 길도 깨끗하고 연못가 보호책은 대나무로 정성스럽게 엮여 있어 일본인들의 세심함에 감탄하게 된다. 그런데 그중 일부는 플라스틱으로 만들어졌다. 이건 정말로 일본답지 않은 모습이다.

방장 건물을 나와 경용지로 가기 위해 오른쪽으로 가다보면 이 절을 세운 개기(開基)인 호소카와 가쓰모토의 묘당(廟堂)으로 가는 길에 갑자기 육중한 버마탑이 불쑥 나타난다. 이것을 처음 맞대었을 때 나는 당황스러움과 황당함이 동시에 일었다. 내력을 읽어보니 태평양전쟁 때 버마

| 버마탑(왼쪽)과 석불좌상(오른쪽) | 경용지로 가다보면 갑자기 육중한 버마탑이 나타난다. 태평양전쟁 때 죽은 이를 위한 위령탑이다. 그 황당한 조형물을 만나기 싫어 나는 돌계단 아래 있는 넉넉한 모습의 석불좌상을 보고 돌아간다.

(오늘날의 미얀마)에서 죽은 이를 위한 위령탑이란다. 뜻은 알겠지만 이건 용안사의 수치이고 이런 것이 일본의 허점이다. 그것이 보기 싫어서 내가 답사를 인솔할 때면 돌계단 아래 한쪽에 모셔져 있는 참으로 넉넉하게 생긴 석불좌상을 보고 돌아간다.

내가 남의 나라 문화유산답사기를 쓰면서 이런 유감을 서슴없이 이야기하는 것은 용안사는 스스로 말하듯이 세계유산이기 때문이다.

일본의 석정과 우리의 마당

작년 겨울 승효상(承孝相) 내외와 교토에 갔을 때 나는 그에게 연못을 저쪽으로 돌아서 나가자고 했다. 거기에는 등나무 아래 벤치에서 호수를 바라보며 담배를 피울 수 있는 흡연구역이 있기 때문이다. 나는 여기가 세상에서 가장 아름다운 흡연구역이라 생각해왔다. 그런데 작년까지

| **경용지** | 방장 건물 밖으로 나오면 '거울 얼굴'이라는 뜻을 지닌 아름다운 경용지를 그야말로 지천회유하여 돌아나가게 된다.

도 흡연구역이어서 재떨이가 두 군데 놓여 있더니 그새 꽃밭으로 바뀐 것이었다. 아, 그 실망과 상실감을 어찌 다 말하겠는가. 교토 시내 전체가 금연구역으로 지정되면서 재떨이가 사라진 것 같다.

나는 호숫가를 걸으면서 승효상에게 건축가로서 용안사를 본 소감을 물었다. 특히 서구인들이 용안사 석정을 이해하고 찬미하는 시각이 어떤 것이냐고 물었다. 그러자 그는 자신의 저서인 『오래된 것들은 다 아름답다』(컬처그라퍼 2012)에서 언급한 적이 있다며 이렇게 말했다.

"1998년, 제가 북런던대학의 객원교수로 있으면서 동료 교수들과 세미나를 할 때면 심심치 않게 듣는 단어가 있었어요. 'indeterminate emptiness', 우리말로 하면 '불확정적 비움'입니다. 확정되지 않은 비움이라니…… 그들은 이를 새 시대의 새로운 가치라며 열변으로 주장했어

| 경용지 주변 산책길 | 경용지 둘레의 산책길은 깔끔하고 정갈하게 조성되어 있어서 석정의 아름다움을 감상한 여운이 된다. 용안사 답사의 또 다른 기쁨이다.

요. 그러면서 그들이 돌려가며 보는 사진이 있었는데, 바로 용안사 석정이었어요."

"용안사 석정은 비워둔 공간이 아니라 오히려 선의 이미지를 백사와 돌로 구현한 확정적 공간인데."

"그러게 말이에요. 들어갈 수도 없잖아요. 한스 홀라인이 유리의 건축으로 본 것도 본질과는 다른 작위적인 해석이죠."

"그러면 승소장 생각에 그들이 말하는 불확정적 비움의 공간은 어디 있어요?"

"그건 우리나라의 마당이죠. 우리의 마당은 언제나 비어 있지만 언제든지 삶의 이야기로 채워지잖아요. 어린이들이 놀든, 잔치를 하든, 제사를 지내든, 그 행위가 끝나면 다시 비움으로 돌아오지요. 그거야말로 불확정적인 비움이죠."

| **일본의 철저한 정원 관리** | 방장 담장 밖의 나무들이 잘 자라게 하기 위하여 길가로 뻗어내린 뿌리에 비료를 주고 있다. 일본 정원은 이처럼 나무 하나, 풀 한 포기까지 철저히 관리한다.

그의 열변을 들으면서 나는 안동 의성김씨 종가의 마당, 병산서원의 마당, 봉정사 영선암의 마당, 선암사 무우전 마당, 우리 집 앞마당 등을 떠올려보았다. 그러고 보니 일본은 물론이고 중국, 유럽, 이슬람, 내가 가본 어디에서도 그런 정겨운 공간을 만난 적이 없다.

우리처럼 예술 마당, 놀이 마당, 한 마당, 열린 마당 등등의 이름을 붙이며 거기서 채워지는 내용까지 포함하는 마당의 개념은 더더욱 찾기 힘들다. 세계 어디나 있을 것 같은 마당이지만 우리처럼 편하게 사용되는 공간의 성격을 갖는 경우는 보지 못했다.

일본에는 선의 정원인 석정이라는 뛰어난 관조의 공간이 있다면 우리에게는 삶의 내용을 다 받아내는 마당이 있다고 할 만하지 않은가. 우리는 그 훌륭한 공간을 갖고 살면서도 그 가치를 제대로 인식조차 하지 못하는 것은 아닌가.

일본 사람들처럼 개념화·논리화·형식화해 발전시켜간다면 '불확정적 비움'의 공간이 이보다 더 잘 구현될 수 없을 것 같다. 용안사 경용지를 지천회유하도록 내 머릿속에서 떠나지 않는 것은 관조의 공간으로서의 일본의 석정과 삶의 공간으로서의 우리의 마당이었다.

금각에서 이루어진 꿈은 무엇이었던가

환상의 금각사로

이제 금각사(金閣寺, 킨카쿠지)로 간다. 금각사는 청수사와 함께 교토 관광의 양대 메카이다. 교토에 와서 금각사를 보지 않았다는 것은 다시 교토를 와야 한다는 뜻이 된다. 금각사는 그 이름에 값하고도 남는 아름다움이 있다.

금각사는 관람 동선이 아주 드라마틱하게 연출되어 있다. 주차장에 내려 총문(總門)이라 불리는 절문으로 들어서면 노송과 홍엽 단풍이 어우러진 편안하고 운치있는 진입로가 나온다.

넓은 길 한쪽 가엔 돌기둥 4개가 나란히 서서 머리에 긴 띠지붕을 이고 있는 마주(馬駐)가 나타난다. 말 세마리를 매놓는 그 옛날의 주차장인 셈이다. 그런데 요즘엔 그 앞에 벤치 3개가 놓여 있다. 그것도 촌스러운

| **마주** | 총문을 들어서 진입로를 지나면 말을 매어놓는 마주를 만나게 되는데 최근에 가보니 그 앞에 파란색을 강렬하게 칠한 벤치가 놓여 있었다.

파란색이다. 뜻은 알겠지만 볼 때마다 좀 금각사다운 품격이 있었으면 하는 아쉬움이 있다.

　매표소에서 입장권을 끊고 낮은 담장 모퉁이에 있는 작은 문을 통해 경내로 들어서서 길 따라 오른쪽으로 90도 꺾어들면 순간 홀연히 호수 너머로 황금빛을 발하는 금각이 나타난다. 그 순간 관람객들은 걸음을 멈추고 겉으로든 속으로든 "아!" 하는 감탄사를 자아내고 만다.

　이미 사진으로 익히 보아온 장면이지만 거짓말 같은 아름다움으로 사람을 압도한다. 그 자리에서 오랫동안 바라만 보고 싶어진다. 관람객들의 이런 마음을 잘 알았는지, 아니면 들어오는 관람객마다 그 자리에 멈추어서 움직이지 않는 바람에 입구가 혼잡해졌기 때문인지 한쪽에 금각

| **금각사** | 금각사는 청수사와 함께 교토 관광의 양대 메카이다. 교토에 와서 이 환상적인 금각사를 보지 않았다는 것은 다시 교토를 와야 한다는 뜻이 된다.

| **금각사의 참로** | 매표소에서 입장권을 끊고 들어서면 낮은 담장이 둘러진 참로가 나온다. 이 길 끝에서 오른쪽으로 꺾어들면 홀연히 호수 너머로 황금빛을 발하는 금각이 나타난다.

을 조망할 수 있는 넓은 터가 마련되어 있다.

여기로 들어서면 넓은 호수 너머 금각을 정면으로 마주할 수 있지만 이를 배경으로 사진 찍는 사람들로 초만원을 이루어 차분히 감상할 틈을 주지 않는다. 그래도 금각사는 이 자리에서 볼 때 그 아름다움을 제대로 감상할 수 있다. 이 자리를 떠나면 호수를 따라 거닐면서 금각의 옆뒤 모습을 둘러보고 뒷문으로 나가게 되어 있다.

나는 염치 불고하고 난간에 바짝 붙어서 연못에 그림자 지어 어른거리는 금각을 보면서 지금 내가 받고 있는 이 감동이 어디에서 나왔는지 따져본다.

| 경호지에 비친 금각 | 거울처럼 맑은 경호지에 3층 누각 건물이 통째로 그림자 지면서 수면 아래위로 대칭을 이루고, 가볍게 일렁이는 물결에 그림자가 흔들리며 환상을 일으킨다.

금각의 환상적인 구조

금각은 금빛 찬란함 때문에 대단히 화려하다는 느낌을 주지만, 그 형태를 가만히 바라보고 있으면 벽면의 창살, 난간의 기둥, 층층이 이어지는 지붕의 선들이 어우러지는 모습이 아주 간결하여 날렵해 보인다. 그리고 지붕 꼭대기는 청동으로 만든 봉황 한마리가 곧 날아오를 듯 날갯짓하며 상승감을 북돋아준다.

그런 경쾌한 느낌이라면 건물이 가벼워 보일 만도 한데 그렇지가 않다. 거울처럼 맑은 호수에 3층 누각 건물이 통째로 그림자 지면서 수면 아래위로 대칭을 이루고, 가볍게 일렁이는 물결에 그림자가 흔들리며 환상을 일으킨다. 그래서 이름이 경호지(鏡湖池), 즉 거울 못이라고 한다.

구조를 보아 일본의 누각은 대개 2층인데 금각은 3층이다. 짝수의 연속감이 아니라 홀수의 안정감이 있다. 1, 2, 3층의 체감률을 보면 1층과 2층은 높이와 폭이 똑같고 3층만 급격히 좁혀져 건물 몸체의 폭이 반으로 줄어들었다.

이런 구조를 도면으로 그려놓고 보면 언밸런스한 체감률이라고 하겠지만 1층은 금박을 입히지 않고 목재의 검붉은 빛을 그대로 남겨두어 마치 2층 건물의 기단부 같은 느낌을 주고, 3층은 넓은 난간을 사방으로 두르고 있어 그 다양한 구성이 미묘한 변화의 아름다움을 일으키며 비례가 어긋난다는 느낌을 주지 않는다. 오직 절묘한 디자인이라는 찬사가 나올 뿐이다.

모르긴 몰라도 일본의 수많은 문사들이 이 금각을 예찬하는 명문을 남겼을 것이 분명한데 이방인인 내가 그런 것을 다 알아볼 수는 없고 나도 이 금각의 아름다움에 도전하고 싶은 마음이 일어난다.

그러나 화려하다, 절묘하다, 환상적이다, 황홀하다, 우아하다, 장엄하다, 장중하다, 상큼하다, 어여쁘다, 멋지다…… 내가 아는 미에 관한 형용사를 다 동원해보아도 금각의 이러한 아름다움을 담아내기엔 부족함이 있다.

이 글을 쓰기 위하여 지난겨울 저녁나절 인적 드문 금각사에 다시 찾아갔을 때 금각은 흩뿌리는 눈발 속에 여전히 당당한 금빛을 발하고 있었다. 눈발 속에서 빛나는 금각은 마치 흰 사라(紗羅)를 휘날리는 아름다운 여인의 자태를 연상케 했다. 그것은 '시각적 관능미!'였다.

그러나 범접하기 힘든 우아한 아름다움을 지닌 '시각적 관능미!'

북산전의 창건

다시 아시카가 요시미쓰 이야기로 돌아간다. 상국사의 완공을 본 지 2년이 지난 1394년, 요시미쓰는 쇼군 직을 장남인 요시모치(義持)에게 넘겨주고 그 이듬해에 출가하여 승려가 되었다. 법명은 도의(道義), 법호는 녹원(鹿苑)이다. 그때 나이 38세였다.

요시미쓰는 막부 저택인 '꽃의 어소'를 아들에게 넘겨주면서 자신이 지낼 처소로 지금의 금각사 땅을 매입했다. 교토 시내 북쪽에 있어 북산(北山, 기타야마)이라고도 불리는 기누가사산(衣笠山) 아래에 위치한 이곳은 본래 서원사가(西園寺家)라는 귀족 가문의 별장 겸 씨사(氏寺)가 들어서 있던 곳이었다.

이 집안은 가마쿠라시대의 명문가였다. 대대로 출세해오다가 태정대신에 오른 인물도 낳았다. 그의 손녀딸을 천황가에 시집보내 왕가와 사돈을 맺고 그 아들이 천황에 오르면서 권세가 섭관가(攝關家, 섭정과 관백을 지내는 집안)를 능가할 정도가 되었다고 한다.

그러나 가마쿠라 막부의 몰락과 함께 이 집안은 쇠퇴일로에 들어 서원사가의 별장과 사찰은 황폐화했다. 1397년 요시미쓰가 이 버려진 서원사가의 터를 매입하여 새 별저로 조영한 것이 오늘의 금각사이고 그 당시 이름은 북산전(北山殿)이었다.

요시미쓰는 아들에게 쇼군 자리를 물려주었지만 권력의지를 버린 것은 아니었다. 태정대신 자리를 지키면서 공가와 무가를 모두 통솔하는 오히려 더 큰 꿈을 갖고 있었다. 어떤 역사가는 그가 천황 자리까지 넘본 것으로 의심하기도 한다.

그 때문에 북산전은 어느 저택보다도 권세를 자랑하는 화려한 저택으로 지어졌다. 북산전에는 수많은 건물이 들어서 있었는데, 금각이라 불리는 사리전 뒤에는 천경각(天鏡閣), 또 그 뒤에는 천각(泉閣)이 있어 이 전각들을 이어주는 구름다리를 걸으면 마치 "허공을 걷는 것" 같은 환상적인 아름다움이 있었다고 한다.

요시미쓰는 예술적 소양이 뛰어난 인물이었다. 무로마치시대 문화를 상징하는 렌가(連歌, 노래 이어짓기)에도 뛰어났고, 또 다른 무로마치시대 문화의 상징인 노(能)라는 연희도 요시미쓰의 총애와 비호 아래 간아미(觀阿彌)와 그의 아들 제아미(世阿彌)에 의해 성립한 것이었다. 그는 축국(蹴鞠, 오늘날의 축구와 유사한 놀이)도 잘했다고 한다.

또 그는 정원을 설계하는 데에도 타고난 재능이 있었다. 요시미쓰는 젊어서 태정대신인 니조 요시모토(二條良基)에게 공가의 교양을 많이 배웠는데, 그의 저택은 아름다운 정원으로 유명하여 여기서 많은 공부가 있었던 것으로 알려져 있다. 요시미쓰의 첫번째 작정(作庭)은 막부의 저택인 '꽃의 어소'로 이곳은 전통적인 침전조 정원 양식으로 조영했다고 한다.

요시미쓰는 이 북산전에서 다시금 그의 독창적인 작정 솜씨를 발휘하게 된 것이다. 요시미쓰는 지방의 다이묘들에게 멋진 정원석을 가져오게 했다. 이것이 지금도 섬과 연못가에 있어 '호소카와 석(細川石)' 등 다이묘의 이름을 따서 불리고 있다.

그런데 이 건립에 필요한 막대한 자금을 어디서 끌어올 수 있었을까. 그것은 상국사 건립 때와 마찬가지로 명나라에 보낸 무역선을 통해서였다.

일본국왕, 원도의(原道義)

중국과 교역하는 무역선이 황금알을 낳는 오리와 같았다는 사실은 이미 천룡사, 동복사, 상국사에서 보아왔다. 요시미쓰는 이를 사무역이 아니라 아예 국가 간의 관무역으로 발전시켰다. 이를 위하여 요시미쓰는 명나라와 외교관계를 수립했다.

1368년 원나라 몽골인들이 북방 초원으로 쫓겨나고 명나라가 건국되자 명나라는 일본에게 왜구 문제 처리와 함께 조선처럼 황제와 왕의 관계라는 책봉체제에 들어올 것을 요구했다.

요시미쓰는 과감히 이에 응해 1401년 명나라 황제에게 상표문(上表文)을 올려 황제를 받드는 예를 보였고 이에 명나라는 이듬해에 사신을 보내 그를 일본국왕(日本國王)에 임명한다는 책봉문과 함께 거북이 손잡이가 달린 금인(金印)을 내려주었다. 황제는 옥새, 주변부 국왕은 금인을 사용하는 의례에 따른 것이었다. 이때 요시미쓰는 새로 지은 북산전 금각에서 명나라 사신을 맞이했다.

이후 그는 '일본국왕 신 원도의(日本國王臣源道義)'라는 도인을 사용했다. 원(源)이라 한 것은 아시카가씨의 뿌리가 미나모토(源)임을 말하는 것이고, 도의(道義)는 요시미쓰의 법명이다. 이리하여 오랫동안 외톨이로 있던 일본이 비로소 중국(명나라)이 주도하는 동아시아 국제질서에 편입되었다.

메이지시대 일본의 황국사관론자들은 이런 태도를 굴욕적이라고 비판했다. 그러나 여기에는 요시미쓰의 용의주도함이 있었다. 여기서 일본국왕이라고 한 것은 일본 천황이 아니라 자기 자신이었던 것이다.

그의 공식 직함인 태정대신을 사용하지도 않았다. 그렇다고 아들에게 물려준 쇼군이라는 직위를 빌린 것도 아니었다. 일본의 관직엔 없으나 국제적으로는 통용될 수 있는 일본국왕이라는 직책을 만들어 대외적으로 사용한 것이었던 것이다.

그 결과 요시미쓰는 일본의 천황은 명목상 중국의 황제와 동격이라는 명분과 함께 외교권은 천황이 아니라 무가가 갖는다는 실리도 챙겼다. 대내적으로는 자신의 국제적 위상을 과시할 수 있는 것이기도 했다. 이후 일본의 외교권은 언제나 막부가 쥐게 되었다. 무로마치 막부는 조선과의 외교에서도 '일본국왕 신 원도의'라는 이름과 관인을 사용했다. 일본국왕이란 천황이 아니었던 것이다.

일본과 명나라의 '감합 무역'

명나라와의 외교관계 수립은 곧 무역으로 이어져 일본국왕 요시미쓰와 명나라 황제 영락제 사이에 이른바 '감합(勘合, 간코) 무역'이라는 공식적인 교역이 체결되었다. 감합이란 일본이라는 국호 글자와 일련번호가 쓰인 절부(節符)를 만들어 이를 반으로 쪼개 양국이 갖고 있다가 '짝을 맞추어 확인'(감합)하는 방식이었다. 명나라는 이 감합 절부를 100매 발행했고 무로마치 막부는 말기인 1547년까지 모두 17번의 감합 무역선을 보냈다. 매번 평균 3척의 배가 떠났다.

일본이 조공품으로 보낸 것은 말·칼·유황·금병풍·부채 등이었고 명나라 황제가 내려준 하사품은 백금·비단·동전 등이었다. 특히 중요한 것은 동전의 수입이었다. 일본은 따로 화폐를 주조하지 않고 '영락통보(永樂通寶)' 엽전을 에도시대까지 통용 화폐로 사용했다. 이것이 막부의 엄청난 재원이 되었다.

이와 동시에 상인과 지방의 다이묘가 별도로 보내는 사무역도 빈번하게 행해져 일본에서 돌연 화폐경제가 활기를 띠게 되었다. 중국 도자기·비단·칠기·서화·서적 등 명나라의 발달된 문명이 쏟아져 들어오고 많은 선승들이 명나라 문화를 익히고 돌아오면서 무로마치시대 문화가 융성하게 되었다.

조선에는 막부의 쇼군뿐만 아니라 야마구치 지역을 지배한 오우치 다이묘, 쓰시마의 번주 소씨(宗氏)가 따로 사신과 상인을 보내 교류했다. 그렇게 동아시아엔 평화로운 공생 번영이 있었다.

녹원사의 창건과 금각의 구조

요시미쓰는 북산전에서 변함없이 정무를 보면서 이곳에서 그 권세를 과시했다. 천황을 초대하여 무려 21일간 연회를 열기도 했고, 명나라 사신을 맞이하기도 했고, 매년 10월이면 승려 1천명이 10일간『법화경』을 독송하는 '법화경 1만 부 독송'을 행했다.

공가, 무가, 불가의 명사들과 렌가를 짓고 차를 마시고 시를 지으며 중국에서 들여온 도자기와 회화를 감상하기도 했다. 그것이 북산문화의 구체적인 내용이기도 하다.

그러나 북산전 건립 10년 뒤인 1408년, 요시미쓰는 51세의 나이에 갑자기 세상을 떠났다. 이후 북산전은 그의 아내의 거처가 되었고 10년 뒤그녀가 죽자 그의 아들인 4대 쇼군(요시모치)이 1420년 몽창 국사를 권청개산으로 하여 녹원사(鹿苑寺)라는 사찰로 조영한 것이 오늘의 금각사이다. 녹원은 요시미쓰의 법호(法號)이다.

금각은 사리전으로 바뀌었다. 금각의 내부를 보면 1층은 침전조 양식으로 천황이 기거하는 어소 건물에 영향받은 것인데, 여기에는 요시미쓰의 초상조각과 보관석가여래상이 모셔져 있다.

2층은 조음동(潮音洞)이라는 이름으로 관음과 사천왕이 모셔져 있지만 본래는 만남의 장소[會所]로 무가사회에 새롭게 생기기 시작한 서원조(書院造) 양식이다.

3층은 선종 양식으로 실내 한가운데 사리함이 모셔져 있고 구경정(究竟頂)이라고 부른다. 이 세가지 양식의 조합은 무로마치시대 초기 북산문화가 추구한 공가·무가·불가의 만남이었다.

나는 잘 모르는 분야이지만 요시미쓰가 적극 지원했던 제아미의 노(能)에는 노체(老體)·군체(軍體)·여체(女體)를 말하는 삼체론(三體論)이

| **금각 내부의 사리함** | 금각 3층에는 사리함이 모셔져 있다. 금각사의 황홀한 표정에 걸맞은 내부 모습이지만 우리가 이를 실견할 수 있는 기회는 없다.

있다고 한다. 철학자인 우메하라 다케시(梅原猛)는 이것을 풀이하여 선적(禪的)인 정신(와비사비侘び·寂び)의 노, 무사적인 용장(勇壯)의 노, 왕조적인 우미(優美)의 노라고 하면서 이 삼체론이 금각의 3층과 오버랩된다고 했다. 그래서 공가·무가·불가의 만남이 이루어진 금각사를 북산문화의 상징이라고 하는 것이다.

금각사 산책

금각사 답사는 입구에서 바라보는 것만으로 끝이라고 할 수 있다. 금각을 조망한 뒤 이상적인 다음 순서는 금각 안으로 들어가보는 것인데 그것이 우리들 차지가 될 리 만무하다. 그래도 금각에서 받은 감흥의 여운을 간직하며 순로(順路)대로 따라가는 것이 답사의 정석이다. 이제 연

| **석가정** | 석가정이라는 노지 다실은 다도가 유행하던 17세기에 새로 지어진 것인데, 저녁에 여기서 바라보는 금각이 아름다워 저녁 석(夕)에 아름다울 가(佳)자를 붙였다고 한다.

못가 길을 따라 금각으로 향하면 2천 평에 달하는 경호지에 작은 섬과 큰 바위가 시점의 이동마다 달리 나타나는 다양한 변화를 볼 수 있다.

연못 한가운데는 신선이 산다는 봉래섬으로 위원도(葦原島)라는 갈대 섬을 조성하고 이를 중심으로 장수를 상징하는 학섬·거북섬을 금각 앞에 배치했다. 부처님 세계를 상징하는 수미산 바위, 그리고 추상적인 형태미를 보여주는 중국의 유명한 정원석인 태호(太湖) 괴석(怪石) 등을 조성했다. 연못가에는 지방 다이묘들이 진상한 각지의 명석들이 호안 석축(護岸石築)을 이루고 있다. 참으로 그윽한 풍광의 아름다운 호수이다.

금각의 측면과 뒷면을 곁눈으로 보면서 뒷길로 돌아서면 요시미쓰가 차를 달일 때 애용했다는 은하천(銀河泉)이 있고, 용문롱(龍門瀧)이라는 작은 폭포가 나오는 오솔길로 접어든다. 이 길은 언덕길로 이어져 돌계단을 다 오르면 석가정(夕佳亭)이라는 노지 다실에 다다르게 되는데 이

| **석가정 내부** | 석가정의 내부는 아기자기한 구조이다. 이 조촐한 분위기는 금각의 화려함과 극명한 대비를 이룬다.

다실은 다도가 유행하던 17세기에 새로 지어진 것이다.

석가정의 조촐한 분위기는 금각의 화려함과 극명한 대비를 이루어 마치 도요토미 히데요시의 황금 다실과 센노 리큐의 다다미 2장 반의 초암 다실을 비교하는 것만 같다. 다실 이름이 석가정인 것은 저녁에 여기서 바라보는 금각이 아름다워 저녁 석(夕)에 아름다울 가(佳)자를 붙인 것이라고 한다. 그러나 우리에게까지 그런 아름다움을 즐길 수 있는 기회가 주어지진 않는다.

출구인 금각사 뒷문에 다다르면 한쪽에 부동당(不動堂)이라는 불전이 있어 호기심 많은 분, 아니면 답사만 오면 갑자기 학구열이 치솟아 무엇하나 놓치면 큰일 나는 줄 아는 사람은 거기로 달려가 기웃거려보기도 한다. 이 불전은 금각사 이전 서원사 시절부터 있던 유적으로 가마쿠라 시대에 조성된 부동명왕이 모셔져 있다. 그러나 이 불상은 비불(秘佛)로

봉인되어 있어 정해진 날짜 며칠만 개방되므로 보아도 안 본 것이나 마찬가지다.

여기까지가 금각사 답사의 끝이다.

금각사의 방화와 재건

금각사가 녹원사라는 이름으로 개창된 지 50년쯤 되었을 때 10여년에 걸친 오닌의 난이 일어나 1467년 금각사도 화염에 휩싸였다. 그러나 금각 사리전만은 화마를 입지 않고 건재했다.

그렇게 전란과 화재 속에서도 500여년을 잘 버텨온 금각이었지만 1950년 7월 2일 새벽, 금각사의 21세 학승인 하야시 쇼켄(林承賢)의 방화로 전소되는 충격적인 사건이 발생했다. 이때 금각 사리전 안에 있던 요시미쓰의 목조각상(당시 국보), 관음보살상, 아미타여래상 등 6점의 문화재도 소실되었다.

방화범은 절 뒷산에서 할복자살을 시도했으나 응급조치로 살아났다. 그는 사찰이 관광객의 참관료로 운영되고 승려보다 사무관이 판을 치는 등 사찰의 존재 방식이 속물주의에 빠진 것에 염증을 느껴 반발심으로 방화했다고 자백했다. 그는 심각한 언어장애에 정신분열증이 있었던 것으로 밝혀졌고, 징역 7년을 선고받아 복역하던 중 1956년 정신분열증과 결핵으로 죽었다.

금각사는 곧 복원에 나섰다. 처음에는 냉소적 분위기가 팽배했지만 교토 시민들이 금각사가 없는 교토는 상상할 수 없다며 모금 운동을 벌여 당시 돈으로 3천만 엔을 모아 재건에 착수할 수 있었다. 다행히 메이지시대의 대대적인 수리 도면이 남아 있어 원형에 더 충실할 수 있었다고 한다. 그리하여 금각은 3년간의 공사 끝에 1955년, 소실 때 모습이 아니라 창건 때 모습으로 2층과 3층에 금박을 입히고 다시 태어났다.

그러나 서둘러 복원한 탓인지 기술이 부족했는지 군데군데 금박이 떨어져나가 '금각'이 아니라 '흑각'이라는 야유를 받기도 했다. 결국 일본 문화청은 1986년 7억 4천만 엔의 거금을 들여 금박 전체를 다시 붙이는 수복(修復) 공사를 시행하여 1년 8개월 만인 1987년 10월에 완공했다.

이때 사용한 순금은 20킬로그램으로 가로세로 약 10센티미터의 금박 20만 장을 접착력이 강한 옻칠로 붙였다. 금박으로 유명한 가나자와(金澤) 공방에서 제작한 이 금박은 보통 금박보다 5배 두껍다지만 1만분의 5밀리미터짜리라고 한다. 일본의 이 금박 기술은 참으로 놀라운 것이다. 그리고 1998년에 누각 지붕의 널을 전면 교체한 것이 오늘의 금각 사리 전이다.

미시마 유키오의 「금각사」와 할복자살

소실된 금각사가 재건된 이듬해인 1956년 소설가 미시마 유키오(三島 由紀夫, 1925~70)는 「금각사」라는 소설을 발표해 큰 화제를 불러일으켰다. 그는 이 소설에서 금각사 방화 사건을 자신의 탐미주의 미학으로 포장하여 주인공이 금각을 영원한 아름다움으로 간직하기 위해 불을 지른 것으로 묘사했다.

미시마 유키오는 천재적인 소설가로 평가받기도 하지만 나체로 사진을 찍는 등 유별난 행동을 잘한 극우주의자이기도 했다. 동성애자를 소재로 한 「가면의 고백」으로 문단에 등단했는가 하면 천황에 대한 충성과 동료들에 대한 우정으로 자살하는 젊은 장교 이야기를 담은 「우국(憂國)」을 발표하기도 했다.

그는 "이상한 에로티시즘의 화려한 문체"를 구사했다는 평을 받기도 했는데 대개의 탐미주의자들이 그렇듯이 편집광적으로 자신을 외곬으로 몰아갔다. 1970년 11월 25일 미시마 유키오는 4명의 추종자와 함께 도쿄의 자위대 본부를 점거하고 800명의 자위대원들 앞에서 일장 연설을 했다.

"일본을 지키는 것은 천황 중심의 역사와 문화의 전통을 지키는 것이다. (…) 수컷 한마리가 목숨을 걸고 제군들에게 호소한다. (…) 지금 일본인이 여기서 일어나지 않으면, 자위대가 일어서지 않으면 헌법 개정이란 없다. (…)
나는 여기서 천황폐하 만세를 외치겠다."

그러고 나서 미시마 유키오는 안으로 들어가 단도로 배를 찔러 할복했고 동료는 그의 죽음을 위해 목을 내리쳐주었다.
미시마 유키오의 할복자살 사건은 우리나라에도 곧바로 전해졌고, 일본의 군국주의 부활을 꿈꾸는 극우들이 건재하다는 사실은 우리에게 큰 충격을 주었다. 이 무렵 「오적(五賊)」으로 유명해진 김지하(金芝河)는 「아주까리 신풍(神風) ─ 미시마 유키오에게」(『다리』 1971년 3월호)라는 시를 발표했다.

별것 아니여
조선놈 피 먹고 피는 국화꽃이여
빼앗아간 쇠그릇 녹여버린 일본도란 말이여
뭐가 대단해 너 몰랐더냐
비장처절하고 아암 처절하고말고 처절비장하고
처절한 신풍(神風)도 별것 아니여

조선놈 아주까리 미친 듯이 퍼먹고 미쳐버린

바람이지, 미쳐버린

네 죽음은 식민지에

주리고 병들고 묶인 채 외치며 불타는 식민지의

죽음들 위에 내리는 비여

역사의 죽음 부르는

옛 군가여 별것 아니여

벌거벗은 여군이 벌거벗은 갈보들 틈에 우뚝 서

제멋대로 불러대는 미친 미친 군가여

동아시아 3국의 상호 문화 융성을 기리며

북산문화의 상징으로 칭송되는 금각사 답사의 마무리를 이렇게 학승의 방화사건과 미시마 유키오의 할복자살이라는 스캔들로 마무리하자니 왠지 이 절이 일본의 역사에서 갖는 의미를 퇴색시키는 것 같아 싫다. 나는 이 절이 지어진 무로마치시대가 동아시아 역사 전체에서 갖는 의미를 되새겨보면서 금각사 답사를 마무리하고 싶다.

한 시대 문화의 꽃을 피우려면 몇가지 필요조건을 갖추어야 한다. 정치적인 안정, 경제적인 풍요, 정신적인 지주, 선진문화의 과감한 수용, 문화를 주도할 인재의 양성, 그리고 이를 추진할 수 있는 강력한 리더십이다. 만약에 그 리더가 계몽군주 같은 역량이 있다면 더욱 왕성한 추진력을 갖게 된다. 무로마치시대 초기는 그런 시대였고, 금각사의 주역인 3대 쇼군 아시카가 요시미쓰는 그런 리더였다.

그래서 북산문화의 저변에는 공가의 권위, 무가의 권력, 불가의 정신이 어우러져 있었고, 수묵화, 노(能), 렌가와 같은 미술, 연극, 문학, 음악

등 예술이 꽃피고 사상과 인문정신이 살아 있었다. 그것을 저 빛나는 금각사 사리전이 증언하고 있다.

그러나 무로마치시대 북산문화가 꽃필 수 있었던 또 하나의 배경에는 일본이 명나라·조선왕조와 외교 관계를 회복했던 점이 자리잡고 있다. 일본이 동아시아 질서 속에 들어옴으로써 중국·한국·일본, 즉 명나라·조선왕조·무로마치 막부 모두가 평화로운 공존 속에서 서로 문화의 꽃을 피울 수 있었던 것이다. 골치 아팠던 왜구라는 해적 문제도 일단 수그러졌다.

14세기 전반 아시카가 요시미쓰 시절의 명나라 황제는 영락제였고, 조선은 세종대왕 치하에 있었다. 동아시아에 모처럼 평화로운 공존이 이루어진 문예부흥기였다. 그것은 8세기 중엽 당나라 현종, 통일신라 경덕왕, 발해의 성왕, 나라시대의 쇼무(聖武) 천황이 함께 누렸던 문예부흥기 이후 600년 만에 다시 찾아온 문화의 융성이었다.

또다시 600년이 흘러 우리는 21세기를 살아가고 있다. 이제 다시 동아시아 3국이 함께 공존하면서 문화의 꽃을 피울 때가 된 것은 아닌가.

서원조 건축과 사무라이의 삶

대를 이어가는 문화의 연속성

이제 발길을 낙동의 북쪽으로 옮겨 은각사(銀閣寺, 긴카쿠지)를 답사하고 '철학의 길'을 걸어 남선사까지 다녀오련다. 은각사라고 하면 우리는 으레 금각사를 떠올리며 두 절을 쌍으로 생각하게 된다. 확실히 두 절은 이름부터 잘 어울리는 짝을 이루고 있다.

그러나 금각사와 은각사는 9세기 헤이안시대 공해의 동사와 최징의 연력사 같은 동시대의 짝이 아니다. 금각사는 무로마치 막부의 3대 쇼군이 세운 것이고 은각사는 8대 쇼군이 세운 절이다. 금각사에서 은각사까지의 역사적 거리는 반세기가 넘는다.

일본 역사에서 금각사 시절에 이룩한 문화는 북산(北山)문화라 하고 은각사 시절은 동산(東山)문화라고 한다. 반세기 넘어 대를 이어가는 문화의 연속성이 있다는 것은 무로마치시대 문화의 넓이와 깊이를 확장해준다.

　문화변동론의 입장에서 볼 때 전기와 후기가 비슷하면서도 다른 예는 종종 있다. 그리스의 고전문화가 기원전 400년을 경계로 전기와 후기로 나뉜다든지, 유럽의 르네상스가 15세기의 초기 르네상스에서 16세기 전성기 르네상스로 넘어가는 것, 중국에서 8세기 성당(盛唐)문화가 9세기 만당(晩唐)문화로 흘러가는 것, 조선왕조에서 18세기 영조시대 겸재 정선에 이어 정조시대 단원 김홍도가 등장하는 것이 그 대표적인 예이다.

　모든 문예부흥기의 전기와 후기가 그렇듯이 동산문화는 북산문화를 이어받아 전개되었지만 그 내용에는 공통점과 함께 차이점이 있다. 둘 다 무가가 중심이 되어 공가와 선가의 문화를 결합해갔다는 점에서는 같다. 그러나 북산문화에서는 공가문화가, 동산문화에서는 선가문화가 우세하게 나타났다. 북산문화가 공가의 우아한 품위를 받아들였다면, 동산문화에서는 선가의 정신적 가치가 한껏 고양되었다. 그래서 금각사에 축제의 분위기 같은 화려함이 있었다면 은각사에서는 참선을 유도하는 조용한 기품을 만나게 된다.

　동산문화를 거치면서 일본의 무가문화는 비로소 외형적 세련과 내면적 깊이를 가지게 되었다. 그리고 이렇게 형성된 무가사회의 정신과 문화는 일본 전통사상의 뿌리가 되어 오늘날까지 남아 있다. 마치 다 사라진 것 같아도 우리에게 선비정신, 선비문화가 여전히 남아 있어 어떤 식으로든 작용하는 것과 마찬가지이다.

　우리는 일본의 사무라이라고 하면 갑옷과 칼, 천수각이 높이 솟은 히메지성(姬路城) 같은 것을 먼저 떠올리고 그들에게 지적인 분위기가 있을까 의심한다. 다시 한번 상기하건대 일찍이 100년 전 니토베 이나조는 서구인에게 일본정신을 소개하는 『무사도』를 펴내면서 신도(神道)와 함께 선종(불교)과 유교가 일본식으로 어우러져 의(義)·용(勇)·인(仁)·예

(禮)·성(誠)·명예·충성의 덕목이 살아 있는 야마토 다마시이(大和魂)를 설파한 바 있다. 무사가 그냥 칼싸움만 잘하는 것이 아니었다는 것이다.

미술사적으로 말해서 조선시대 선비사상은 안동의 도산서원·병산서원, 하회의 충효당, 의성김씨 종가의 건축에 그 분위기가 서려 있듯이 일본 무사도의 분위기를 건축으로 대변하는 것은 은각사이다. 무사 중에서도 우두머리인 쇼군의 저택이었다는 점에서 일본 무사도의 상징이라고도 할 수 있다.

8대 쇼군 요시마사

무로마치 막부의 8대 쇼군인 아시카가 요시마사(足利義政, 1436~90)는 정치적 무관심 때문에 후세 역사가들의 비판을 받고 있다. 특히나 교토를 불바다로 만든 10년간의 오닌의 난을 불러일으킨 장본인이었으니 그럴 만도 하다.

그는 3대 쇼군인 요시미쓰(義滿, 1358~1408)의 손자로 8세밖에 안 되는 어린 나이에 쇼군이 되었다. 정치는 자연히 쇼군의 보좌역인 관령(管領)이 주도했다. 이때는 이미 막부의 다이묘 장악력이 3대 쇼군 시절 같지 못했고 토일규(土一揆, 쓰치잇키)라는 농민이나 향토 무사들에 의한 민란도 일어났다.

요시마사는 성인이 되어 친정을 펴

| 아시카가 요시마사 | 무로마치시대 8대 쇼군인 아시카가 요시마사는 건축과 정원에도 일가견이 있었다. 그는 훗날 은각사라 불리는 동산전을 직접 조영하여 거기에 머물면서 예술가들을 적극 지원하여 동산문화가 활짝 꽃을 피우게 했다.

게 되자 좌대신의 도움을 받아 다이묘들의 세력을 억제하는 정책을 폈다. 그런데 다이묘들이 공모하여 이 좌대신을 실각시키고 처가인 히노(日野) 집안 사람들의 입김이 강해지자 정치에 뜻을 잃고 사찰 순례, 문예 취미 활동, 별장 조영 등에 몰두했다.

이렇게 막부가 중심을 잃자 다이묘들은 점점 득세하게 되었고 쇼군의 후계자 문제를 놓고 서로 대립하여 마침내 1467년 호소카와(細川)를 총수로 하는 동군과 야마나(山名)를 총수로 하는 서군으로 갈려 격렬하게 치고받는 오닌의 난이 일어났다.

이에 요시마사 쇼군은 더욱 정치에 염증을 느껴 1473년 38세 때 아예 쇼군 직을 아들에게 물려주고 자신은 취미의 세계에 몰두했다. 역사에는 아이러니가 있어서 사회적 혼란기와 문화적 전성기가 겹치는 경우가 종종 있는데 요시마사 시절이 그러했다. 그는 학문과 예술에 높은 교양을 갖고 있어 와카(和歌), 렌가뿐 아니라 시문에도 능했고, 취미는 미술, 음악, 연희, 차 마시기(茶の湯, 차노유)까지 다방면에 걸쳐 있었다.

또 건축과 정원에도 일가견이 있어 훗날 은각사라 불리는 동산전(東山殿)을 직접 조영하여 거기에 머물면서 예술가들을 적극 지원하여 무로마치시대 문예의 꽃을 활짝 피우게 했다. 이것이 은각사로 대표되는 동산문화의 내용이다.

은각사의 창건 과정

은각사는 요시마사가 1482년 47세 때 이곳을 은거처로 삼아 동산전을 짓기 시작한 것에서 유래한다. 그는 일찍이 20년 전에 아내를 위하여 멋진 정원을 만들고자 터를 마련하고 선종 사찰 정원의 효시이자 모범답안처럼 칭송되던 몽창 국사의 서방사 정원을 충실히 모방하여 나무

| **은각사 관음전** | 은각이라는 애칭으로 불리는 관음전은 무가의 서원식과 불가의 선종식이 만난 2층 누각이다. 요시마사는 서방사에 있던 사리전을 벤치마킹하고 금각사를 자주 방문하면서 관음전 건설에 많은 공력과 열성을 보였다.

하나, 돌 하나까지 똑같이 만들려고 했다. 그러나 이 정원 건설은 오닌의 난으로 무산되었다.

쇼군에서 물러난 지 7년이 지난 1480년, 그는 자신이 머물 별장을 짓고자 자리 물색에 나섰다. 교토의 서쪽 사가(嵯峨), 북쪽 이와쿠라(岩倉) 등 산자수명한 곳을 물색하던 중 정토사(淨土寺)라는 절이 오닌의 난 때 불타버려 폐사가 된 것을 보고 그곳으로 결정했다. 그곳이 바로 은각사 자리이다.

그는 별장을 건설하면서 무로마치의 '꽃의 어소' 등 명소에서 명석(名石)과 명목(名木)을 옮겨왔다. 그리하여 1483년 그가 상주할 건물이 낙성되자 천황으로부터 '동산전'이라는 이름을 하사받았다.

동산전의 실내 쇼지(障子)에는 당대 제일가는 화가인 가노 마사노부(狩野正信)에게 명하여 「소상팔경도」를 그리게 했고, 그의 시문학 스승을 비롯한 많은 시인들을 불러모아 시회를 열었다.

2년 뒤인 1485년 50세의 요시마사는 아예 머리를 깎고 중이 되어 법명을 희산도경(喜山道慶)이라 했다. 그리고 부처님을 모시는 지불당(持佛堂)으로 동구당(東求堂)을 완공했고 1489년에는 오늘날 은각이라고 불리는 관음전을 착공했다.

관음전을 지을 때 요시마사는 서방사에 있던 2층 누각의 사리전을 벤치마킹하면서 그것을 뛰어넘는 건물을 만들고자 했다. 그리고 3대 쇼군이 지은 금각사를 자주 방문하면서 관음전 건설에 많은 공력과 열성을 보였다.

그러나 1490년, 관음전이 미처 완공을 보지 못한 상태에서 요시마사는 중풍이 재발해 동산전을 사찰로 만들라는 유언을 남기고 향년 55세로 세상을 떠났다. 그리하여 동산전은 몽창 국사를 권청 개산, 상국사를 본산으로 하는 '동산(東山) 자조사(慈照寺, 지쇼지)'라는 이름으로 창건되었다. 이것이 오늘날의 은각사이다.

오늘의 은각사

요시마사 사후 동산전은 자조사로서 부속 건물과 정원 조영이 계속되어 미완성이던 관음전도 이내 완공되었다. 이 관음전이 바로 은각으로 불리는 것이지만 2007년 엑스선에 의한 원소분석 결과 실제로 은박이 입혀지지는 않았던 것으로 확인되었다. 다만 17세기 어느 때부터인가 은각사라고 불렸다는 기록이 있어 아마도 사람들이 금각사에 대비해 은각사라는 애칭을 부여한 것으로 이해하고 있다.

은각사는 16세기 중엽 전국(戰國)시대에 일어난 내전으로 동구당과 은각만 남기고 모두 불타버린 채 한동안 황폐해진 상태였다. 그래도 핵

| **총문과 진입로** | 커다란 은각사 안내판이 있는 공터에 다다르면 여기부터가 은각사다. 총문 앞 참로는 검은 돌로 포장된 반듯한 길이 낮고 작은 대문까지 곧게 뻗어 있다.

심 건물 두 채가 건재한 것은 은각사의 행운이었다. 이것을 다시 복구한 것은 반세기가 지난 1615년의 일이다.

이리하여 오늘날 은각사에는 총문, 중문, 당문(唐門) 등 3개의 문과 후대에 지어진 방장, 고리 등이 들어서 있지만 핵심은 은각이라 불리는 관음전과 요시마사가 서재로 사용한 동구당, 그리고 백사 마당과 연못으로 이루어진 정원이다.

은각사 주차장에 내려 절로 들어가자면 돌계단을 올라선 다음 사뭇 비탈길로 오르게 되어 있다. 길가엔 작은 상점들이 줄지어 있지만 청수사처럼 소란스러운 분위기가 아니고 새중간에 아담한 살림집도 있어 발걸음이 편안하다.

커다란 은각사 안내판이 있는 공터에 다다르면 검은 돌로 포장된 반듯한 길이 낮고 작은 대문까지 곧게 뻗어 있다. 길가로는 벚나무가 도열해 있어 정갈하면서도 친숙한 분위기를 자아내는데 여기가 은각사의 첫 대문인 총문이다.

은각사 참도의 동백나무 생울타리

일본에서 절집 안으로 인도하는 길을 참도(參道)라고 하는데 총문에서 중문을 거쳐 사찰 경내로 인도하는 은각사 참도는 상상을 초월할 정도여서 처음 본 사람은 누구나 소스라치게 놀라고 만다.

반듯하게 다듬어진 높이 7~8미터의 높은 생울타리가 50미터 정도 되는 참도 양쪽에 뻗어 있다. 푸르름으로 가득한 이 생울타리는 빈틈없이 빼곡하게 심겨 위로만 자란 동백나무 수림인데, 이를 반듯하게 가위질하여 영락없이 콘크리트 옹벽을 연상시키니 '동백나무 생울타리 옹벽'이라는 표현 말고 달리 설명할 길이 없다.

나무를 키워 옹벽을 만들고 그것을 일일이 깎고 반듯하게 다듬어 참도의 양옆을 차단한다는 발상은 기발하고 파격적이고 충격적이라 할 만하다. 그렇다고 이것이 요즘 말로 엽기적으로 보이지 않고 놀라운 아름다움으로 다가오는 이유는 철저히 계산된 디테일에 있다.

양쪽이 모두 동백나무 옹벽이지만 아래쪽을 보면 왼쪽은 돌담 위에 대나무 울타리를 둘렀고 오른쪽은 돌담 위가 동백과 질감이 비슷한 치자나무 생울타리로 되어 있는데, 그 사이로 난 가벼운 공간을 통해 바깥쪽의 울창한 대밭이 엇비치게 했다. 그 절묘한 구성과 이를 유지하는 공력을 생각하면 그저 놀라울 뿐이다.

늦겨울부터 초봄까지 동백나무가 순차적으로 꽃을 피울 때면 생울타리 옹벽엔 점점이 화사한 연분홍빛이 가해지고 떨어진 동백 꽃송이들은 냉랭한 참도 길바닥을 수놓듯 장식한다. 그리고 초여름 치자꽃이 피어날

| **동백나무 생울타리** | 은각사로 들어가는 참도는 상상을 초월할 정도여서 누구나 놀랄 만하다. 반듯하게 다듬어진 높이 7~8미터의 높은 생울타리가 약 50미터의 참도 양쪽에 둘러 있다.

때면 수줍은 듯 잎사귀 속에 숨어 피는 그 청순하고 하얀 꽃송이가 맑은 향기를 발한다. 이럴 때면 옹벽이라는 말이 가당치도 않다.

　은각사 참도를 이처럼 정성을 다해 조성한 데에는 깊은 뜻이 있다. 본래 절집의 진입로란 밖에서 안으로 들어오는 공간적·시간적 거리를 의미한다. 거창하게 말해서 세속에서 성역으로 들어가는 전환점이다. 이제 참도를 지나면 곧바로 은각사 정원이 한눈에 들어오게 되는데 그전에 참배객들이 마음을 추스를 수 있게 하는 배려이다.

　일종의 긴장감이 유도되지만 그것은 입학시험장에 들어갈 때의 초조한 긴장, 수술실로 들어갈 때의 불안한 긴장, 또는 관공서에 들어갈 때의 굳어지는 긴장이 아니라 무언가 한껏 기대에 부푼 긴장이다. 보석상자 뚜껑을 열기 직전의 긴장까지는 아니라 해도 최소한 첫선을 보러 갈 때 찾아오는 긴장 같은 것이다.

은각사의 정원

그리하여 동백나무 생울타리 참도 모서리를 꺾어들어 중문을 지나면 홀연히 은각사 경내가 정원부터 한눈에 들어온다. 바로 앞에는 백사 마당에 굵은 물결무늬를 그린 은사탄(銀沙灘)이 '비단 거울 못'이라는 예쁜 이름을 갖고 있는 금경지(錦鏡池)를 끼고 펼쳐진다. 백사 마당 한쪽엔 향월대(向月臺)라는 원추형 돌무지가 우뚝 솟아 있어 수평적 구도에 홀연히 입체감과 함께 신비로움을 자아낸다. 물결무늬를 나타내기 위해 백사 마당에 갈퀴질을 해 고랑을 만든 은사탄은 그 높이가 60센티미터나 되며 후지산을 닮은 향월대는 높이가 180센티미터에 이른다.

정원 왼쪽으로는 은사탄을 끼고 방장과 동구당이 나란히 들어앉아 있고, 오른쪽은 연못가에 2층 누각인 은각이 우뚝 솟아 정원을 내려다보고 있다. 동구당은 넓은 툇마루를 갖고 있는 팔작지붕집으로 그저 수수할 뿐이고 은각은 뽐낼 뜻이 전혀 보이지 않는 늠름한 자태이다. 건물과 정원 모두가 검박하면서 고요한 분위기가 있다. 이것이 북산문화와 다른 동산문화의 선종적인 특질이다.

다만 은사탄과 향월대의 표정이 너무 강해 약간 화려하다는 느낌도 없지 않은데 이는 17세기 에도시대에 새로 추가된 모습이고 그 옛날에는 가벼운 기하학적 직선과 동심원으로 되어 있었다고 한다. 그렇다면 요시마사 창건 당시는 참으로 참선의 분위기로 이루어진 정원이었다고 할 수 있다.

순로 따라 전망대에 올라

은각사는 히가시야마의 낮은 봉우리에 바짝 붙어 자리잡고 있어 마치

| **향월대와 은사탄** | 은각사 경내의 백사 마당에는 굵은 물결무늬를 이룬 은사탄이 펼쳐져 있고, 원추형 돌무지인 향월대가 우뚝 솟아 있다. 은사탄은 그 높이가 60센티미터나 되며, 후지산을 닮은 향월대는 높이가 180센티미터에 이른다.

산자락이 은각사 정원을 품에 안은 듯한 포근함이 있다. 은각사 정원은 지천회유식이다. 순로를 따라가면 은사탄 곁을 돌아 방장과 동구당에 이르러서는 잠시 툇마루에 앉아 금경지 너머로 보이는 은각을 느긋이 감상할 수 있다.

뒷산 허리를 가로지른 산자락을 타고 오르면 하늘을 가린 무성한 숲속에 들어온 기분인데 전망대에 이르면 은사탄, 향월대, 금경지가 한눈에 내려다보이고 고개를 들면 저 멀리 교토 시내가 아련히 다가온다.

다시 발길을 돌려 내리막길로 접어들면 숲속에서 이는 골바람에 냉기가 스며들고 시원스럽게 자란 나무들 아래로는 진초록 이끼가 두툼한 카펫처럼 깔려 있어 여기가 그냥 산길이 아니라 지극정성으로 경영되는 정원임을 다시금 실감하게 된다.

그리하여 은각사 정원으로 다시 돌아오면 이번엔 금경지에 바짝 붙어

| 은각사 전경 | 은각사는 히가시야마의 낮은 봉우리에 바짝 붙어 자리잡고 있어 마치 산자락이 은각사 정원을 품에 안은 듯한 포근함이 있다. 뒷산 산자락을 타고 올라 전망대에 이르면 저 멀리 교토 시내가 아련히 다가온다.

있는 은각과 마주하게 된다. 가까이서 보는 은각은 멀리서 볼 때와 달리 제법 큰 규모여서 높이 올려다보게 되는데, 1층은 가로세로로 엮인 기둥과 창문의 기하학적 구성이 정연하고, 2층은 꽃모양 창틀이 아름답고, 지붕은 작은 나무판자를 포개얹은 너와지붕(고케라부키柿葺)의 모습이 가지런하다.

건물 안을 나는 한번도 들어가본 일이 없지만 사진으로만 보아도 은각 2층에서 꽃모양 창문을 통해 본 은사탄과 금경지의 모습은 고요한 아름다움을 전해준다. 은각사를 설명한 책에서는 이런 아름다움을 '한아(閒雅)'라고 표현하곤 한다.

은각에서 연못을 바라보면 금경지 가운데로는 섬처럼 보이는 선인주(仙人洲)라 불리는 돌출된 못가에 잘생긴 소나무와 돌다리가 있고 그 너머로 물결무늬로 퍼져가는 은사탄 백사 마당과 동구당 건물이 엇비친다.

276

| **금경지** | '비단 거울 못'이라는 뜻의 금경지에는 잘생긴 소나무와 돌다리들이 아기자기하게 배치되어 있어 고요한 아름다움을 전해준다.

다시 보아도 은사탄은 아름답고, 향월대는 신비롭고, 금경지는 아기자기하고, 방장은 넉넉하고, 동구당은 편안하고, 은각은 의젓하다.

은각사는 일본 정원의 또 다른 경험이다. 금각사처럼 연못 너머로 금각이 보이거나, 용안사처럼 석정으로 압축되거나, 남선사처럼 담장 안에 소담하게 경영된 것과는 전혀 다르다. 교토에 하고많은 정원이 있지만 이처럼 편안한 분위기를 보여주면서 자연과 인공이 흔연히 어우러지는 곳은 달리 찾아보기 힘들다. 가히 명원이라고 할 만하다.

장인 집단 동붕중

은각사 정원과 건축의 단아하면서도 정교함을 보면서 나는 15세기 일본 무로마치시대 문화능력이 만만치 않았음을 본다. 이를 뒷받침한 경제

| 백사 마당을 갈퀴질하는 모습 | 백사 마당을 유지하기 위해 한달에 한번꼴로 마당 전체를 다시 갈퀴질한다. 석정의 관리에 이처럼 공력이 많이 든다.

력도 그렇지만 특히 기술력이 그렇다.

은각사 조영을 담당한 것은 장인 집단인 동붕중(同朋衆, 도보슈)이었다. 동붕중은 무로마치시대에 쇼군에게 봉사하던 예능 집단으로 3대 쇼군 요시미쓰의 전폭적 지원 속에 크게 성장하여 아미(阿彌)라는 이름으로 계승되었다. 노(能)에서는 초대 간(觀)아미, 2대 제(世)아미, 3대 온(音)아미 등으로 이어갔다.

이들은 각기 한가지씩 특기를 지닌 연희, 회화, 정원 등의 전문 장인이었으며 쇼군가의 재물과 미술 소장품을 관리하는 전문가도 있었다. 8대 쇼군 요시마사 시절 정원에서는 젠(善)아미가 뛰어나 상국사의 정원을 조영했고, 은각사의 정원도 그가 주도했다는 설이 있다. 요시마사는 젠아미를 무척 신뢰하여 그가 병석에 있었을 때는 인삼탕을 끓여 보내주었다고 한다.

그림과 렌가에선 노(能)아미가 '동붕중의 명인'으로 칭송되었고, 그의 아들 게이(藝)아미는 방대한 미술 수집품을 감정하는 데 뛰어났고, 손자 소(相)아미 또한 동붕중의 명인이었다.

동붕중은 이처럼 세습 장인이었고 또 신분과 관계없이 이 기술 집단에 들어와 실력을 발휘하면 아미로서 인정받았다. 이처럼 장인과 기술자에 대한 존경과 대우가 있었기 때문에 무로마치시대 문화는 활짝 꽃필 수 있었다.

은각사 방장의 쇼지는 에도시대 수묵화의 대가로 칭송되는 이케 다이가(池大雅, 1723~76)의 그림으로 장식되었고 서원에는 근대 남화(南畵)의 대가인 도미오카 뎃사이(富岡鐵齋)의 작품이 있어 은각사가 세월의 흐름 속에서 꾸준히 가꾸어져왔음을 보여주는 큰 볼거리이자 자랑이 되어 있다.

방장 건물 처마 밑에는 '동산수상행(東山水上行)'이라는 현판이 걸려 있는데, 이는 '모든 부처님이 나온 곳이 어디냐'는 물음에 운문선사가 '동산이 물 위로 간다'라고 답한 일화에서 왔다고 한다.

서원조의 시원, 동구당

은각사의 핵심 건물인 은각과 동구당은 참으로 검박하면서도 정중한 멋을 지니고 있다. 요시마사가 생전에 낙성을 보지 못했지만 그에 의해 구상된 은각은 금각과 서방사의 사리전을 본받은 2층 누각으로, 1층은 '심공전(心空殿)'이라고 하여 서원풍이고, 2층은 선종풍으로 '조음각(潮音閣)'이라고 하여 관세음보살상을 모셨다.

금각사와 비교하면 금각 1층의 침전조 공간이 사라진 셈이다. 이것만 보아도 같은 무가문화이지만 금각사는 공가의 영향이 강했고 은각사는 선가의 영향이 우세했다는 것을 증언해준다. 귀족다운 외형적인 형식이

| **동구당** | 동구당 건물은 아주 단아한데, 사방 3칸 반에 히노키(편백) 껍데기로 만든 팔작지붕이다. 사방 2칸에 불상을 모셨고, 북동쪽엔 다다미 4장 반의 '동인재'라는 서재가 붙어 있다.

아니라 선종에 입각한 내면적인 분위기가 나타난 것이다.

동구당(東求堂) 건물은 은각보다도 더 단아하다. 사방 3칸 반에 히노키(편백) 껍데기로 만든 지붕(히와다부키檜皮葺)을 팔작지붕으로 이고 있다. 본래 요시마사의 지불당으로 세워진 것이 절이 되면서 『육조단경(六祖壇經)』에 "동쪽 사람은 죄를 지으면 염불하여 서방에서 태어나기를 바란다(東方人造罪念佛求生西方)"라는 구절에서 이름을 따왔다고 한다.

동구당 안 북동쪽엔 다다미 4장 반의 '동인재(同仁齋)'라는 서재가 있는데 여기가 요시마사가 많은 시회와 다회를 열었던 동산문화의 무대이다. 동인재의 이런 취미활동 공간은 훗날 별채로 지어진 초암 다실로 이어져 '초암 다실의 원류'로 지칭되고 있다.

또한 동인재는 일본집에서 '다다미 4장 반'짜리 방의 시작이었다. 방 한쪽 벽에 다도구나 장식품을 놓기 위해 층을 달리하는 선반을 단 '치가

| **동인재 내부** | 방 한쪽 벽에 서화와 꽃꽂이를 장식하는 공간인 '도코노마'와 다도구나 장식품을 놓기 위해 층을 달리하는 선반을 단 '치가이다나'라는 구조가 곁들여져 있는데, 이것이 오늘날까지 일본집의 정형으로 굳어졌다.

이다나(違い棚)'와 서화와 꽃꽂이를 장식하는 공간인 '도코노마(床の間)'는 오늘날 일본집의 정형으로 굳어져 있다.

은각사 정원과 건축의 이런 남다름은 무가사회 생활양식의 변화에 따른 새로운 형식이었다. 이것이 이른바 무가사회의 대표적인 건축양식인 서원조(書院造)의 시원이다.

일본의 지배층 건축이 침전조에서 서원조로 바뀌게 된 것은 무가사회의 생활 패턴이 공가와 달랐기 때문이다. 무가의 저택은 의식(儀式)이 이루어지는 공간, 손님을 맞이하기 위한 공간, 수양을 위한 공간, 휴식을 위한 공간, 차를 마시는 공간, 공부를 하기 위한 공간, 살림을 위한 주거공간을 필요로 했다. 이것을 모두 갖춘 것이 서원조이다. 지금의 동구당은 현존하는 일본에서 가장 오래된 서원조 건물이며, 이 동인재는 '다다미 4장 반'짜리 다실의 시작이었다.

도코노마와 치가이다나는 대개 다다미 한 장 크기로 바닥엔 합판을 깔아 다다미방과 구별하기도 하고, 도코노마는 약간 단을 높여 성스럽게 나타낸다. 그리고 두 공간 사이에는 나무기둥을 가공하지 않고 생목 그대로 형태와 질감을 나타내어 와비사비의 공간적 분위기를 연출한다.

'아름다운 사비' 또는 일본미의 해답

장편의 명작, 계리궁

계리궁(桂離宮, 가쓰라리큐)과 수학원 이궁(修學院離宮, 슈가쿠인리큐)은
에도시대에 건립된 대표적인 왕가의 별궁이다. 이 별궁들은 아무 때나
간다고 들어갈 수 있는 곳이 아니다. 일본의 문화재 중 왕실과 관계되는
곳은 궁내청(宮內廳)에서 직접 관리하며 철저한 사전예약제로 수속이
까다롭고 인원 제한도 엄격하다. 근래에 와서는 인터넷 접수도 가능해졌
지만 한때는 '관제 왕복엽서'를 사용해 우편으로 보내거나 창구에 와서
직접 해야 했다.

3개월 전에 궁내청 교토 사무소 참관계(參觀係)에 신청서를 내야 하는
데 소정의 양식에 참관 희망일을 제1, 제2, 제3으로 제시해야 하고, 대리
신청은 안 된다. 참관 허락을 받으면 예약 당일 지정된 시각 15분 전에

여권을 갖고 가서 수속을 받아야 한다. 게다가 토요일, 일요일, 법정 공휴일 등 참관이 불가능한 날이 많다.

답사객으로서는 불편한 일이지만 문화유산을 보존하기 위해서라면 현명한 조치로 보인다. 무조건 출입금지라고 못 박아놓고 알음알음으로 아는 사람, 높은 사람들만 들어가고 일반인은 접근금지하는 것과는 차원이 다르다. 꼭 보고 싶은 사람에게 참관할 수 있는 길을 열어놓은 것이니 진짜 필요한 사람이라면 3개월이 아니라 1년을 기다려서도 보는 것이다.

나는 두 이궁 모두 두번씩 가보았다. 처음에는 일본 정원을 공부하기 위해서였고, 두번째는 즐기러 간 것이었다. 본래 「히로시마 내 사랑」「남과 여」처럼 영상미가 아름다운 프랑스 영화는 두번은 보아야 제대로 감상할 수 있다. 처음 볼 때는 자막을 따라 읽느라 그 멋진 장면들을 제대로 감상할 수 없기 때문이다.

그래서 지금도 기회가 된다면 그 명화들을 다시 한번 보고 싶듯이 내게 언젠가 계리궁이나 수학원 이궁에 갈 수 있는 기회가 생긴다면 나는 그날을 손꼽아 기다릴 것이다.

브루노 타우트의 「일본미의 재발견」

계리궁은 일본 정원의 백미로 꼽힌다. 소설가 시가 나오야(志賀直哉)가 말하기를 용안사가 단편소설의 명작이라면 계리궁은 장편의 명작이라고 했다. 그러나 일본인들이 이 별궁이 지닌 건축적 가치를 새롭게 인식하게 된 것은 20세기 대표적인 건축가인 독일의 브루노 타우트(Bruno Taut, 1880~1938) 덕분이었다.

그는 쾨니히스베르크 출신으로 토목건축학교를 졸업한 뒤 제1차 세계대전 전에 벌써 철강과 유리 등 새로운 소재를 사용하여 라이프치히

| **계리궁** | 계리궁은 일본 정원의 백미로 꼽힌다. 소설가 시가 나오야는 '용안사가 단편소설의 명작이라면 계리궁은 장편의 명작'이라고 말하기도 했다.

박람회의 철강관(1913), 쾰른 독일공작연맹전의 유리 파빌리온(1914)을 세워 표현주의 경향의 신진 건축가로 주목받았다.

1918년에는 예술노동자회의를 조직하여 표현주의 건축 운동을 적극 추진하면서『알프스 건축』(*Alpine Architektur*) 등 풍부한 상상력의 환상

| 브루노 타우트 | 일본인들이 계리궁의 건축적 가치를 새롭게 인식하게 된 것은 20세기 대표적인 건축가인 독일의 브루노 타우트 덕분이었다.

적인 건축 스케치를 출판했다. 1921년부터 마그데부르크 시의 건축과장으로 있으면서 '도시와 농촌' 홀 설계 및 주택단지 계획 등 도시계획에 종사했고, 1924년에는 베를린으로 옮겨 1931년까지 1만 2천 호에 이르는 주택을 설계했으며『근대 건축』(Modern Architecture, 1929)이라는 저서를 펴내기도 했다.

1932년에 모스크바에 초빙되었으나 그 무렵 나치의 박해가 시작되자 이를 피해 스위스에서 망명생활을 하다가 그리스, 터키를 거쳐 마침내는 시베리아 열차를 타고 블라디보스토크를 경유하여 일본에 도착했다. 1933년 5월, 그의 나이 53세 때였다.

이후 타우트는 3년 반 동안 일본에 체류했는데, 일본이 이 망명객을 국제적인 명성의 건축가로 대접해주지 않았는지 겨우 2개의 주택을 설계하고 1개의 계획안을 수립한 데 그쳤다.

그러나 그 자신은 일본 전통 건축에서 큰 감명을 받아 자신의 건축적 이상과 과제의 해답을 찾는 실마리를 여기서 발견했다. 그는 「일본 건축의 세계적 기적」「이세(伊勢) 신궁」「영원한 것―계리궁」 등 일본 건축과 일본미의 숨겨진 가치를 강연과 글로 발표하고 또 이를 구미 잡지『닛폰』(NIPPON)에 발표하며 유럽에 알렸다.

1936년 가을, 브루노 타우트는 이스탄불의 국립대학 건축과 교수로 초빙되어 일본을 떠났다. 그곳에서 한창 활동하던 중 체류 2년 만인 1938년 12월 갑자기 세상을 떠났다. 향년 58세였다. 이스탄불 사람들은 그의 유해를 에디르네카프(Edirnekapı) 순교자 묘지에 안치하며 이 위대한 건축가의 죽음을 추모했다. 무슬림이 아닌 이를 모신 첫번째이자 유일한 사례라고 한다.

타우트는 엄청난 메모광이었다. 그는 매일 커다란 미농지에 자신의 생각과 감상을 깨알같이 썼다. 이 일기장 곳곳에는 자신이 본 건축을 담은 스케치가 있는데 일본에서 3년간 그린 것이 850장이나 된다. 이것이 5권짜리 브루노 타우트의 전집에 들어 있다.

그의 글은 그가 세상을 떠난 이듬해인 1939년 '일본미의 재발견'이라는 제목으로 이와나미(岩波)서점에서 번역 출간되었다. (한편 그는 일본에 있는 동안 금강산을 다녀가면서 한국의 전통 건축에도 매료되었던 것으로 알려졌으나 이는 한국 쪽 전언일 뿐 그의 연보에서 확인된 것은 아니다.)

브루노 타우트가 구미에 끼친 영향

브루노 타우트가 유럽에 전한 일본미의 재발견은 유럽의 건축·디자인·가구 등에 많은 영향을 미쳐 20세기의 대표적인 건축가들이 속속 교토를 방문하기에 이르렀다. 바우하우스의 창시자인 발터 그로피우스(Walter Gropius)는 1954년 교토에 와서 계리궁을 답사하고는 "천연 그대로의 색채의 사용, 그리고 의도적으로 마감하지 않은 디테일의 존중으로 인간과 자연의 일체화가 표현되었다"라며 다음과 같이 말했다.

"위대한 간소함과 억제된 수단에 의해 실로 고귀한 건물이 창조되었다."(『데모크라시의 아폴론』)

그는 여기서 받은 감동을 동료 건축가인 르코르뷔지에(Le Corbusier)

| 발터 그로피우스가 르코르뷔지에에게 보낸 엽서 |

에게 항공엽서로 보냈다.

"코르뷔지에! 그동안 우리가 열심히 추구해온 모든 것이 일본의 과거 문화 속에 있다. (…) 와서 보면 너도 아마 나처럼 감동할 것이다."

그리하여 코르뷔지에는 이듬해 일본 정부가 도쿄에 건립할 국립서양 미술관 설계에 자문을 요청하자 초청에 응해 일본을 방문했고, 그때 교토에 와서 계리궁을 찾았다. 당시 그가 그린 2장의 스케치가 계리궁에 대한 400쪽에 달하는 방대한 건축 도록인 『가쓰라』(*Katsura: Imperial Villa*, Electa 2004)에 실려 있다.

'적은 것이 많은 것이다!'(Less is more!)를 외치며 단순한 것의 가치를 외쳤던 루트비히 미스 반데어로에(Ludwig Mies van der Rohe)도 여기에 왔다면 그들과 같은 감동을 받았을 것이 틀림없지만, 이에 대해 내가 확인한 바는 없다. 파격적이고 대담한 건축을 보여준 프랭크 로이드 라이트(Frank Lloyd Wright)가 일본을 방문하여 일본 건축의 밝은 창호

| **가쓰라강 강둑에서 본 교토 시내** | 계리궁은 교토 서쪽 가쓰라강 건너편에 있다. 강변에서 동쪽을 바라보면 히가시야마의 연봉들이 감싸안은 교토 시내가 한눈에 들어온다.

문을 그의 건축에 응용한 것은 잘 알려진 사실이다. 그렇다면 20세기를 움직인 4명의 건축가가 다 여기에 관계된 셈이니, 도대체 어떤 건축이기에 이런 영광을 얻은 것인가.

건축의 진정한 가치란

계리궁은 에도시대에 교토 서쪽 가쓰라강 건너편에 한 왕자와 그의 아들이 2대에 걸쳐 조영한 지천회유식 정원으로 1만 7천 평(주변 농지까지 2만 4천 평) 부지에 어전(御殿)인 서원 한 채와 다옥(茶屋), 정자 여남은 채가 연못가와 언덕 위 곳곳에 배치되어 있을 뿐이다.

금각사, 은각사 같은 대단한 건물이 있는 것도 아니고, 동시대 지방 다이묘의 거대한 정원인 가나자와(金澤)의 겐로쿠엔(兼六園), 오카야마(岡

山)의 고라쿠엔(後樂園)에 비하면 반도 안 되는 스케일이다. 이에 비하면 계리궁은 단아한 정원일 뿐이다.

그 때문에 브루노 타우트가 일본에 온 1930년대 중엽만 해도 계리궁은 일본에서 크게 주목받지 못했다. 당시 일본은 여전히 서양문화에 대한 콤플렉스에서 벗어나지 못하던 시기였다. 어설픈 군사적 자신감이 군국주의로 몰아가고 있었지만 지성들의 더듬이는 여전히 서양을 향하고 있었다.

그것도 서양 현대건축에서 횡행하는 거대한 스케일, 요란한 장식, 기발한 디자인 같은 것에 기가 죽어 있었다. 그리하여 도쿠가와 이에야스의 영묘(靈廟)인 닛코(日光)의 동조궁(東照宮) 같은 화려한 건축을 에도시대 대표적 건축으로 내세우고 있었다.

1935년 국제문화진흥회 주최로 열린 타우트 초청 강연회에서 그는 '일본 건축의 기초'라는 주제로 발표하면서 그 첫머리를 이런 말로 시작한다.

동양 고대 건축의 최고 권위자 중 한분인 이토 주타(伊東忠太) 박사가 최근에 어떤 전문 잡지에서 대략 다음과 같이 말했습니다. 50년 전유럽인이 일본에 와서 동조궁이야말로 일본에서 가장 가치있는 건축물이다,라고 말하면 일본인도 그런가보다,라고 생각하고, 오늘날 브루노 타우트가 와서 이세 신궁과 계리궁이야말로 가장 귀중한 건축이다,라고 말하면 일본인들은 또 그렇다고 생각합니다.

이에 대해 타우트는 일본인들에게, 앞 시기 50년 전 사람들이 일본을 이야기한 것은 그들이 일본의 진정한 가치를 발견한 것이 아니라 한 이방인으로서 이국적인 것에 반응했을 뿐임을 알아야 하며, 동조궁의 화려

| **동조궁** | 도쿠가와 이에야스를 모신 신사로 에도시대의 대표적인 건축으로 손꼽힌다. 그러나 브루노 타우트는 동조궁을 두고 '저 휘황찬란한 장식적 건축은 거의 야만적'이라고 말했다.

함이란 권세와 부를 과시하는 건축일 뿐 저 휘황찬란한 장식적 건축은 거의 야만적이라고 말한다. 그러면서 타우트는 이렇게 힘주어 말한다.

　그들은 우키요에(浮世繪) 목판화를 보고 감동을 말했지만 일본회화사에 셋슈나 가노 단유 같은 화가가 있는 줄 몰랐고, 이세 신궁이나 계리궁을 가보지 않았을 뿐 아니라 고보리 엔슈라는 위대한 건축가가 누구인지도 모르고 있었습니다. (…) 이세 신궁은 인간 이성에 반발하는 변덕스러운 요소가 전혀 없는 진정한 건축입니다.

그리고 계리궁에 대해서는 다음과 같이 강조한다.

계리궁에는 기능, 합목적성, 그리고 철학적 정신 세가지가 함께 어우러진 건축적 미덕이 있습니다.

'기능' '합목적성' '철학'! 이 세가지는 발터 그로피우스가 바우하우스를 세우며 현대건축의 당면 과제로 내건 토털 디자인의 핵심적 내용이었다. 그가 코르뷔지에에게 '우리가 열심히 추구해온 모든 것'이라고 말한 것은 바로 이것을 일컫는 것이었다.

계리궁은 이처럼 타우트에게 진실로 감동적인 건축이었다. 그래서 그는 계리궁을 건설했다는 고보리 엔슈라는 건축가에게 깊은 존경을 보낸 것이다.

계리궁이 엔슈의 작품이라는 것은 구전일 뿐이라고 부정하는 이도 있다. 그러나 이 이궁의 건축과 정원이 '엔슈 취향'이라고 말하는 데는 전혀 이론이 없다. 따라서 계리궁의 이야기는 고보리 엔슈가 누구인지부터 시작하지 않을 수 없다.

고보리 엔슈의 생애와 위업

고보리 엔슈(小堀遠州)의 본명은 마사카즈(政一)이다. 1579년 오미국(近江國) 고보리촌(小堀村)의 한 토호의 아들로 태어나 10대에 도요토미 히데요시의 급사(給仕)가 되었는데, 이 무렵 센노 리큐를 만났고 아버지의 권유로 대덕사로 들어가 춘옥종원(春屋宗園) 선사에게 참선을 배웠다.

1595년, 17세 때 히데요시의 직참(直參)이 되어 후시미(伏見)로 갔는데 여기서 리큐 7철의 한분인 후루타 오리베(古田織部, 1543~1615, 본명은 시게나리重然)를 만나 다도를 배우게 된다.

후루타 오리베는 무장이면서 다인으로 유명하여 리큐 사후 무가사회의 다도를 이끌었던 인물이다. 그는 리큐의 다도를 계승해 대담하고 자유로운 기풍을 견지하면서도 리큐의 정적(靜的)이고 고요한 다도와는 대조적으로 역동적인 다풍의 파격적인 차노유

| **고보리 엔슈** | 그의 묘탑이 있는 대덕사 고봉암에 소장된 초상화(부분)이다.

를 이끌었다. 이는 사람들에게 '파조(破調)의 미(美)'라고 불리며 '오리베 취향'이라는 유행을 낳았다.

오리베는 다기 제작·건축·정원에도 뛰어난 솜씨를 보여 스스로 다도의 코디네이터로 자부했다. 그러나 생애의 마지막에는 리큐처럼 오해를 받아 할복자살하고 말았다. 엔슈가 리큐의 다도를 이어받으면서 그와는 전혀 다른 세계로 발전해갈 수 있었던 것은 오리베의 창의적 태도에서 배운 바가 컸다.

1598년 히데요시가 죽자 엔슈는 도쿠가와 이에야스를 주군으로 모시며 봉사하여 '세키가하라(關ヶ原) 전투'에서 아버지와 함께 공을 세워 1만 2천여 석의 영지를 하사받았다. 그리고 1608년에는 도토미(遠江)의 수(守)에 서임되면서 이후 엔슈(遠州)라고 불리게 되었다. 1619년 41세 때는 오우미(近江) 고무로번(小室藩)의 번주가 되어 막번 체제에서 확고한 지위를 갖게 되었다.

그러나 그는 무인 관료로서가 아니라 다도와 건축의 당대 일인자로 무수히 많은 토목·건축·정원 조영에 관여하며 일생을 살았다. 닛코의 동조궁을 비롯해 도쿠가와 집안의 보리사(菩提寺) 겸 별장을 조영했고,

쇼군이 교토로 올라가는 이른바 상락(上洛) 때 임시로 머무는 휴박소(休泊所)의 다옥 짓는 일을 도맡았다.

그가 조영한 정원은 상황(上皇)을 위한 선동어원(仙洞御園), 후시미성의 정원, 고대사(高臺寺)의 정원, 이조성 니노마루(二の丸) 어전의 '8진(陣)의 정원', 남선사 금지원(金地院)의 '학구(鶴龜)의 정원', 남선사 방장의 마른 산수 정원, 성취원(成就院)의 '달의 정원' 등 수를 헤아리기 힘들정도로 많다.

다실로는 대덕사 고봉암의 망전, 대덕사 용광원의 밀암, 남선사 금지원의 팔창석(八窓席) 등이 있으며 이들은 모두 일본의 국보, 중요문화재, 명승으로 지정되어 있다.

그는 다도에서도 도쿠가와 쇼군의 다도 사범으로 천하제일 다장(茶匠)의 지위에 올랐다. 그의 다도는 유현(幽玄)·유심(有心)의 차노유로 '격(格)으로 들어가서 격(格)으로 나오기'를 강조했다. 그는 생애 약 400회의 다회를 열었으며 여기에 초대된 손님이 2천명에 이르렀다고 한다.

고보리 엔슈는 말년에 공사비 횡령이라는 구설수에 올랐으나 주변의 옹호로 무사히 넘겼고, 막부와 공가 사이의 긴장을 의식하여 공가의 일은 막부에서 정책적으로 실시하는 소위 '공의(公儀)' 사업, 이를테면 대각사의 신전(宸殿) 건립 같은 일에만 손을 대고 공가 출입을 자제했기 때문에 스승 센노 리큐, 후루타 오리베처럼 말년의 비극을 당하지 않고 69세까지 장수를 누리고 세상을 떠났다. 그의 유해는 대덕사 고봉암에 모셔져 있다.

'아름다운 사비'

고보리 엔슈는 건축·정원·다도뿐 아니라 모든 분야에서 대단히 창의적인 인물이었다. 그는 화도(華道)라 불리는 꽃꽂이에서도 독창적인 양식을 창출했다. 곡생(曲生) 기법이라고 하여 꽃가지를 대담하고 과장되게 구부리는 매우 어려운 기술로, 지금도 널리 퍼져 있다고 한다.

그뿐 아니라 그가 오카야마(岡山)의 다카하시(高梁)에 살 때 이 지역에서 많이 나는 유자(柚子)를 이용하여 만든 과자(柚餠子)는 오늘날 이 지역의 대표적인 특산물이라고 한다.

와카와 서예에서도 일가를 이루고 공가·무가·선가의 명사들과 널리 교류하여 이른바 '간에이(寬永)문화'의 대표적인 문화인으로 꼽히며, 그가 각 분야에서 이룩한 양식은 '엔슈 취향' '엔슈 유(類)'라는 이름이 후대까지 붙어다닌다.

특히 그가 일본 건축과 정원에서 이룩한 업적은 거의 절대적인 것이다. 그는 센노 리큐가 초암 다실로 제시한 스키야(數寄屋)를 기존의 서원조(書院造) 건축과 결합하여 밝고 크게 만든 스키야 즈쿠리(數寄屋造り)를 탄생시켰다.

이는 반투명의 창호지를 바른 미닫이문(襖, 후스마)과 날씬한 목조 소재에 장식을 하지 않은 간결함으로 서원조 건물에 우아한 세련미를 보여주었다. 그래서 이를 '서원식 스키야'라고도 불렀다.

초암 다실은 여전히 소박한 서민풍이면서도 크기가 확대되고 창이 많아 밝아져 다옥(茶屋)·다정(茶亭)이라는 표현이 더 어울리게 되었지만, 그 안에 들어가 차를 마시면 어딘가 와비사비의 세계를 느끼게 했다.

정원 조영에서는 건물과 풍경이 아름다운 조화를 이루는 '토털 디자인'을 지향했다. 다실로 인도하는 노지가 확대되었고, 생울타리, 석조 다리 등에 과감하게 직선을 도입했다.

또 바닥돌을 깔면서 여러 형태의 절석(切石)을 짜맞추어 커다란 첩석(疊石)을 만들기도 하고 자연석과 정방형의 절석을 함께 배치한 것도 이

전에는 볼 수 없던 그의 창의였다. 이처럼 건축과 조경에서 디테일까지 주목하는 태도는 그가 다도에서 주장한 '유의(有意)'의 뜻과 통한다.

나아가서는 생울타리를 발전시켜 수목을 대담하게 전지한 '오카리코미(大刈込)'로 정원을 조영하기도 하고 잔디 정원을 만들기도 한 것은 서양 정원을 공부하여 얻어낸 것이라고 한다.

엔슈의 이런 창안은 리큐의 와비사비를 견지하면서 스승인 후루타 오리베의 '파조의 미'를 세련되게 다듬어 발전시킨 것이었다. 이처럼 고보리 엔슈가 다도·건축·정원에서 추구한 미학을 사람들은 '아름다운 사비(きれい寂び)'라고 불렀다.

본래 사비란 누추한 것, 쓸쓸한 것, 가난한 것을 의미했는데 그 정신만을 간직하고 아름다운 형식으로 구현했다는 것이다. 즉 와비사비의 대중적 형식을 제시한 것이다.

이를 왜 아름다운 '와비사비'라 하지 않고 아름다운 '사비'라고만 하는지는 나는 잘 모른다. 아마도 와비와 사비의 미묘한 차이 중 사비에 해당한다는 것 같은데 나는 그런 감각적 감별까지는 알지 못하고 엔슈 취향이 와비보다 사비에 가깝다는 뜻으로만 이해하고 있다.

고보리 엔슈의 이 '아름다운 사비'의 미학을 가장 잘 보여주는 곳이 바로 계리궁이다.

도시히토 왕자의 계리궁 창건

계리궁을 창건한 이는 도시히토 친왕(智仁親王, 1579~1629)이다. 친왕이란 왕손에게 붙이는 칭호로 조선시대 왕자나 군(君)에 해당하는 것인데 그는 고요제이(後陽成) 천황의 친동생이다.

한때 아들이 없던 도요토미 히데요시는 오다 노부나가가 왕자를 양자로 데려온 것을 본떠서 도시히토를 그의 후계자로 맞아들였다. 히데요시 사후엔 관백(關白) 지위를 이어받을 위치였다.

그런데 그가 11세 되었을 때 히데요시에게 아들 쓰루마쓰(鶴松)가 태어나는 바람에 도시히토는 본가로 돌아가게 되었다. 이에 히데요시는 파격적으로 그에게 3천 석의 영지를 내려주었다. 그리하여 그는 독립된 왕가를 갖게 되었고 하치조 궁가(八條宮家, 하치조노 미야케)라는 이름도 받았다. (나중엔 가쓰라 궁가桂宮家라고도 불렸다.)

그는 1600년 세키가하라 전투 이후 천황에 추천되었으나 도쿠가와 이에야스 쇼군이 그가 한때 도요토미 히데요시의 상속자였다는 사실 때문에 받아들이지 않아 천황 자리는 조카인 고미즈노오(後水尾) 천황에게 돌아갔다.

청년기의 도시히토는 친형인 천황을 곁에서 보좌하며 리큐 7철의 한 분인 호소카와 유사이(細川幽齋) 아래에서 고금 와카집(古今和歌集)의 정통 전수자가 되었고 또 그에게 다도도 배웠다. 어려서부터 고전과 한학에 능통했고, 그림도 잘 그리고 거문고도 좋아했으며, 꽃꽂이(立花)에서도 일가를 이루었고, 축국과 마술(馬術)도 잘하는 다재다능한 인재였다.

그렇게 폭넓은 교양과 탁월한 재능을 갖고 있던 그가 마침내 가쓰라에 별장을 건설할 뜻을 세웠는데, 그 시작이 언제인지는 확실치 않고 1615년에 고서원(古書院)이 세워진 것만은 분명하다. 이 터는 산자수명한 곳으로 일찍이 후지와라의 별장이 있었던 유서 깊은 곳이었다.

1976년부터 실시한 대대적인 복원공사 결과 어전인 서원 일대의 건물은 일시에 지어진 것이 아니라 세 차례에 걸쳐 증축된 것으로 확인되었다. 그러나 도시히토는 1629년 51세에 갑자기 세상을 떠났고, 그때 아들인 도시타다(智忠, 1619~62)는 겨우 11세였기 때문에 가쓰라 별궁은 완공을 보지 못한 채 황폐한 모습으로 남을 수밖에 없었다.

아들 도시타다의 계리궁 완공

그러다 계리궁이 다시 공사를 시작할 수 있게 된 것은 1642년 도시타다가 100만 석의 다이묘인 마에다(前田) 가문의 딸을 아내로 맞이하여 막강한 처가의 지원을 받을 수 있게 되었기 때문이다. 그는 아버지 못지않게 학문과 다도, 시가와 활쏘기에 뛰어난 재능을 갖고 있어 이 정원의 조영에 예술적 재능을 쏟아부었다. 그리하여 3년 뒤인 1645년 마침내 계리궁이라는 명작이 완공되었다.

도시타다는 계리궁에 명사들을 초청하여 많은 시회와 다회를 열었다. 공가를 비롯한 교토 사회에 명원으로 이름이 나 고미즈노오 상황이 방문하기도 했다. 아들이 없던 도시타다는 고미즈노오 상황의 아들을 양자로 받아들여 그가 하치조 궁가의 제3대가 되었다.

도시타다는 상황이 아들도 볼 겸 또 한번 방문할 것을 기대하며 서원을 증축했지만 상황이 다시 여기를 찾은 것은 그가 세상을 떠난 뒤인 1663년이었다. 그때 상황이 계리궁을 찾아온 것은 그가 낙북에 짓고 있던 수학원 이궁에 참고하기 위해서였다.

하치조 궁가는 1881년까지 이어오다가 12대째 가서 대가 끊겨 계리궁은 궁내청 자산으로 편입되었고 그동안 가쓰라 산장(山莊)이라 불리던 것을 이궁(離宮)이라고 부르게 되었다.

계리궁의 담장과 대문

계리궁을 두번째 참관하게 된 날 나는 예약된 시각보다 30분 전에 도착하여 주변부터 둘러보았다. 상가와 민가로부터 비교적 멀찍이 떨어져 있어 역시 왕가의 별궁 주변다운 정숙한 분위기가 풍기고 바로 옆에는

| **계리궁의 대나무 울타리** | 이궁의 담장을 따라가다보니 대문에 가까워지면서 인공 대나무 울타리가 나타났다. 통대 사이사이에 조릿대를 가로질러 엮은 이런 대나무 울타리를 호가키라고 한다.

긴 방죽길이 보였다. 접수처로 가기 전에 강변으로 가 강둑에 올라서니 가쓰라대교가 시내 8조대로로 연결되어 있고 연이어 뻗은 교토의 낮은 지붕들 너머로는 히가시야마 36봉이 통째로 시야에 들어왔다. 강 하나 건너에 이처럼 한적한 별궁이 있는 것이 교토다.

강둑을 내려와 접수처로 가기 위해 이궁의 담장을 따라가다보니 이 담장부터가 예사롭지 않았다. 촘촘하게 심은 조릿대를 반듯하게 절지한 대나무 생울타리로 둘러져 있다. 이를 사사가키(笹垣)라고 한다. 그리고 이궁의 대문에 가까워지면 생울타리 대신 인공 대나무 울타리로 바뀐다. 통대 사이사이에 조릿대를 가로질러 엮은 이런 대나무 울타리는 호가키(穗垣)라고 한다.

표문(表門)이라 불리는 대문은 디근자 형상으로 약간 들어가 있어 그

| **어행문** | 일반인들이 출입할 수 있는 통용문과 별도로 상황들이 출입하는 어행문이 따로 있다.

앞이 널찍하다. 두툼하고 둥근 나무기둥에 세워진 두 짝의 대문은 생나무 각목으로 틀을 짜고 세죽을 촘촘히 이어붙였다. 양 기둥 옆으로 살짝 뻗은 담 역시 대나무로 짜서 대문과 울타리의 콘셉트가 모두 대나무로 되어 있다.

대나무라는 단일 소재를 변주하여 거부감이나 이질감이 전혀 없이 대문의 권위는 권위대로 살리고 울타리의 품위는 품위대로 나타낸 그 조형 감각은 가히 현대적인 디자인 센스라 하지 않을 수 없다. 브루노 타우트도 이를 처음 본 순간 다음과 같은 찬사가 절로 나왔다고 한다.

"이것은 모던이다."

| **가림막 소나무** | 통용문으로 들어가면 지천회유를 즐기기 위한 소로가 열리는데 높은 생울타리가 양옆으로 길게 뻗어들어간 연못가 끝에 복스럽게 자란 소나무 한 그루가 가림막처럼 서 있다. 처음부터 연못의 전모를 보여주지 않겠다는 의도적인 조경이다.

연못가의 '가림막 소나무'

접수처로 가서 여권을 제시하고 참관 수속을 한 다음 대기소로 들어가니 계리궁을 해설하는 동영상이 상영되고 있었다. 내가 처음 여기에 온 것은 삭막한 겨울이었고 이번에는 녹음이 울창한 여름이었는데 동영상을 보니 봄, 가을, 그리고 눈에 덮인 겨울의 계리궁이 참으로 환상적인 장면을 연출하고 있었다. 특히 홍엽 단풍으로 물든 가을날이 인상적이었다. 봄철의 풍경에는 벚꽃보다 매화가 많았는데 이는 왕가의 품위보다도 다도의 와비사비 분위기와 연관된 것이 아닌가 싶었다.

궁내청에서 나온 안내인을 따라 마침내 안으로 들어가는데 30명 일행 중 서양인이 반을 차지하고 있었다. 안내인 말이 전체 참관 시간은 1시간 반이고 중요한 포인트에서 몇번 쉬어갈 것이며 사진은 맘껏 찍을 수 있지만 건물 안은 들어갈 수 없다고 한다. 이 점은 우리나라 창덕궁 비원의 관람 방식과 똑같았다.

계리궁은 참관자를 위한 통용문(通用門)으로 첫발을 내딛는 순간부터 명장면을 보여준다. 들어서면 몇걸음 안 가서 오른쪽으로 이궁의 본채인 서원으로 들어가는 중문이 나오고 왼쪽으로는 본격적으로 지천회유를 즐기기 위한 소로(小路)가 열린다.

바로 앞에는 안쪽으로 쑥 들어간 연못가 끝에 가지를 넓게 펼치고 복스럽게 자란 소나무 한 그루가 의젓이 서 있는 것이 보인다. 양옆으로 높은 생울타리가 길게 뻗어 있어 연못이 빠끔히 비칠 뿐이다. 처음부터 연못의 전체 모습을 보여주지 않겠다는 의도적인 조경임이 분명한데 이를 '가림막 소나무', 일본말로 '쓰이타테(衝立) 소나무'라고 한다.

서원의 구조와 네 공간

계리궁의 핵심 건물은 어전(御殿)이라고도 불리는 서원으로 전체가 연결되어 있지만 모두 네 채가 계속 니은자로 꺾어지며 안쪽으로 들어간다. 그 모습이 기러기떼가 날아가는 모습처럼 비스듬히 줄지어 있다고 해서 안행(雁行)이라고 한다.

이는 각 방에서 제각기 연못을 조망할 수 있도록 공간을 열어준 것이다. 각기 고서원(古書院)·중서원(中書院)·신서원(新書院)이라 부르고 그 사이에 있는 '악기의 공간(樂器の間)'은 연회를 위한 곳인데 천황의 방문을 맞이하기 위해 증축한 것으로 1976년 복원공사 때 확인되었다.

서원은 참으로 평범한 스키야풍 서원조 건물이다. 왕가의 저택으로 보이지 않을 정도로 소탈하여 일본의 어떤 일반 건물보다 특별히 뛰어나다는 인상을 주지 않는다. 그러나 건물의 주인이 남보다 뛰어남이 드

| 서원 건물 | 계리궁의 중심 건물로 각 방에서 제각기 연못을 조망할 수 있도록 공간을 열어준다. 평범한 스키야풍 서원조 건물로, 왕가의 저택으로 보이지 않을 정도로 소탈하다.

러나는 것은 이 생활공간에서 이루어지는 고상한 취미 덕분이니, 그래서 그 우아한 내용이 평범한 외양 때문에 더욱 돋보이게도 된다.

건물의 디테일을 살펴보면 실내 구성이 여느 민가와는 다르다. 건물 내부는 다다미와 도코노마, 선반 등으로 구성된 서원조 건물의 일반적 형식을 따르지만, 선반의 구성, 문고리 장식, 도코노마의 기둥, 그리고 당대 대가인 가노 단유의 간결한 필치가 돋보이는 산수화로 장식된 후스마에서는 교양있는 문화인의 체취와 왕가의 품위가 돋보인다.

처음 지어진 고서원 앞에는 넓은 데크가 설치되어 있는데, 이는 월견대(月見臺)라고 한다. 연못 위로 떠오른 달을 감상하기에 제격이다. 아마도 그것은 계리궁의 손꼽히는 아름다운 경치 중 하나였을 것이다.

서원 건물에서 나를 놀라게 한 것은 건물의 보존이었다. 일본 전통문화 보존협회에서 발간한 계리궁 안내책자의 연보 마지막에는 다음과 같은 글이 실려 있다.

창건 이래 3백 수십 년 동안 건물의 노후화, 지반 침하에 의한 왜곡과 목재의 풍화, 병충해 등을 입었다. 이에 상세한 조사에 기초하여 건물의 전면적인 해체 수리가 계획, 수행되었다. 1976년부터 6년에 걸쳐어전(서원)을 중심으로 정비 공사를 한 다음, 1985년부터는 다실 등의정비 공사가 시행되어 착공 16년 만인 1991년에 끝났다. 이리하여 계리궁의 수리는 무사히 종료되었다. 거의 모든 건물들을 일단 해체한 뒤에 원상대로 짜맞추는 근본 수리를 하면서 오래된 부재의 재사용,교체할 부재의 조달, 나아가서 구조의 강화 등에 각별한 배려와 노력이 필요했다. 여러 분야에 걸쳐 전문적 지식을 지닌 최고 수준의 기술과 최신 과학기술이 남김없이 동원되었다.

연못의 구조와 다실의 배치

계리궁의 정원은 지천회유식인 만큼 핵심은 연못에 있다. 족히 3천 평은 되어 보이는 넓은 연못의 생김새는 심하게 굴곡진 리아스식 해안보다도 더 구불구불하고 반도처럼 길게 뻗어나온 곳도 많아 항공사진이아니고서는 그 형상을 종잡을 수 없다.

그리고 연못 가운데는 세모난 섬과 네모난 섬을 다리로 연결한 신선도(神仙島)가 있어 어느 지점에서 보아도 이 섬에 가려 연못의 전체 모습이 드러나지 않고 물길이 어디론가 흘러가는 것처럼 보인다. 그로 인해사람들은 연못의 크기를 무한대로 느끼게 된다.

연못가에는 높게 성토하여 축산(築山)을 만들고 홍엽산(紅葉山)·소철산(蘇鐵山) 등 거기에 심은 나무에서 따온 이름을 지었고, 언덕 마루에는

| **연못의 풍경** | 지천회유식 정원인 계리궁의 핵심은 연못인데, 리아스식 해안처럼 복잡한 곡선을 그린다.

송금정(松琴亭)·상화정(賞花亭)·만자정(卍字亭)이라는 다정과 원림당 (園林堂)·소의헌(笑意軒)이라는 다옥을 배치했다.

송금정으로 가는 길목엔 손님들이 다실로 들어가기 전에 대기하는 '소토코시카케(外腰掛)'라는 열린 공간이 있다. 상화정 또한 비바람만 막는 열린 공간이다. 그리고 모든 건물은 깔끔하고 심플한 엔슈 취향의 스키야로 되어 있다. 고보리 엔슈의 '아름다운 사비'가 이런 것이리라는 생각이 절로 든다.

안내인은 먼저 본채 서원이 아니라 우리가 들어올 수 없었던 어행문 (御幸門)으로 안내해 내가 예찬해 마지않던 표문의 안쪽을 보여준다. 그 것은 계리궁의 원래 엔트런스(entrance)를 보여주기 위한 배려이기도 하다.

여기서 서원 건너편 산자락으로 올라가면서 홍엽산의 그윽한 풍취를

| **연못가의 다옥과 다정** | 1. 상화정 2. 소의헌 3. 월파루 4. 만자정

맛보게 하고, 대기소에서 잠시 쉰 다음 다리 건너 연못가로 난 길을 따라가다가 다시 다리를 건너 높직이 올라앉은 송금정 다실에 이르러서는 한참 동안 자유시간을 준다. 여기가 이궁의 전모가 조망되는 계리궁 참관의 하이라이트이다.

참으로 아름다운 정원이라는 감탄이 절로 나온다. 동서남북 사방이 저마다 다른 표정으로 참관객의 눈을 바쁘게 만드는데 어디 하나 요사스러운 데가 없고 돌 하나, 풀포기 하나, 물 내려가는 홈통 하나 소홀한 데가 없다.

다옥 건물의 디테일을 보면 이건 절대로 민가의 건축이 아님을 알 수 있다. 창살, 무쇠 고리 장식, 실내의 벽과 선반, 창문의 디자인을 보고 있으면 고보리 엔슈가 강조한 '유의(有意)'의 말뜻을 다시금 생각해보게 된다.

송금정을 내려가면 다시 연못가 길이 되고 다리를 건너면 상화정과 원림당에 이르러 또 한번 쉬게 된다. 또 다리를 건너 안쪽에 있는 소의헌을 다녀와서는 마침내 서원 앞에 당도해 월견대에서 우리가 맴돌아온 연못을 느긋이 바라보게 된다. 월견대 바로 건너편의 연못가 높은 곳에는 정자가 있는데 이를 월파루(月波樓)라고 한다. 거기에 올라가 달맞이를 하면 연못에 그림자 진 달이 물결에 일렁이는 모습이 아름답다는 것은 말하지 않아도 알 수 있겠다.

드디어 참관을 마칠 시간이 되어 서원을 곁에 두고 중문을 통해 밖으로 나아가니 다시 '가림막 소나무'가 멀찍이서 우리를 배웅하는 것 같았다. 정확히 1시간 반의 행복한 지천회유였다.

계리궁 정원의 디테일

계리궁의 정원에서 가장 감동적인 것은 걸음걸음마다 달라지는 풍광의 변화가 너무도 다양하다는 점이다. 한 굽이 돌 때마다, 연못가를 거닐 때마다, 다리를 건널 때마다, 다정에 올라설 때마다 새롭게 나타나는 아름다움을 놓치기 싫어 발걸음을 머뭇거리게 된다.

그리고 다실로 인도하는 노지에 해당하는 길에는 어떤 식으로든 들뜬 기분을 가라앉히는 조경적 장치가 있다. 길이 좁아지든, 돌길이 조심스러워지든, 길가의 이끼가 와비사비의 분위기를 연출하든 뭐가 달라도 다르다. 그리고 다실의 생김새가 다르듯 노지마다 생김새도 다르다. 긴장과 이완이 반복되면서 걷는 이를 사색으로 이끈다. 지루할 여지가 없고 정신이 딴 데로 흐를 틈이 없다.

돌길을 놓는 방법도 여러 가지다. 잘생긴 자연석을 징검다리 놓듯이 놓는 것은 우리네와 마찬가지지만 자연석과 인공석을 조합하여 장방형

으로 길게 깔면서 길의 분위기를 연출하곤 한다. 깨진 돌(절석切石)의 조합 방식을 일본에선 '노베단(延段)'이라고 하는데, 사각형·삼각형·사다리꼴 등 기하학적 도형을 조각보처럼 맞춘 것, 자연석을 옹기종기 테두리 안에 몰아넣은 것, 긴 장대석과 넓적한 자연석을 모자이크한 것 등 매우 다양하며 고보리 엔슈는 이 노베단에 직선을 과감히 사용한 것으로 유명하다.

다옥으로 가는 길목에는 형태를 달리하는 키 작은 석등들이 곳곳에 놓여 있다. 모두 24개다. 일본의 정원 석등은 등롱(燈籠, 도로)이라고 부르며 양식화되어 제각기 이름이 있다. 세 발 받침대에 삼각형 지붕을 한 '삼각형 석등', 화창(火窓)이 세가지로 난 '삼광형(三光形) 석등', 옷소매를 연상시키는 '수형(袖形) 석등', 포물선이 교차된 모습의 받침대로 만들어진 '설견형(雪見形) 석등', 후루타 오리베가 창안했다는 '오리베(織部) 석등' 등이다.

그런데 솔직히 말해서 일본의 석등은 멋있지가 않다. 우리나라는 가히 아름다운 석등의 나라라고 할 만큼 멋진 석등이 많다. 불국사 대웅전

| **월견대(왼쪽)와 월파루(오른쪽)** | 연못을 돌아 서원의 월견대와 월파루에 이르면 우리가 맴돌아온 연못을 느긋이 바라볼 수 있게 된다.

앞 석등, 부석사 무량수전 앞 석등, 가야산 청량사의 석등, 실상사 백장암의 석등을 보면 일본인들은 놀라며 기가 죽곤 한다. 일제강점기에 일본인들이 우리나라 석등의 아름다움에 반하여 자기네 정원에 폐사지의 석등을 많이 옮겨다놓은 것은 이 때문이다.

그러나 우리나라 사찰 석등은 스케일이 너무 커서 일본 정원에는 맞지 않으므로 그에 영향을 받지는 않은 것 같고, 그 대신 조선시대 왕릉 앞의 장명등(長明燈)을 벤치마킹한 것이 있는데 이는 '조선(朝鮮) 석등'이라고 부른다.

계리궁의 더 큰 매력은 아마도 수목의 배치일 텐데 그것을 다 알아차릴 만한 식견이 내게 없을뿐더러 그것을 여기서 일일이 설명한다는 것도 불가능하다.

타우트가 말하는 계리궁의 미덕

우리는 가끔 좋긴 좋은데 무엇이 좋은지 말로 표현할 수 없고 그 실체

| 계리궁의 석등들 | 다옥으로 가는 길목에는 형태를 달리하는 키 작은 석등이 곳곳에 놓여 있다. 그런데 솔직히 말해서 일본의 석등은 멋있지가 않다.

가 잡히지 않을 때가 있다. 내가 처음 계리궁을 보았을 때의 감동과 느낌이 그랬다.

낱낱이 뜯어보면 화려한 구석이 없는데 지천회유를 하고 난 내 느낌은 너무도 화려한 시각적 기쁨으로 충만했다. 그 뒤에 대충이나마 공부를 하고 두번째 갔을 때는 비로소 구조와 기능이 눈에 들어오고 디테일의 의미도 새겨볼 수 있었다. 그러나 여전히 계리궁이 갖고 있는 아름다움의 비밀이 풀리지는 않는다. 이럴 때는 고수의, 전문가의, 선생님의, 또는 당대 안목의 눈과 말을 통해 풀어야 한다.

브루노 타우트는 계리궁의 아름다움에는 제각기 다른 세가지 표정이 있다고 보았다. 우선 서원 건축처럼 일상생활이 다름없이 영위되는 실용적이고 유용한 공간에서는 최고의 세련미를 보여주고, 또한 다실과 다실에 이르는 길에는 선(禪) 또는 다도에서 나오는 준엄한 정신이 서려 있으며, 그런가 하면 경사진 언덕이나 작은 폭포, 다리의 모습은 어떤 준엄한 철학적 요소보다는 마치 한 편의 전원시(田園詩)를 연상시킨다는 것이다.

| **연못을 가로지르는 다리** | 계리궁에서 가장 감동적인 것은 걸음걸음마다 달라지는 풍광의 변화가 너무도 다양하다는 점이다. 한 굽이 돌 때마다, 연못가를 거닐 때마다, 다리를 건널 때마다, 다정에 올라설 때마다 새롭게 나타나는 아름다움을 놓치기 싫어 머뭇거리게 된다.

이처럼 계리궁은 생활미·정신미·서정성 등 정원이 가질 수 있는 모든 요소를 간직하고 있다. 타우트는 계리궁의 결정적인 매력은 우아한 삶, 높은 도덕, 고상한 취미를 다 담아내면서도 그것을 어떤 일본 주택보다도 '문자 그대로 간소하게' 처리했다는 점이라고 했다.

요란한 장치나 기발한 구조로 사람의 눈을 끄는 것이 아니라 평범성을 유지하면서도 세련되고 우아하며 기능에 충실한 형식을 갖췄다는 것이다. 그리하여 타우트는 다음과 같이 말했다.

나는 현대건축의 발전에서 가장 중요한 기초는 기능에서 찾지 않으면 안 된다고 주장하며 '모든 뛰어난 기능을 갖는 것은 동시에 형식도 뛰어나다'라는 명제를 내걸었다. 때때로 이 말은 오해를 낳았지만 (…) 계리궁은 나의 주장이 맞았음을 명확히 보여준다.

| 연못과 다옥의 풍경 | 다실과 다실에 이르는 길에는 선(禪) 또는 다도에서 나오는 준엄한 정신이 서려 있으며, 작은 폭포나 다리의 모습에는 한 편의 전원시를 연상시키는 짙은 서정성이 있다.

브루노 타우트는 기능에 충실하면서도 아름답고 우아한 형식이 성공할 수 있었던 것은 그 기저에 다도 또는 선이라는 정신이 깔려 있었기 때문임을 누차 강조했다. 오솔길의 배치, 돌길의 구성, 키 작은 나무의 배치, 그 모든 것에 다도에서 말하는 와비사비의 정신이 정성껏 구현되었기에 평범한 것 같아도 어디 하나 소홀함이 없다는 것이다.

그것이야말로 자신이 그토록 찾던 건축적 이상이었는데 이것을 300년 전 일본의 건축가가 이미 구현했다는 데에 감동하지 않을 수 없었다고

| **계리궁의 길들** | 계리궁은 돌길을 놓는 방법도 여러 가지다. 기하학적 도형을 조각보처럼 맞춘 것, 자연석을 옹기종기 테두리 안에 몰아넣은 것, 긴 장대석과 넓적한 자연석을 모자이크한 것 등 매우 다양하다.

한다. 그래서 그는 계리궁을 보면서 일어난 감격을 이렇게 말했다.

위대한 예술작품을 만날 때면 저절로 눈물이 흐른다. 나는 계리궁
의 저 신비에 가까운 수수께끼 속에서 예술의 아름다움은 형태의 미
가 아니라 그 배후에 서려 있는 무한한 사상과 정신에 연결되어 있다
는 것을 여실히 감지할 수 있었다.

| **교토 어소** | 브루노 타우트는 계리궁과 동시대에 지어진 궁궐 건축인 교토 어소를 답사하고는, 대지와 건물이 직접 결합되는 일본 건축의 미덕을 읽을 수 있다고 했다.

명작의 3대 조건, 정신·재력·기술

브루노 타우트는 55세 생일날 계리궁을 다시 방문했다. 그날 타우트는 동시대 지어진 궁궐 건축인 교토 어소와 수학원 이궁까지 답사했다. 어소에서 그는 대지와 건물이 직접 결합되는 일본 건축의 미덕을 읽었고, 수학원 이궁에서는 대문과 담장의 훌륭한 조화를 보면서 어디 하나 이국풍이 없는 일본미의 아름다움을 느꼈다.

두 곳 역시 훌륭한 건축이 틀림없다. 그러나 타우트는 이 두 곳엔 계리궁이 갖고 있는 중요한 것 하나가 없다고 한다. 바로 건축과 정원이 유기적으로 연결되지 않고 건축은 건축대로, 정원은 정원대로 따로 논다는 점이다.

타우트는 계리궁이 어떻게 동시대의 유산이면서 유독 유기적이고 철학적이고 독자적이고 조형적인 질서를 갖게 되었는지에 대해 이렇게 말한다.

여기에는 한 사람의 뛰어난 예술적 인격이 있기 때문에 예술적 정채(精彩)가 빛나는 것이다. (⋯) 혹자는 부정하지만 계리궁은 고보리 엔슈의 작품이라고 전한다. 그는 교양을 두루 갖춘 예술가였고 다이묘였고 다인이었으며 그 모든 것을 갖춘 건축가였다.

본래 명작에는 반드시 충족해야 할 세가지 조건이 있다고 한다. 첫째는 그 시대를 관철하는 심오한 미학(정신), 둘째는 패트론(patron)의 풍부한 재력(경제적 지원), 셋째는 장인(예술가)의 뛰어난 솜씨(기술)이다. 타우트는 계리궁 건설 때 고보리 엔슈가 제시했다는 세가지 요구사항을 떠올리면서 설혹 그것이 구전일 뿐이라 하더라도 당시 사람들이 생각하고 있던 좋은 건축을 위한 조건을 말해주는 것임은 분명하다고 했다. 그 세가지 조건은 다음과 같다.

첫째, 이래라 저래라 하지 말 것.
둘째, 재촉하지 말 것.
셋째, 비용에 제한을 두지 말 것.

계리궁은 명작의 조건 세가지를 다 갖추고 태어난 것이다. 와비사비의 다도가 있었고, 왕가의 재력이 있었고, 불세출의 건축가 고보리 엔슈가 있었던 것이다.

그날 브루노 타우트는 고보리 엔슈의 유해가 모셔진 대덕사 고봉암까지 가서 엔슈가 설계한 망전의 조촐한 다실에 들어가 거기에 걸려 있는 그의 초상화를 보았다. 초상화에는 뜻밖에도 칼 한 자루가 그려져 있었다. 타우트는 아마도 그가 당당한 다이묘였음을 강조한 것이라고 생각했다. 그러나 어쩌면 그 칼은 그가 외롭게 싸워온 '문화 투쟁'을 상징하는지도 모른다고 스스로 생각해보았다고 한다.

망전 밖으로 나온 타우트는 '아름다운 사비'가 느껴지는 조용한 노지를 지나 고보리 엔슈의 묘소로 갔다. 묘탑 앞에서 타우트는 모자를 벗고 공손히 예를 올린 다음 미리 준비해간 석남화(石南花) 한가지를 꽃병에 꽂았다고 한다.

그것은 서양의 한 건축가가 300년 전 동양의 한 위대한 건축가에게 바친 한 송이 꽃이었다.

일본 정원의 진수와 일본 근대 지성의 고향

철학의 길에서

은각사 답사는 필연적으로 '철학의 길'로 이어진다. 비와호(琵琶湖) 소수(疏水) 수로를 따라 남쪽으로 2킬로미터 떨어진 남선사까지 이어지는 이 길은 일본 근대 철학자인 니시다 기타로(西田幾多郎, 1870~1945)가 즐겨 산책하던 곳이라고 하여 '철학의 길'이라는 이름이 붙어 있다.

본래 철학의 길이라고 하면 독일 하이델베르크에 있는 네카어강변의 '철학자의 길'이 원조다. 헤겔, 괴테, 하이데거, 야스퍼스 등이 즐겨 산책했다는 곳이다. 칸트가 걸었던 쾨니히스베르크의 산책로도 '철학자의 길'로 불린다. 특히 칸트는 늘 정확한 시간에 산책을 나와 시계가 귀하던 그 시절에 동네 사람들이 그가 산책하는 것을 보고 시각을 알았다는 유명한 일화도 있다. 그런 칸트가 산책에 나오지 않은 일이 두번 있었다고 하는데, 한번은 루소의 『에밀』을 읽다가 시간을 놓친 것이었고, 또 한번은 프랑스에서 혁명이 일어났다는 소식을 들은 날이었다고 한다.

벤치마킹의 귀재인 일본은 1968년에 이 길을 정비하면서 '철학의 길'이라는 멋진 이름을 붙였고 물가에는 어느 독지가가 기증한 벚꽃을 심었다. 그 나무가 제법 크게 자라 봄이면 흐드러지게 피어나는 벚꽃의 명소로 이름이 났고, 여름엔 반딧불이 모여들어 열대야의 피서처로 유명하다.

젊은 아베크족과 관광객들이 붐비면서 주변 주택가에 끽다점과 부티크숍이 들어차 더 이상 철학의 길다운 분위기는 없지만 그래도 주변의 상점과 집들이 깔끔하고 근처에는 법연원(法然院), 영관당(永觀堂), 냐쿠오지 신사(若王子神社), 노무라(野村) 미술관 등 명소들이 자리잡고 있어 산책길로는 그만이다.

그리고 철학의 길이라는 넉 자로 인하여 들떠 있는 사람의 발길에 적당한 사색의 무게를 실어준다. 길 중간에는 철학자 니시다 기타로의 비가 있는데 이렇게 쓰여 있다.

| **'철학의 길' 표지석** | 비와호 수로를 따라 남쪽으로 2킬로미터 떨어진 남선사까지 이어지는 이 길은 일본 근대 철학자인 니시다 기타로가 즐겨 산책하던 곳이라고 하여 '철학의 길'이라는 이름이 붙었다.

사람은 사람, 나는 나, 어찌됐든 내가 가는 길을 나는 간다(人は人 吾はわれ也 とにかくに吾行く道を吾は行なり).

니시다 기타로는 가나자와(金澤) 제4고등학교 출신으로 동급생인 스즈키 다이세쓰와는 이인삼각의 벗이자 동료였다. 다이세쓰가 서구에 일

| **철학의 길** | '철학의 길' 물가에는 어느 독지가가 기증한 벚꽃을 심었는데, 그 나무가 제법 크게 자라 봄이면 흐드러지게 피어나는 벚꽃의 명소로 이름이 났고, 여름엔 반딧불이 모여들어 열대야의 피서처로 유명하다.

본의 선을 전파한 것에 반하여 기타로는 『선(善)의 연구』라는 명저를 펴내어 서구 철학의 일본 토착화에 기여했다.

다이쇼 데모크라시의 지성들

한 시절 일본 지식인의 필독서였다는 니시다 기타로의 저서는 서구의 철학을 익히고 답습하는 것을 뛰어넘어 일본 고유의 철학 체계를 제시한 것으로 평가되고 있다. 이처럼 20세기 초 다이쇼(大正) 연간(1912~26)이 되면 일본 지식인들은 앞 시기 메이지시대에 받아들인 서구문명을 소화하여 일본에 뿌리내리고 나아가 일본문화를 서양에 당당히 전파하는 데 성공한다.

문학에서 나쓰메 소세키(夏目漱石), 아쿠타가와 류노스케(芥川龍之

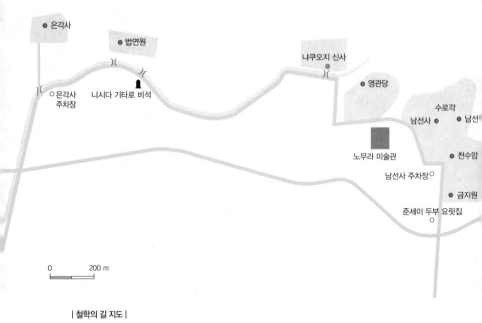

은각사

법연원

나쿠오지 신사

영관당

은각사
주차장

니시다 기타로 비석

수로각

남선사 ● 남선

노무라 미술관

천수암

남선사 주차장

금지원

준세이 두부 요릿집

0   200 m

| 철학의 길 지도 |

介),『무사도』의 니토베 이나조,『차의 책』의 오카쿠라 덴신,『미(美)의 법
문(法門)』의 야나기 무네요시(柳宗悅),『이키(いき)의 구조』의 구키 슈조
(九鬼周造),『풍토(風土)』의 와쓰지 데쓰로(和辻哲郎),『중국회화사』의 나
이토 고난(內藤湖南) 등등 내가 일본을 공부하기 위해 읽은 책의 저자들
은 대개 이 시기 분들이다.

일본에서는 당시의 지적 풍토를 '다이쇼 데모크라시' '다이쇼 리버럴
리즘' '다이쇼 교양주의' '다이쇼 이상주의'라고 부른다. 서구문명을 받
아들여 구학(舊學)에서 신학(新學)으로 넘어가는 과도기에 일본에서는
이런 지성들의 노력과 업적이 있었던 것이다. 우리나라로 치면 벽초 홍
명희, 육당 최남선, 춘원 이광수, 위당 정인보 같은 분들의 학예활동과 비
슷한 것이었는데 우리나라는 일제의 식민지가 되는 바람에 그 지성이
맘껏 활개를 펴지 못했던 것이 못내 아쉽다.

그러나 다이쇼 지성들의 이런 노력이라는 것이 일본이 군국주의로 나아가고 대동아공영권이라는 허울 좋은 이름의 제국주의로 무장할 때 이를 제어하지는 못할망정 니시다 기타로를 비롯하여 많은 지성들이 결국 그들의 공작에 동조하고 이용당하는 결과를 낳기도 했으니, 한편으로 생각하면 철학이라는 것이 허망하기도 하다. 그가 『선의 연구』에서 말한 도덕은 무엇이고 『일본문화의 문제』에서 말한 것은 무엇이었단 말인가.

그래서 현실에 굳건히 발 딛고 살아가고자 하는 리얼리스트의 입장에서는 삶을 철학이라는 이름으로 재단하고 포장하는 것이 못마땅하다. 셰익스피어가 로미오의 입을 빌려 "줄리엣을 만들어낼 수 없는 철학이라면, 그런 철학은 꺼져버려라"라고 외친 것이 더 리얼하게 들려오기만 한다.

남선사의 내력

남선사로 답사객을 안내하는 나의 발걸음과 마음은 항시 가볍다. 그것은 낯선 이국 문화를 이해하기 위해 우리가 공부했던 일본의 역사, 건축, 정원, 사찰의 구조, 스님 이름, 천황 이름, 선종의 의의, 무로마치시대 문화의 성격, 오닌의 난 같은 것을 더 이상 길게 설명하지 않아도 되기 때문이다.

가마쿠라시대, 무로마치시대 명찰들을 둘러보고 남선사에 오면 나는 답사객들에게 요소마다 설명은 하겠지만 대개는 이제까지 보고 배운 것의 총복습일 것이라며 "공부 끝!"이라고 선언한다. 그러면 모두들 좋아라 한다.

내가 이렇게 말하는 것은 답사객들에게 긴장을 풀고 그냥 있는 그대로 즐기기를 바라는 마음에서인데, 이것은 나의 현장 교육술 중 하나다. "공부 끝!"이라고 했기 때문에 오히려 귀담아 듣는 여백이 있지 만약 내가 거두절미하고 "남선사는……" 하고 설명을 시작했다면 그들은 속으로 '또 시작하네……' 하며 지켜워했을 것이다.

남선사(南禪寺, 난젠지)는 가마쿠라시대 가메야마 천황이 법황이 되면서 1291년에 자신이 지은 이궁(離宮)을 선종 사찰로 바꾸어 창건한 것이다. 남선사라는 이름은 일본에 들어온 선종이 남종선(南宗禪)인 데서 온 것이다.

가메야마 천황은 80여명의 자녀를 두었다는 헤이안시대의 사가 천황보다도 더 정력적인 사나이였다고 한다. 왕통이 대각사통과 지명원통으로 나뉠 때 대각사통이 바로 가메야마 천황계를 말하는 것이었다.

그는 15년간 정열적으로 원정(院政)을 펼치다가 41세 때 돌연히 머리를 깎고 법황이 되고는 2년 뒤 자신이 살던 집에 남선사를 세웠다. 이는 천황가가 선종 사찰을 지은 첫번째 사례이며 이로 인해 공가사회에 선종이 큰 세력을 얻게 되었다고 한다.

무로마치시대에 들어와 남선사는 몽창 국사, 춘옥 선사를 비롯한 명승들을 주지로 모시면서 사세를 과시했고 1385년 3대 쇼군 아시카가 요시미쓰가 중국의 제도를 본받아 선종 사찰에 5산 10찰의 등급을 매길 때 5산지상(五山之上)이라는 별격의 지위를 부여받아 제1위 천룡사, 제2위 상국사, 제3위 건인사보다도 훨씬 격이 높은 사찰이었다. 당시 남선사는 10만 평의 부지에 수십개의 탑두를 거느린 대찰이었다고 한다.

오닌의 난 등 세번에 걸친 큰 화재로 괴멸적 타격을 입었지만 도요토미 히데요시의 복구 명령과 뒤이은 도쿠가와 이에야스의 지원으로 1606년에 다시 복원되었다. 그 때문에 현재 남선사의 건축과 정원은 대개 모모야마시대의 유산들이다.

| **삼문** | 철학의 길을 걸어 담장도 없는 남선사 경내로 들어오면 곧 삼문 앞에 다다르는데 그 규모에 자못 놀라게 된다. 일본의 3대 삼문 중 하나이며, 유일하게 삼문 위가 개방되어 있다.

남선사의 삼문

오늘날에도 남선사는 임제종 남선사파의 대본산으로 높은 사격을 유지하고 있지만 폐불훼석 때 부지가 대폭 축소되면서 경내 전체가 담장 없이 공원처럼 개방되어 있어 정연한 선찰의 분위기를 실감하기 힘들다.

게다가 절의 자리앉음새가 히가시야마 자락에 기대어 서쪽을 향하고 있어 삼문과 법당은 대지의 생김새대로 서향을 하고 있는 반면에 스님이 거주하는 방장과 선당은 남향집으로 돌아앉혀져 있어 방향감각을 잡기도 어렵다.

그래서 나의 남선사 답사는 삼문에서 시작하곤 한다. 철학의 길을 걸어서 담장도 없는 남선사 경내로 들어오면 곧 삼문 앞에 다다르는데, 키큰 적송들이 줄기마다 붉은빛을 띠며 준수한 모습을 뽐내고 있는 솔밭

| **삼문에서 내려다본 진입로 소나무** | 남선사 진입로에 도열한 소나무를 보면 일본에도 이처럼 아름다운 소나무가 있구나 싶어지면서 마치 소나무에 대한 우리의 순정을 도둑맞은 것 같은 상실감마저 생긴다.

을 보면 아연 놀라게 된다. 일본에도 이처럼 아름다운 소나무가 있구나 싶어지면서 마치 우리가 간직하고 있는 소나무에 대한 순정을 도둑맞은 것 같은 상실감도 생긴다.

그러나 남선사를 소개한 책자에 이 소나무에 대한 예찬이나 자랑이 없고 오직 삼문 앞에 있는 벚꽃의 모습에만 포커스를 맞추는 것을 보면 역시 소나무에 대한 사랑이 우리 같진 않은 모양이다.

남선사 삼문은 지은원, 인화사의 그것과 함께 교토의 3대문 중 하나로 꼽히는 장대한 규모이다. 정면 5칸, 측면 3칸의 2층 누각 형식으로 전형적인 선종 양식인데 높이가 22미터나 된다. 창건 당시의 건물은 소실되었고 1628년에 도쿠가와 이에야스와 도요토미 히데요시 세력 사이에서 벌어진 '오사카의 여름 전투'(1615)에서 희생된 장수들의 명복을 빌기 위하여 중건된 것이다.

| **수로각** | 삼문에서 내려와 방장으로 발길을 돌리면 큰 법당 오른쪽으로 돌연히 거대한 벽돌 아치가 뻗어 있는데, 1885년에 로마의 수도교를 본떠, 비와호 물을 끌어들여 수로각을 건설한 것이다.

그 때문에 다른 삼문과 마찬가지로 보관석가모니상을 본존으로 하고 좌우에 16나한상을 배치하면서 기진자인 도쿠가와 이에야스와 그 중신들의 위패도 모셔놓고 있다.

교토의 3대문 중 유일하게 일반에 공개되어 언제나 별도의 입장료만 내면 들어갈 수 있는 삼문이다. 여기에 오르면 멀리 녹음 우거진 어소와 함께 교토 시내가 장관으로 펼쳐진다. 가부키(歌舞伎) 「누문오삼동(樓門五三桐, 산몬고산노키리)」에서 이시카와 고에몬(石川五右衛門)이라는 대도적도 이 삼문에 올라와서는 좌우를 휘둘러보고 "절경이구나, 절경이구나"를 연발한 것으로 유명하다. 이 도적은 실존 인물로 처형될 때 끓는 튀김 가마 속에 집어넣어졌다고 한다.

| 수로각 물길 | 남선사 경내를 통과하는 수로가 고유 경관을 해친다는 반대도 있었지만, 세월이 지나면서 수로각은 이색적인 근대 시설로 각광받았다. 제법 빠르게 흘러내리는 물에는 물고기들이 유유히 헤엄치고 있었다.

150년 전의 수로각

삼문에서 내려와 방장으로 발길을 돌리면 큰 법당 오른쪽으로 돌연히 거대한 벽돌 아치가 뻗어간 것을 볼 수 있다. 이것이 바로 비와호 물을 교토로 끌어들이는 '비와호 소수(疏水)'가 지나가는 수로각(水路閣)인데 로마의 수도교를 본떠 건설한 것이다.

이 거대한 토목사업은 1871년 폐번치현(廢藩置縣) 조치로 교토가 행정구역상 부(府)가 되어 지사(知事)가 관할하는 지방도시로 전락하면서 상실감에 빠져 있던 때 3대 교토부 지사로 부임한 기타가키 구니미치(北垣國道)가 교토 부흥책으로 시행한 것으로, 1885년에 착공하여 5년 만에 완공되었다. 바다처럼 넓은 비와호 물을 히에이산을 휘돌아 끌어들여서 교토의 식수와 공업용수로 사용한다는 이 과감한 발상은 당시 23세의 공학도 다나베 사쿠로(田邊朔郎)의 「비와호 소수 계획」이라는 논문에서 비롯되었다고 한다.

처음에는 반대여론도 만만치 않았으나 결과적으로 교토뿐 아니라 일본 전체에서 처음으로 수력발전소가 생기고 최초로 전차가 다니게 되었으며 공업용수와 전기의 공급이 원활해져 교토가 근대화하는 심장 역할을 했다. 사시사철 맑은 물이 흘러내리는 이 소수가 지나가는 남선사 일대에는 부촌이 형성되어 공관(公館)을 비롯한 저택들이 들어서고 교토 동물원, 교토근대미술관 같은 문화시설이 자리잡게 되었다.

당시 반대여론 중에는 남선사 경내를 통과하는 소수가 경관을 해친다는 지적도 있었지만, 세월이 지나면서 이 수로각은 이색적인 근대 시설로 각광받아 영화나 패션 사진 촬영의 명소가 되었다. 호기심을 억제하지 못하여 수로각 위로 올라가보니 제법 빠르게 흘러내리는 소수에는 물고기들이 유유히 헤엄치고 있었다.

가만히 생각해보니 지금부터 130년 전 일본에는 자체 실력으로 이런 엄청난 계획을 수립하고 연구하여 그것을 실행에 옮길 기술과 문화능력이 있었던 것이다. 메이지시대 일본의 근대화는 이처럼 대담하게 추진되었고 이를 통해 얻은 자신감이 일본 근현대의 빛과 그림자가 되었다는 생각이 절로 든다.

호랑이 그림과 방장 정원

수로각 바로 곁에는 남선사 답사의 핵심이라 할 수 있는 방장이 있다. 남선사 방장은 1611년에 어소의 건물을 이축한 방대한 규모의 침전조 양식으로 대방장과 소방장 건물이 연이어 있다. 남선사 대방장 정원은 일본 정원의 전형을 보여주는 명작으로 꼽히는데, 17세기 에도시대로

| 대방장 정원 | 일본 정원 역사에서 또 한번 전기를 마련한 고보리 엔슈가 조영한 것으로, 일본 정원의 전형을 보여주는 명작이다.

넘어가 일본 정원의 역사에서 또 한번 전기를 마련한 고보리 엔슈(小堀遠州)가 작정(作庭)한 것으로 전한다.

전형적인 마른 산수 정원으로 고운 물결무늬를 나타낸 흰 백사를 넓게 깔고 길게 뻗은 흰 기와담장 가에는 소나무, 동백나무, 벚나무, 단풍나무를 적당히 배치하고 그 사이사이에 놓인 잘생긴 돌은 이끼로 감싸였다. 백사에는 조용한 긴장감이 흐르고 눈에 익숙한 나무들은 편안함을 주는 가운데 흰빛 검은빛이 어울린 정원석들이 진중한 무게감을 더한다.

방장 툇마루에 앉아 이 침묵의 석정을 바라보노라면 단아한 아름다움과 함께 명상적 분위기가 절로 일어난다. 가히 모범적인 일본 정원이라 할 만하다. 그런데 남선사 안내책자를 보면 이 돌들의 배치가 '호랑이 새끼 물 건너기'를 표현한 것으로 전한다고 쓰여 있다.

용안사 답사 때 잠깐 언급했듯이 일본엔 호랑이가 없는데 호랑이 그림이 크게 유행한 것은 그것이 무사들의 정서에 맞았기 때문이다. 그것은 중국과 조선에서 호피를 많이 수입한 것과도 연관된다.

일본의 호랑이 그림 중에 나오는 '호랑이 새끼 물 건너기' 이야기는 본래 『후한서(後漢書)』「유곤전(劉昆傳)」에서 어미 호랑이의 모성애와 그 수고로움을 정치에 비유한 것인데 일본에서는 그것을 재미있는 호랑이 이야기로 받아들인 모양이다. 이는 같은 호랑이라도 우리나라 사람들이 머릿속에 그리는 호랑이의 이미지와 사뭇 다른 점을 말해준다.

방장 실내 후스마에는 모모야마시대 화가들의 명작들이 장식되어 있다. 그중 소방장에는 당대 회화의 대가인 가노 단유(狩野探幽)가 대밭에서 뛰노는 호랑이와 물을 마시는 호랑이 등을 그린 「군호도(群虎圖)」가 지금도 그대로 남아 있어 화려함의 극치를 달렸던 모모야마시대의 그야말로 장려한 멋을 여실히 맛볼 수 있다.

일본의 장식화와 조선의 감상화

일본의 명찰들에 그려져 있는 후스마에를 보다보면 박물관에나 있을 법한 오래된 명화들이 현장에 그대로 전하는 것에 감탄하게 된다. 더욱이 그것이 은각사에서 보았듯이 기술 집단에 의해 제작되어 장인도 대접받고 생산량이 많았던 데에는 부러움도 느끼게 된다.

실제로 조선왕조에서 기술을 천기(賤技)로 생각하여 건축·무용·음악·도자기·목기·금속공예의 장인들을 모두 '쟁이'로 취급함으로써 장인의 이름 석 자를 거의 남기지 않은 것과 크게 대비되는 대목이다.

그러나 예술을 오직 장인에게만 의지함으로써 잃어버린 것도 없지 않다. 그것은 특히 후스마에를 비롯한 회화에서 나타났다. 이런 작품을 보면 필치가 고아하고 채색이 말쑥한 것은 분명하지만 예술로서 회화세계

| **「군호도」** | 남선사 소방장에는 대밭에서 뛰노는 호랑이와 물 마시는 호랑이 등을 그린 가노 단유의 그림이 그대로 남아 있어 화려함의 극치를 달렸던 모모야마시대의 장려한 멋을 여실히 보여준다.

의 본령에 끝까지 도전하지 않고 문득 멈춘 듯한 작품이라는 생각을 금치 못한다. 그것은 이 화가들의 역량의 문제라기보다 장벽화라는 장식화의 한계인 것으로 보인다.

야마토에, 후스마에, 에마키 등 일본 회화의 실용성과 장식성은 뿌리 깊은 전통이었다. 이 점은 일본의 현대미술에도 그대로 나타난다. 요즘 우리나라에도 잘 알려진 구사마 야요이(草間彌生, 1929~)의 경우도, 정신 질환에서 비롯된 몽환적인 작품으로 유명하지만 그녀 역시 기본적으로 장식성이라는 점에서 예외가 아니다.

이에 반해 조선왕조의 예술에서 공예는 이름 없는 장인에게 의지했지만 서화만은 '쟁이'에게 다 맡기지는 않았다. 사대부가 직접 참여하거나 중인 신분의 화원(畵員)들로 하여금 담당하게 했다. 화원도 문인 취미라는 것을 이해해야 대가가 되었다. 이것은 서화가 지닌 미학이 기술만으로는 해결할 수 없는 인문정신을 갖추어야 가능한 것이기 때문이었다.

특히 조선왕조에서는 장식화보다 감상화가 주류였기 때문에 예술의 본령에 다가가려는 노력이 끊임없이 계속되었다. 그 점에서 장식화는 일

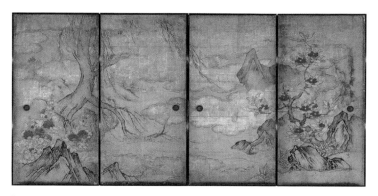

| **방장의 장식화** | 일본의 명찰에 남아 있는 장식화를 보다보면 박물관에나 있을 법한 오래된 명화들이 현장에 그대로 전하는 것에 감탄하게 된다.

본이 제격이었지만 사람의 심금을 울리는 예술성에서는 조선시대 회화가 월등 뛰어났다. 조선통신사의 수행원으로 간 연담(蓮潭) 김명국(金明國)이 일본에서 떨친 전설적인 명성은 이런 배경에서 나온 것이었다.

오늘날 일본은 국력에 비해 예술이 약하다는 평을 면치 못하고 있다. 20세기를 다 보내고도 일본 자국 내가 아니라 국제적으로 이름 있는 예술가를 배출하지 못한 것을 두고 하는 얘기다.

그 대신 일본은 실용으로서의 미술, 이를테면 애니메이션, 도자기, 목칠공예 같은 데선 다른 나라가 따라올 수 없는 뛰어난 기량을 보여준다. 그 점에서 일본의 예술은 장인적 전통을 중시하는 대단히 실질적인 DNA를 가졌다고 할 수 있다.

남선사의 고려 『어제비장전』 목판화

무로마치시대에 건립된 교토의 사찰들이 모두 그렇듯이 남선사에도 중국과 한국의 많은 불경·불화·서화가 소장되어 있다. 특히 우리나라

미술품으로는 고려시대 『어제비장전(御製祕藏詮)』 목판화가 소장되어 있는 것으로 유명하다.

『어제비장전』은 송나라 태종이 불교 교리의 깊은 뜻을 읊은 오언시(五言詩) 약 1000수를 담은 일종의 불교 시집이다. 황제가 친히 지었다고 해서 '어제(御製)'라고 하며 '전(詮)'은 설명한다는 뜻이다. 983년 무렵에 완성된 20권본과 996년 무렵에 만들어진 30권본이 있는데, 고려에서는 두 종류 모두 11세기 전반과 후반에 간행되었다.

그러나 이 목판 원판은 몽골 침입 때 불타 없어지고 인출된 것도 서울 성암고서박물관과 이곳 남선사에 일부가 소장되어 있을 뿐이다. 그러니 얼마나 귀중한 것인지 알 만하지 않은가. 남선사 소장본은 2004년 교토 국립박물관 특별전에 전시된 바가 있다.

성암고서박물관 소장의 권6은 『초조대장경』의 일부로, 개판(開版) 당시인 11세기에 인출된 것인데 앞부분이 산실(散失)된 채 4폭의 삽도(挿圖)만 남아 있다. 그림은 깊은 산속에 있는 보리도량(菩提道場)에서 승려가 설법을 듣고자 찾아오는 장면, 설법을 듣는 장면, 중생 제도를 위해 떠나는 장면 등을 그린 것이다.

이에 비해 남선사 소장 권13에는 「불부(佛賦)」 2수와 「전원가(詮源歌)」 1수가 실려 있는데 석가모니가 불교를 전도하는 이야기를 노래한 것이다. 삽도이기 때문에 도안화되어 있기는 하지만 험준한 산세를 나타낸 구도와 수목·냇물·집·인물의 표현 등에 당시 막 발달한 북송 산수화의 모습이 반영되어 있다.

이 판화들을 북송에서 1108년에 인출된 북송판 「어제비장전 판화」(미국 하바드대학교 포그미술관 소장)와 비교해보면 도상 자체는 같지만 세부적인 묘사에는 차이가 많아 이미 고려화된 그림임을 알 수 있다.

지금 고려시대 불화 이외의 산수화는 거의 전하는 것이 없지만 이를

| 『어제비장전』 목판 | 『어제비장전』은 송나라 태종이 불교 교리의 깊은 뜻을 읊은 오언시 약 1000수를 담은 일종의 불교 시집인데 우리나라 고려 때 목판으로 삽도를 넣어 새긴 것을 남선사에서 19권이나 보관하고 있다.

보면 당시 고려시대 일반 회화도 상당히 높은 수준이었을 것으로 짐작된다. 이런 이야기는 일반인에게는 별로 흥미 없는 것일지 모르지만 미술사, 특히 전공이 한국회화사인 나에게는 남선사라고 하면 먼저 머리에 떠오르는 것이 고려판 『어제비장전』 목판화일 정도로 큰 의미를 갖고 있다. 그래서 일반 독자가 아니라 미술사 전공자들에게 기억을 환기해주기 위해 자세히 설명해둔다.

한국 정원과 일본 정원의 차이

남선사 방장 건물은 저 안쪽에 있는 용연각(龍渕閣)까지 회랑으로 연결되어 있다. 회랑이 꺾이면서 좌우로 열린 공간은 불식암(不識庵), 궁심정(窮心亭)이라는 조촐한 노지 다실이 차지하고 있고 그 사이로는 여지없이 정원이 조성되어 대여섯개가 제각기 다른 표정과 이름을 갖고 있다.

회랑 한쪽에는 정원석을 이리저리 배치하면서 육도(六道, 천계·인간계·아수라계·축생계·아귀계·지옥계)의 윤회를 표현한 육도정(六道庭)이 있는가 하면, 소방장 앞에는 마음 심(心)자 모양으로 돌을 배치하여 마음의 평온을 나타낸 여심정(如心庭)도 있다. 일본의 정원은 이렇게 표정이 많다.

내가 답사객들을 모아놓고 남선사는 방장 정원뿐 아니라 탑두 사원마다 정원을 갖추고 있어 남선원(南禪院), 천수암(天授庵), 금지원(金地院)의 정원이 유명하니 이걸 하나라도 더 보려면 그만 나가야 한다며 재촉하니 한 경상도 분이 경상도 사람답게 이의를 제기했다.

"마, 고만 됐심더. 정원은 이제 그만 봅시더. 맹 정원만 보고 다니니 헷갈려서 골이 다 아픕니더. 이만하면 안 됐능교. 차라리 예 마루에 찐득커니 앉아서 샘 말대로 선적인 무드라는 것도 느껴봅시더."

경상도 말에서 '마, 됐다'는 완강한 부정을 의미한다. 나는 대구에서 10년간 교편을 잡으면서 경상도 사람이 이렇게 나올 때는 지는 수밖에 없다는 것을 잘 알고 있다. 내가 답사객들에게 30분간 자유시간을 줄 테니 각자 맘에 드는 정원 앞에서 가만히 즐기다 가자고 하니 모두들 기다렸다는 듯 매표소 바로 옆에 있는 다실로 몰려갔다. 작은 폭포가 있는 정원을 바라보며 차를 마실 수 있는데 족히 20분은 걸린다.

나는 대방장 툇마루 한쪽으로 가서 길게 다리를 뻗고 모처럼 이 평범한 듯 깊은 맛을 일으키는 석정의 묘미를 온몸으로 느껴보려는데 함께 온 노년의 답사객이 내 곁에 와서 넌지시 묻는다.

"우리나라에는 이런 정원이 없죠?"
"물론 없죠."

| **남선사의 정원(위)과 탑두 사원인 천수암의 정원(아래)** | 남선사 방장과 소방장 둘레에는 아기자기한 작은 정원들이 저마다 다른 이름을 갖고 있고, 천수암을 비롯한 탑두 사원에는 독특한 정원이 따로 조성되어 있다.

"몇해 전에 사업차 우리 회사에 온 일본 분이 우리나라 정원을 보고 싶다고 했을 때 참으로 당혹스러웠습니다. 그럴 땐 어딜 데려가야 할까요?"

"이런 일본 형식의 정원은 없지만 우리 식의 명원은 많죠. 궁궐 정원으로는 창덕궁 부용정이 제일이고, 은거지 정원으로는 보길도 부용정, 담양 소쇄원이 압권이고, 저택과 함께 어우러진 정원으로는 성북동 성낙원, 강릉 열화당, 영양 서석지 등등을 꼽을 수 있지요."

"사찰 정원은 없나요?"

"사찰 정원으로는 순천 선암사, 서산 개심사, 안동 봉정사 영선암이 멋있죠. 우리나라 정원은 일본 정원과 콘셉트 자체가 아주 달라요. 일본 정원은 보시는 바와 같이 자연을 재현한 인공적 공간으로 사람이 들어갈 수 없잖아요.

이에 비해 우리 정원은 자연공간 안에 인공적인 건물이 배치되고 나무가 심어지고 화단이 만들어집니다. 자연과 인공의 관계가 일본과는 정반대이고, 사람이 그 속에 파묻히죠."

"아, 그런 것이었어요? 나는 이렇게 예쁘게 꾸며놓은 것만이 정원인 줄 알았는데."

"그래서 일본은 정원이고 우리나라는 원림(園林)이라고 말하는 것이 정확한 표현입니다."

이 점은 정원의 나무를 다루는 데에서도 마찬가지다. 은각사 참도의 동백나무 생울타리와 우리나라 해인사나 선암사의 진입로를 비교해보면 한일 두 나라의 정원에 대한 개념뿐만 아니라 민족성까지 확연히 드러난다.

일본인들은 정원의 나무에 철저히 가위질을 하여 인공이 가미된 자연으로 경영하면서 어쩌다 잘생긴 소나무나 흐드러진 수양벚나무를 자연 그대로 맡겨둔다. 이에 비해 한국의 정원에서는 자연의 멋을 있는 그대로 살리면서 무성한 곳을 다듬거나 빈 공간에 멋진 나무 한 그루를 배치하면서 정원을 조성한다.

정원에 돌을 놓는 것도 마찬가지다. 대구 산격동에 사는 한 사업가는 일본인과 거래가 많아 아래위 집에 한국식 정원과 일본식 정원을 꾸며놓고 손님을 맞이하는데 한번 이 댁에 구경 가서 주인에게 정원 만들 때 얘기를 들어보니 한국 정원사와 일본 정원사의 돌 다루는 자세가 확연히 다르더라는 것이었다.

"돌 10개를 놓으면 일본 정원사는 9개를 반듯이 놓고 나서 1개를 약간 비스듬히 틀어놓으려고 궁리하는데, 한국 정원사는 9개는 아무렇게 놓고 나서 1개를 반듯하게 놓으려고 애쓴다."

답사를 하는 마음

나의 긴 얘기를 듣고 난 노년의 답사객은 오랜 콤플렉스를 씻어냈다며 내게 거듭 감사하고는 이번엔 사적인 질문을 했다.

"교수님은 수도 없이 왔을 텐데 답사 인솔이 지겹지 않으세요?"
"아뇨."

내가 가볍게 대답하고 외로 돌아앉으니 그는 금방 자리를 비켜달라는 뜻임을 알고 저쪽으로 물러갔다. 이것은 내가 수없이 들어온 질문이다. 관광안내원도 아니면서 답사객을 이끌고 국내도 아닌 교토를 번질나게 드나드는 데에는 내 나름의 뜻이 있다.

다이쇼 교양주의의 대표적인 철학자였던 와쓰지 데스로(和辻哲郞)는 『고사순례(古寺巡禮)』를 쓰기 위해 도쿄에서 기차를 타고 첫 기착지로 교토의 남선사로 오면서 철학을 전공하는 자신이 왜 고사순례를 쓰려고 하는가를 이렇게 토로한 적이 있다. 글 제목은 '애수의 마음 ─ 남선사의 밤'이다.

오랜만에 귀성하여 부모 형제들과 하룻밤을 보냈지만, 오늘 아침 헤어져 기차 안에 있으니 어쩐지 애수에 가슴이 막히고 창밖의 고요한 장맛비가 절절하게 마음에 스며들었다. (…)
어젯밤 아버지는 말씀하셨다. 네가 지금 (고사순례를 쓰고자) 하는 일이 (철학자로서) 도(道)를 위해 얼마나 소용이 되는 일이냐. 퇴폐(頹廢)한 세

남선사와 철학의 길 337

상 사람들의 도덕과 마음을 구제하는 데 얼마나 공헌할 수 있느냐.

나는 이 물음에는 대답할 수가 없었다. 5~6년 전이라면 불쑥 반발했을지도 모른다. 하지만 지금은 아버지가 이 질문을 꺼낸 마음에 대해 고개를 숙이지 않을 수 없었다. (…) 끊임없이 생활에 흔들리며 옆길로만 빠지고 있는 나 자신을 생각하니 아버지의 말씀이 몹시도 사무쳤다.

사실 고미술 연구는 나 스스로에게는 옆길이라 생각된다. 이번 여행도 고미술의 힘을 향수(享受)함으로써 내 마음을 닦고, 나아가 풍족하게 하려는 데 지나지 않는다. 본래 감상을 위해서는 어느 정도의 연구도 필요하다. 또 고미술의 뛰어난 아름다움을 동포에게 전하기 위해 인상기를 쓰는 일도 의미가 없는 것은 아닐 것이다. (…)

비는 종일 부슬부슬 내리고 있었다. 뿌옇게 구름에 반쯤 가려진 히에이산의 모습은 교토에 가까워지고 있는 나에게, 옛 수도의 차분한 분위기를 문득 느끼게 했다.

와쓰지 데쓰로는 철학자이면서도 이런 작업을 했다. 그런데 나는 고미술을 전공하는 미술사학도가 아닌가. 나는 20여년 전 『나의 문화유산답사기』를 쓰면서 내가 미술사를 공부하면서 배운 것을 동시대 사람들과 나누고 싶었던 마음을 말한 적이 있다.

일찍이 나는 미술사를 전공하면서 『이탈리아 르네상스의 문화』로 유명한 야코프 부르크하르트가 36세 때 1년간 이탈리아를 여행하고서 『치체로네』(Der Cicerone, 1855)라는 저서를 펴냈다는 사실에 큰 감명을 받은 바 있다. 치체로네는 '안내자'라는 뜻으로 이 책의 부제는 '이탈리아 예술작품의 향수를 위한 안내서'이다. 나는 이것이야말로 미술사가가 한 사람의 전문가로서 대중에게 봉사하는 가장 모범적인 방식이라고 생각했다. 그래서 답사기의 저술과 답사 인솔을 미술사의 연장선상에 놓고 살아온 것이다.

난들 왜 귀찮고 힘들지 않겠는가. 그럴 때면 세상이 나를 필요로 해서 그에 응하는 것이니 지겨워하지 말자고 스스로 다짐한 바 있다. 그래서 그 노년의 답사객에게 아니라고 단호하게 대답했던 것이다. 그러나 내 나이도 이미 정년을 넘겼으니 그게 얼마나 이어질지는 나도 모르겠다.

30분이 다 되었는지 다실에서 차를 마시던 답사객들이 내 주위로 모여든다. 나는 자리를 털고 일어나 이제 점심 먹으러 가자며 방장을 나섰다. 남선사는 전통 두부 요리로도 유명하다. 처음 남선사 앞에 두부 전문점이 문을 연 것이 1759년이라고 했다. 그래서 오늘날 남선사 앞에는 두붓집이 즐비하다.

우리나라 같으면 너도나도 원조, 시조, 비조라는 매김말을 앞에 내걸었을 것 같은데 그런 건 없고 대신 다른 방식이 있었다. 옛날에 내가 논현동 관세청 앞 엘리베이터도 없는 5층 건물 옥탑에 공부방을 마련하고 있을 때 옆 건물에 새로 이발소가 생겼는데 그 이름이 '이발청'이었다. 그런 식으로 이 동네에는 '남선사 두부 총본산(總本山)'이라는 집이 있어 한참을 웃었다. 그러나 내가 즐겨 찾아가는 곳은 남선사 주차장 바로 아래 예쁜 정원을 갖고 있는 '준세이(順正)'라는 두부 요릿집이다.

도시샤대학 교정의 윤동주 시비

나의 교토 답사기는 여기에서 끝날 수도 있다. 그러나 나의 교토 답사에서 들러야 할 곳이 하나 더 있다. 도시샤(同志社)대학 교정 한쪽에 있는 윤동주와 정지용의 시비(詩碑)이다.

세월이 흘러 20세기로 들어서면 문화의 흐름이 역류해 이번에는 서양

| **도시샤대학 전경** | 상국사 아주 가까이에 있는 이 대학은 100년 이상 된 붉은 벽돌집 건물이 아직도 건재하여 근대적 고풍이 완연하다. 대학의 교회당 한쪽에 윤동주와 정지용의 시비가 있다.

을 먼저 경험한 일본으로 우리 유학생들이 근대를 배우러 간다. 그 유학생들이 귀국해서는 우리 사회의 엘리트 역할을 수행하는데 그것을 가장 명확히 보여주는 것이 도시샤대학 출신 두 시인의 자취이다.

　도시샤대학은 상국사 아주 가까이에 있다. 이 대학이 본래 상국사터에 지어진 것이다. 100년 이상 된 붉은 벽돌집 건물이 아직도 건재하여 근대적 고풍이 완연한 이 대학 교회당 한쪽에 두분의 시비가 있다. 먼저 세워진 윤동주의 시비에는 그의 유명한 「서시(序詩)」가 새겨져 있다.

　　죽는 날까지 하늘을 우르러
　　한점 부끄럼이 없기를,
　　잎새에 이는 바람에도
　　나는 괴로워했다.

| **윤동주 시비** | 윤동주의 유명한 「서시」가 새겨져 있다.

별을 노래하는 마음으로
모든 죽어가는 것을 사랑해야지
그리고 나안테 주어진 길을
거러가야겠다.

오늘 밤에도 별이 바람에 스치운다.

윤동주(尹東柱, 1917~45)는 만주 북간도 명동촌에서 교회 장로이자 소학교 교사인 아버지의 7남매 중 맏아들로 태어났다. 1925년 9세 때 소학교에 입학해 1931년에 졸업하고 이듬해 가족이 모두 북간도 용정 마을로 이사하자 그곳 은진중학교에 입학했는데, 이때 고종사촌 송몽규와 문익환 목사도 이 학교에 입학했다.

1935년 19세 때 평양에 있는 숭실중학교에 편입하고 교내 문예부에서 펴내는 잡지에 「공상」이라는 시를 발표하며 시인의 길을 지망했다. 그러나 이듬해에 숭실중학교가 신사참배 거부로 폐교당하자 다시 용정으로 돌아가 광명학원 중학부 4학년에 편입하여 졸업했으며, 1938년 연희전문학교(오늘날의 연세대) 문과에 입학했다. 여기서는 2년 후배인 국문학자 정병욱과 남다른 친교를 맺었다.

1941년 연희전문학교를 졸업할 때 그는 졸업 기념으로 19편의 자작시를 모아 『하늘과 바람과 별과 시』를 출판하려 했으나 뜻을 이루지 못하고 자필시집 3부를 만들어 은사인 수필가 이양하와 후배 정병욱에게 1부씩 주고 자신이 1부를 가졌다.

1942년 도쿄에 있는 릿쿄(立教)대학 영문과에 입학했다가 1학기를 마치고는 교토의 도시샤대학 영문과에 편입했다. 그러나 1943년 7월 독립운동 혐의로 송몽규와 함께 일본 경찰에 검거되어 각각 2, 3년 형을 선고받고 후쿠오카(福岡) 형무소에 수감되었다. 그리고 윤동주는 1945년 2월 16일, 송몽규는 3월 10일에 모두 29세의 젊은 나이로 옥사했다. 일본의 소금물 생체실험으로 인한 사망이라는 설이 계속 증언되고 있으며 그의 유해는 그해 3월에 용정의 동산교회 묘지에 묻혔다.

그가 육필로 쓴 『하늘과 바람과 별과 시』는 정병욱 소장본을 바탕으로 1948년 31편의 시를 모아 유고시집으로 발간되었는데 이 시집의 서문은 정지용이 썼다.

이런 안타깝고도 애처로운 삶 때문에 도시샤대학 교정의 그의 시비에 새겨진 「서시」를 읽어내리자면 이 시의 마지막 구절 "오늘 밤에도 별이 바람에 스치운다"에 이르러서는 코끝이 시려지면서 고개를 떨구게 된다.

정지용의 「압천」

정지용(鄭芝溶, 1902~50)은 충청북도 옥천에서 한의사의 맏아들로 태어났다. 아버지의 영향으로 천주교 신자로 영세를 받았고 무슨 사연인지 12세 때 동갑내기와 결혼했다고 한다. 옥천공립보통학교를 마치고 17세에 휘문고등보통학교에 입학해서 그때 박종화·홍사용 등과 사귀기도 했다.

22세 때인 1923년에 도시샤대학 영문과에 입학하며 시인의 길을 걸었다. 대학 2학년 때부터 시를 쓰기 시작하여 유학생 잡지인 『학조(學潮)』에 「카페 프란스」 등을 발표했고, 1929년 졸업과 함께 귀국하여 이후 8·15해방 때까지 휘문고등보통학교에서 영어교사로 재직했다.

1930년 김영랑·박용철 등이 창간한 『시문학』의 동인으로 참가했으며, 1933년 김기림·이효석·이태준 등과 함께 '구인회(九人會)'에 가담하여 문학활동을 벌였다. 1939년에는 『문장』의 시 추천위원으로 있으면서 박목월·조지훈·박두진 등의 청록파 시인을 등단시켰다.

1945년 해방이 되자 이화여자대학교 교수가 되었고, 1946년에는 조선문학가동맹의 중앙집행위원 및 경향신문 주간으로 활동했다.

1948년 대한민국 정부수립 후에는 조선문학가동맹에 가입했다는 이유로 보도연맹에 들어가 전향강연에 나서야 했다. 1950년 한국전쟁이 터질 때 피난길에 오르지 못한 채 서울에 남아 있었는데 수복한 서울에서 그의 모습은 보이지 않았다고 한다. 납북되어 북한에서 사망한 것으로 추정되고 있으나 정확한 사망일자나 원인은 여전히 확인되지 않고 있다.

나는 정지용의 시를 무척 좋아한다. 지금은 그의 「향수」가 유명하지만 정지용의 시에 채동선이 곡을 붙인 「그리워」는 한동안 나의 애창곡이기도 했다. 그가 월북시인이라고 해서 금지곡이 되었을 때 그의 가사를 이은상이 개사한 것으로 부른 적도 있다.

| **정지용 시비** | 정지용이 가모강을 두고 노래한 「압천」이라는 시가 새겨져 있다.

　내가 정지용을 좋아한 것은 무엇보다 짙은 서정성 때문인데 그것이 절대로 촌스럽지 않고, 언제나 리듬이 있고, 모더니즘적 세련미를 갖추었기 때문이다. 그리고 그의 시 근저에는 민족주의적인 분위기도 있고 조선시대 문인들의 문기(文氣)도 서려 있다.

　나는 정지용만 좋아한 것이 아니라 『문장』지 문인들의 세계를 동경했다. 김기림, 이태준, 그리고 근원 김용준과 수화 김환기는 나의 미술사 연구와 미술비평에서 멘토나 다름없었다. 『문장』지 전체 영인본을 구입해서 이를 뒤적이며 홀로 문학수업을 했던 시절도 있어 이 영인본은 아직도 내 서재 한쪽에 꽂혀 있다.

　그런 정지용인데 내가 교토에 와서 그의 시비를 보지 않고 어떻게 떠날 수 있겠는가. 그의 시비에는 가모강을 읊은 「압천(鴨川)」이라는 시가 새겨져 있다.

| **해질녘의 가모강변 풍경** | 저녁나절 가모강의 모습을 보면 정지용의 「압천」이라는 시가 절로 떠오른다.

압천(鴨川) 십리(十里)ㅅ벌에
해는 저믈어…… 저믈어……

날이 날마다 님 보내기
목이 자졌다…… 여울 물소리……

찬 모래알 쥐여 짜는 찬 사람의 마음,
쥐여 짜라. 바시여라. 시언치도 않어라.

역구풀 욱어진 보금자리
뜸북이 흩어멈 울음 울고,

제비 한쌍 떠ㅅ다,
비마지 춤을 추어.

수박 냄새 품어오는 저녁 물바람.
오랑쥬 껍질 씹는 젊은 나그네의 시름.

압천(鴨川) 십리(十里)ㅅ벌에
해가 저믈어…… 저믈어……

거진 100년 전 정지용은 교토의 가모강변에 저무는 해를 보며 향수를
실어 이렇게 노래했고, 100년 뒤에 온 나는 지금 그의 시를 읊으며 긴 교
토 답사기의 마지막을 장식하고 있다.

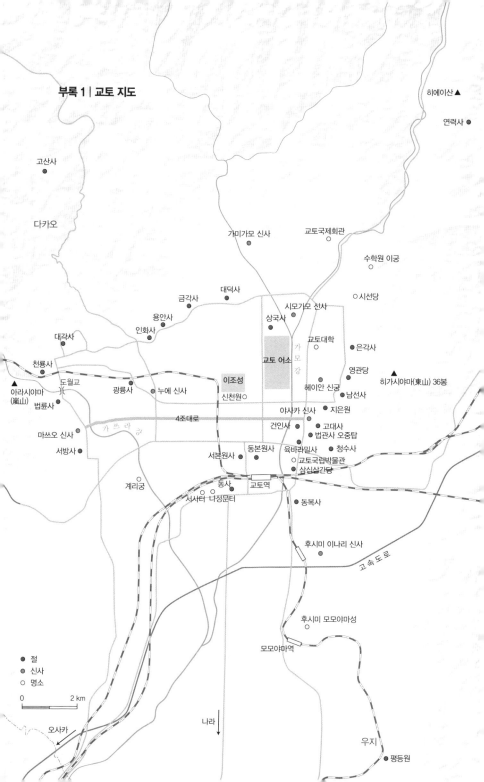

부록 1 | 교토 지도

히에이산 ▲

연력사 ●

고산사 ●

다카오

가미가모 신사 ●

교토국제회관 ○

수학원 이궁 ○

대덕사 ●

금각사 ●

시모가모 신사 ●

○ 시선당

용안사 ●

상국사 ●

인화사 ●

교토대학 ○

은각사 ●

대각사 ●

교토 어소

가모강

영관당 ●

천룡사 ●

이조성

헤이안 신궁 ●

히가시야마(東山) 36봉 ▲

도월교

남선사 ●

아라시야마 (嵐山) ▲

광룡사 ●

누에 신사 ●

신천원 ○

법륜사 ●

야사카 신사 ●

지은원 ●

마쓰오 신사 ●

가쓰라강

4조대로

건인사 ●

고대사 ●

법관사 오중탑 ●

서방사 ●

서본원사 ●

동본원사 ●

육바라밀사 ●

청수사 ●

교토국립박물관 ○

삼십삼간당 ●

계리궁 ○

동사 ●

교토역

서사터 나성문터

동복사 ●

후시미 이나리 신사 ●

고속도로

후시미 모모야마성 ○

모모야마역

● 절
● 신사
○ 명소

0   2 km

오사카

나라

우지

● 평등원

교토의 유네스코 세계유산

1. 가미가모 신사(上賀茂神社)

헤이안시대 이전부터 이 지역을 차지하고 있던 호족 가모씨(賀茂氏)의 신사로 알려진, 교토에서 가장 오래된 신사. 정식 명칭은 '가모 별뢰 신사(賀茂別雷神社)'이다. 시모가모 신사(下鴨神社)와 함께 가모 신사(賀茂神社)라고도 불린다. 경내에는 개천이 흐르고 고목들이 얽혀 있으며, 신이 내려오는 곳이라는 세전(細殿) 앞 2개의 모래더미가 신비하고 청정한 분위기를 풍긴다(『나의 문화유산답사기』 일본편 3권 104~108면. 이후로는 권과 면수만 표시).

2. 시모가모 신사(下鴨神社)

고대 원시림이 남아 있는 '다다스노 모리(糾の森)'에 있으며, 정식 명칭은 '가모 어조(御祖) 신사'이다. 두채의 사전(社殿)으로 이루어진 본전은 가모씨의 두 조상신을 헤이안쿄(平安京)의 수호신으로 모시고 있다. 가미가모 신사와 함께 전국에 퍼져 있는 유조(流造, 나가레즈쿠리) 양식 본전 건축의 전형을 보여준다(3권 104~108면).

3. 동사(東寺, 도지)

헤이안쿄 천도 당시 국가 수호를 위해 서사(西寺)와 함께 건설된 국가 수호 사찰로 공해(空海) 스님이 진언종의 밀교를 펼친 곳이다. 강당에는 '입체 만다라'라 불리는 일본에서 가장 오래된 밀교 조각상들이 배치되어 있으며, 오중탑은 교토의 상징이자 일본에서 가장 높은 목조탑이다(3권 153~86면).

4. 청수사(清水寺, 기요미즈데라)

'청수의 무대'로 이름 높은 곳으로, 헤이안 천도 무렵 백제계 도래인 후손이자 최초의 쇼군인 사카노우에노 다무라마로(坂上田村麻呂)가 창건했다. 벼랑 위에 세워진 '청수의 무대'와 본당에서 보이는 시가지의 조망이 훌륭하며, 봄의 벚꽃, 여름의 신록, 가을의 단풍 등 사계절의 아름다움을 간직하고 있어 관광객이 가장 많이 찾는 곳이다(3권 223~54면).

5. 연력사(延曆寺, 엔랴쿠지)

최징(最澄) 스님이 천태종을 개창한 이래 1200여년에 걸쳐 일본 불교의 핵심을 이루어온 곳이다. 헤이안시대 이후 법연(法然)·영서(榮西)·도원(道元)·일연(日蓮) 등 많은 고승들을 배출했으며, 오늘날에도 여전히 수행 도량으로서 엄숙한 분위기를 지키고 있다. 근본중당(根本中堂)이 핵심 건물이며 히에이산(比叡山) 정상에 동탑, 서탑, 요카와(橫川) 등 세 영역으로 넓게 퍼져 있다(3권 187~222면).

6. 제호사(醍醐寺, 다이고지)

도요토미 히데요시가 죽던 해 장대한 벚꽃놀이를 연 곳으로 잘 알려져 있다. 차분하고 묵직한 모습의 오중탑은 951년에 건립된, 교토에서 가장 오래된 목조 건축이다. 경내는 하(下)제호, 상(上)제호로 나뉘어 100여개의 불당·탑·승방 등이 산재해 있다. 삼보원(三寶院) 표서원(表書院) 앞의 지천회유식 정원은 명석(名石)을 곳곳에 배치해 호화롭고 웅대한 모습을 자랑한다.

7. 인화사(仁和寺, 닌나지)

우다(宇多) 천황이 888년에 창건한 이래 법친왕(法親王, 스님이 된 왕자)이 기거하는 승방으로 어실어소(御室御所)라 불렸다.

삼문(三門)은 교토의 3대문 중 하나이다. 경내에는 금당(金堂)과 오중탑이 있으며, 별도의 영역인 어전(御殿)은 어소(御所)풍 건축으로 헤이안 왕조문화의 향취를 전한다(3권 369~81면).

8. 평등원(平等院, 뵤도인)

후지와라씨(藤原氏) 가문의 영화를 보여주는 곳으로 우지강(宇治川)의 서쪽 강변에 있다. 관백(關白) 후지와라노 미치나가(藤原道長)의 별장을 그의 아들 요리미치(賴通)가 절로 바꾼 곳이다. 헤이안시대 정원의 자취를 전하는 아자못(阿字池)에 떠 있는 봉황당(鳳凰堂)은 극락정토를 꿈꾼 헤이안 귀족을 떠올리게 한다. 10엔짜리 동전에 그려진 건물이기도 하다(3권 255~96면).

9. 우지 가미 신사(宇治上神社)

본래는 아래쪽 우지 신사와 함께 평등원의 수호신사였다고 한다. 일본의 신사 건물 중 가장 오래된 본전은 헤이안시대에 지어진 것으로 3전(殿)으로 이루어져 있는데 좌우의 사전(社殿)은 크고 가운데 사전이 작다. 배전(拜殿)은 우지 이궁(離宮)의 유구(遺構)로 알려진 침전조 양식 건물이다.

10. 고산사(高山寺, 고잔지)

고산사라는 이름은 높은 산중에 있어서 '일출선조 고산지사(日出先照高山之寺)'라고 한 데서 유래했으며, 오래된 삼나무와 단풍이 무성해 경내 전체가 사적으로 지정되어 있다. 건인사의 영서(榮西) 스님이 중국에서 가져온 차 씨앗을 이 절의 개조(開祖)인 명혜(明惠) 스님이 심어 재배에 성공했다고 전해지는 일본에서 가장 오래된 차밭이 남아 있다. 원효와 의상의 일대기를 그린 「화엄종조사회전」과 「조수인물희화」를 소장하고 있는 곳으로 유명하다(3권 381~400면).

11. 서방사(西芳寺, 사이호지)

1339년 몽창 국사(夢窓國師)가 재건하면서 최초로 선종 사찰의 마른 산수 정원을 만든 곳이다. 아래위 2단으로 구성된 정원은 위쪽은 정원, 아래쪽은 심(心)자 모양의 황금지(黃金池)를 중심으로 한 지천회유식 정원으로 일본 정원에 큰 영향을 미쳤다. 100여종의 이끼가 경내를 뒤덮어 녹색 융단을 깐 듯한 아름다움을 자아내어 태사(苔寺, 고케데라)라고 불린다(4권 98~100면).

12. 천룡사(天龍寺, 덴류지)

고사가(後嵯峨) 천황의 구산 이궁(龜山離宮)이 있던 곳에 1339년 아시카가 다카우지(足利尊氏)가 고다이고(後醍醐) 천황의 명복을 빌기 위해 몽창 국사를 개산으로 하여 창건한 선종 사찰. 방장 정원은 아라시야마(嵐山)와 가메야마(龜山)를 차경으로 한 지천회유식 정원으로, 귀족문화의 전통과 선종풍의 기법이 어우러져 사계절의 아름다움을 보여준다(4권 91~123면).

13. 금각사(金閣寺, 킨카쿠지)

무로마치시대 3대 쇼군인 아시카가 요시미쓰(足利義滿)가 1397년에 세운 북산전(北山殿)을 그의 사후 녹원사(鹿苑寺)라는 이름의 사찰로 바꾼 곳이 오늘날의 금각사이다. 금박의 3층 누각으로 지어진 사리전인 금각이 경호지(鏡湖池)에 비치는 환상적인 경관으로 유명하다. 여기서 이루어진 문화를 북산문화라고 하며, 1987년의 대수리로 한층 광채를 더하고 있다(4권 127~64면).

14. 은각사(銀閣寺, 긴카쿠지)

무로마치시대 8대 쇼군인 아시카가 요시마사(足利義政)가 1482년에 산장으로 지은 동산전(東山殿)을 그의 사후에 사찰로 바꾼 곳이다. 정식 명칭은 '자조사(慈照寺, 지쇼지)'. 관음전 (觀音殿)인 은각은 검소하면서도 고고한 모습이며, 동구당(東求堂)은 초기 서원조 양식의 건축이다. 백사(白砂)를 계단처럼 쌓은 은사탄(銀沙灘)과 향월대(向月臺)가 달빛을 반사해 은각 을 아름답게 비춘다. 여기서 이루어진 문화를 동산문화라고 한다(4권 197~218면).

15. 용안사(龍安寺, 료안지)

호소카와 가쓰모토(細川勝元)가 1450년에 건립한 선종 사찰 로, 방장의 마른 산수 석정(石庭)으로 유명하다. 삼면을 흙담으 로 둘러싸고 동서 25미터, 남북 10미터가량의 장방형 백사 정 원에 15개의 돌을 곳곳에 배치했다. 작자(作者)와 그 의도에는 여러 가지 설이 있으나 선(禪)을 정원에 나타낸 추상 조형의 극치로 평가받는 명원(名園)이다(4권 165~96면).

16. 본원사(本願寺, 혼간지)

교토 시내 중심지 한길 가에 있는 정토진종(淨土眞宗) 사찰로 규모가 장대하며 경내의 어영당과 아미타당의 위용이 압도적 이다. 후시미성(伏見城)에서 옮겨온 당문(唐門), 일본에서 가장 오래된 북능무대(北能舞臺), 백서원(白書院), 흑서원(黑書院), 비운각(飛雲閣) 등의 건축물이 화려한 모모야마시대 건축의 정수를 전한다. 비둘기들이 노니는 광장은 시민의 휴식처이기 도 하다.

17. 이조성(二條城, 니조조)

1603년 도쿠가와 이에야스(德川家康)가 에도 막부의 교토 거 점으로 지은 평성(平城)이다. 왕실풍의 혼마루(本丸)와 무가풍 의 니노마루(二の丸) 어전으로 이루어져 있다. 호화찬란한 모 모야마시대의 건축과 내부 장식을 여실히 보여준다. 1867년, 도쿠가와 막부가 메이지 천황에게 정권을 넘기는 대정봉환(大政奉還)이 이곳에서 이루어졌다.

교토 답사 3박 4일 일정표

첫째날

09:00	인천국제공항 출발
10:30	간사이(關西) 공항 도착
11:00	답사 출발
12:30	교토(京都) 도착 후 중식
14:00	출발
14:30	광륭사(廣隆寺)
15:15	출발
15:30	천룡사(天龍寺)
16:30	출발
16:45	마쓰오 신사(松尾大社)
17:00	출발
17:15	도월교(渡月橋)
18:00	출발, 숙소 도착

둘째날

09:00	출발
09:30	청수사(淸水寺)
10:30	기요미즈 자카(淸水坂) 산넨 자카(産寧坂) 법관사(法觀寺) 야사카 신사(八坂神社)
12:00	중식
13:00	출발
13:30	금각사(金閣寺)
14:30	출발
14:45	용안사(龍安寺)
15:45	출발
16:00	인화사(仁和寺)
17:00	출발
17:30	기온(祇園) 거리 산책
19:00	마루야마(圓山) 공원 부근에서 석식
20:30	숙소 도착

봄가을을 기준으로 했으며 여름과 겨울은 시간 배정이 달라집니다.
겨울철에는 비공개인 경우도 많고, 개관 시간도 계절마다 달라서 사전 확인이 필요합니다.
교토의 유적지들은 대개 오후 4시 또는 4시 30분에 입장을 마감합니다.
어소, 수학원 이궁, 계리궁 등은 미리 예약을 하고 여권을 제시해야 합니다.
예약을 하지 않았을 경우는 상국사 또는 대덕사를 권합니다.
(교토 지도는 책의 15면 참고)

셋째날

08:30	출발
09:00	후시미 이나리(伏見稻荷) 신사
10:00	출발
10:30	평등원(平等院)
11:30	출발
11:40	차 문화관
12:00	중식
13:00	출발
14:00	동복사(東福寺) (어소御所 또는 수학원 이궁 修學院離宮 또는 계리궁 桂離宮)
15:30	출발
16:00	삼십삼간당(三十三間堂)
17:00	출발
17:30	가모강(鴨川)변과 시내 산책
19:00	석식

넷째날

09:00	출발
09:30	은각사(銀閣寺)
11:00	출발, 철학의 길
12:00	중식
13:00	남선사(南禪寺)
14:30	출발
16:00	간사이 공항 도착
18:00	출발
19:30	인천국제공항 도착

이미지 출처

사진 제공

김혜정	132, 133
단문화연구소편집부	206
박정호	114, 115
벤리도	285, 299, 306, 309
Corpse Reviver	29

본문 지도/ 김경진

유물 소장처

가미가모 신사 112, 113 / 계리궁 310 /
광륭사 79, 83, 88~90, 92, 94, 98, 99, 100, 103 / 국립중앙박물관 80 /
궁내청 21(4번) / 금각사 256, 257 / 남선사 330, 331, 333 /
당초제사 60 / 동대사 57, 63, 67, 69, 71 /
법륭사 17, 23, 24, 26~29, 31, 33, 36, 38, 40, 41, 43~46 /
북야천만궁 127 / 사천왕사 21(1번) / 삼십삼간당 173~76, 180, 181 /
서방사 199 / 야사카 신사 116, 120 / 연력사 125 /
오사카시립미술관 21(2번) / 용안사 231, 232, 236, 238, 240 /
은각사 267, 281 / 이카루가사(3번) / 중궁사 49, 51 /
천룡사 195, 203 / 청수사 139, 145, 147, 148, 151~53, 155 /
헤이안 신궁 109 / 후시미 이나리 신사 165, 167~69

* 위 출처 외 사진은 저자 유홍준이 촬영한 것이다.

여행자를 위한 교토 답사기

초판 1쇄 발행 2023년 9월 22일

지은이 / 유홍준
펴낸이 / 강일우
책임편집 / 박주용 김새롬
조판 / 황숙화
펴낸곳 / (주)창비
등록 / 1986년 8월 5일 제85호
주소 / 10881 경기도 파주시 회동길 184
전화 / 031-955-3333
팩시밀리 / 영업 031-955-3399 편집 031-955-3400
홈페이지 / www.changbi.com
전자우편 / nonfic@changbi.com

ⓒ 유홍준 2023
ISBN 978-89-364-7943-5 03810